Wang Zengqi

Selected Works

汪朗主编

汪曾祺别集

揉面集

顾建平编

浙江文艺出版社

作者，约摄于二十世纪八十年代

一九九五年秋，作者与林斤澜（左）在温州

作者和铁凝（右）、曾明了

一九九二年，作者和李庆西、吴亮、王安忆（从右至左）

出版说明

二〇二〇年是作家汪曾祺先生诞辰一百周年。为纪念汪先生，我们编选了这套《汪曾祺别集》。

汪曾祺的老师沈从文先生辞世后，家属借岳麓书社提议出版沈先生作品的机会，与吉首大学沈从文研究室合作，编选了一套二十册袖珍本集子，并根据汪曾祺先生的建议，定名为《沈从文别集》。这套选本款式朴素大方，编选方面的特别处在于，除了旧作，每本书前面增加了一些杂感、日记、检查、书信，以帮助读者更全面地理解作者和他的作品。

《汪曾祺别集》即参照《沈从文别集》的体例，从目前所见的汪曾祺全部作品中精选出二十册小书，在纪念汪先生的同时，向沈先生致敬。

本书大致依体裁、主题分集，希望在编辑、校订方面尽可能精审，遵循的基本原则如下：

一、以初版本或作者改订本为底本，参校以初刊本，作者手稿、手校本。不论所据底本为何种形式，全书统一为简体横排，标点符号统一为新式标点。

二、底本误植处，据校本或上下文可明确推断所误为何，由编者径改；底本与他本相抵牾而无法判断者一仍其旧。

三、可见作者习惯的异体字不做改动；通假字，侧重记音的方言用字，象声词，及外国人名、地名译法，仍存旧貌；意义完全相同的同一字，及同一人、地、物名，在同一篇内保持一致。

四、在早期作品中，作者习惯使用或现代文学创作中尚不规范的“的”、“地”、“得”、“做”、“作”、“那”、“哪”等词用法，不强做规范处理。

五、全书中的数字，除特殊情况外，统一为中文数字形式。

六、题注、收信人简介以仿宋体排于篇首页页下。正文中作者原注和编者注均以脚注形式标在当页。作者原注排为宋体；编者所做的必要注释以“编者注”字样标出，排为仿宋体。

七、独立成段的引文统一使用仿宋体，另行起排，段首缩进两字。

八、每篇文章的题注以脚注形式标在篇首页，排为仿宋体。所注信息包括初次发表时间、报刊名（初刊），初版图书名（初收）等。涉及的初版图书包括以下版本：

《邂逅集》，文化生活出版社一九四九年四月版；

《羊舍的夜晚》，中国少年儿童出版社一九六三年一月版；

《汪曾祺短篇小说选》，北京出版社一九八二年二月版；

《晚饭花集》，人民文学出版社一九八五年三月版；

《汪曾祺自选集》，漓江出版社一九八七年十月版；

《晚翠文谈》，浙江文艺出版社一九八八年三月版；

《茱萸集》，联合文学出版社一九八八年九月版；

《蒲桥集》，作家出版社一九八九年三月版；

《旅食集》，广东旅游出版社一九九二年四月版；

《世界历史名人画传·释迦牟尼》，江苏教育出版社一九九二年七月版；

《汪曾祺小品》，中国人民大学出版社一九九二年十月版；

《中国当代作家选集丛书·汪曾祺》，人民文学出版社一九九二年十二月版；

《汪曾祺散文随笔选集》，沈阳出版社一九九三年六月版；

《菰蒲深处》，浙江文艺出版社一九九三年六月版；

《榆树村杂记》，中国华侨出版社一九九三年九月版；

《草花集》，成都出版社一九九三年九月版；

《汪曾祺文集》（五卷），江苏文艺出版社一九九三年九月版；

《塔上随笔》，群众出版社一九九三年十一月版；

《中国当代名人随笔·汪曾祺卷》，陕西人民出版社一九九三年十二月版；

《矮纸集》，长江文艺出版社一九九六年三月版；

《逝水》，中国青年出版社一九九六年三月版；

《独坐小品》，宁夏人民出版社一九九六年十一月版；

《去年属马》，北京燕山出版社一九九七年八月版；

《中国当代才子书·汪曾祺卷》，长江文艺出版社一九九七年九月版；

《汪曾祺全集》（八卷），北京师范大学出版社一九九八年八月版；

《汪曾祺全集》（十二卷），人民文学出版社二〇一九年一月版。

题注中只列上述书名，不另标注出版时间和出版社名；《汪曾祺全集》以“北师大版”和“人民文学版”作为区分。

虽已竭尽全力，本书仍可能存在各种问题，期待读者诸君批评指谬。

《汪曾祺别集》编辑委员会

二〇一九年十二月六日

总　序

别集，本来是汪曾祺为老师沈从文的一套书踅摸出的名字，如今用到了他的作品集上。这大概是老头儿生前没想到的。

沈先生的夫人张兆和在《沈从文别集》总序中说："从文生前，曾有过这样愿望，想把自己的作品好好选一下，印一套袖珍本小册子。不在于如何精美漂亮，不在于如何豪华考究，只要字迹清楚，款式朴素大方，看起来舒服。本子小，便于收藏携带，尤其便于翻阅。"这番话，用来描述《汪曾祺别集》的出版宗旨，也十分合适。简单轻便，宜于阅读，是这套书想要达到的目的。当然，最好还能精致一点。

这套书既然叫别集，似乎总得找出点有"别"于"他集”的地方。想来想去，此书之“别”大约有三：

一是文字总量有点儿不上不下。这套书计划出二十本，约二百万字。比起市面上常见的汪曾祺作品选集，字数要多出不少，收录文章数量自然也多，而且小说、散文、文学评论、剧本、书信等各种体裁作品全有，可以比较全面地反映他的创作风格。若是和人民文学出版社新近出版的《汪曾祺全集》相比，《别集》字数又要少许多。《全集》有十二卷，约四百万字，是《别集》的两倍，还收录了许多老头儿未曾结集出版的文章。不过，《全集》因为收文要全，也有不利之处，就是一些文章的内容有重复，特别是老头儿谈文学创作体会的文章。汪曾祺本不是文艺理论家，但出名之后经常要四处瞎白话儿，车轱辘话来回说，最后都收进了《全集》。这也是没办法的事情。《别集》则可以对文章进行筛选，内容会更精当些。就像一篮子菜，择去一部分，品质总归会好一点儿。

二是编排有点儿不伦不类。这套书在每一本的最前面，大都要刊登老头儿几篇与本书有点儿关联的文章，有书信，有序跋，还有他被打成右派的“罪证”和下放劳动时写的思想汇报。在正文之前添加这些“零碎儿”，可以让读者从多个角度了解汪曾祺其文其人。这种方式算不得独创，《沈从文别集》就是这么编排的，只是一般书很少这么做。也算是一别吧。

再有一点，是编者有点儿良莠不齐。这套书的主持者，以五十岁左右的中年人居多，他们大都对汪曾祺的作品有着深入了解，也编过他的作品集。有的当年常和老头儿一起喝酒聊天，把家里存的好酒都喝得差不多了；有的是专攻现当代文学的博士；有的被评为“第一汪迷”；有的参加过《汪曾祺全集》的编辑；有的对他的戏剧创作有专门研究……这些人能够聚在一起编《汪曾祺别集》，质量当然有保证。其中也有跟着混的，北京话叫“塔儿哄”，就是汪曾祺的孙女和外孙女。她们对老头儿的作品虽然有所了解，但是独立编书还差点儿火候。好在大事都有专家把控，她们挂个名，跟着敲敲边鼓，不至于影响《别集》的质量。

这套《汪曾祺别集》是好是坏，还要读者说了算。

汪　朗

二〇一九年十月二十五日

目　录

社会性·小说技巧

汪曾祺　林斤澜

崔道怡：感谢两位老作家参加我们这个对话专栏。我有幸结识你们已有三十年了。两位老作家许多有影响的作品都发表在《人民文学》上。如林斤澜五六十年代的《台湾姑娘》、《山里红》、《新生》，一直到新时期以来的《竹》、《溪鳗》、《李地》；汪曾祺六十年代的《羊舍一夕》、《王全》……你们的作品被公认为是别有风格特色的，有人说林斤澜写的是“怪味小说”，有人说汪曾祺写的是“诗化散文化小说”。那么，这次对话就从小说的味儿谈起吧。

汪曾祺：我先谈谈作家的社会责任感问题。有人说我和斤澜的小说跟当前现实生活距离比较远，我觉得不是。我俩写作的社会责任感是比较自觉的。我常想作家到底是干什么的？在社会分工里属于哪一行？作家是从事精神生产的。他们就是不断地告诉读者自己对生活的理解、看法，要不断拿出自己比较新的思想感情。作家就是生产感情的，就是用感情去影响别人的。最近为了选集子，我看了自己全部的小说、散文。归纳了一下我所传导的感情，可分三种：一种属于忧伤，比方《职业》；另一种属于欢乐，比方《受戒》，体现了一种内在的对生活的欢乐；再有一种就是对生活中存在的有些不合理的现象发出比较温和的嘲讽。我的感情无非是忧伤、欢乐、嘲讽这三种。有些作品是这三种感情混合在一起的。

林斤澜：我解释你的作品不大用欢乐，而用愉悦。欢乐和愉悦是有区别的。欢乐对你的作品来说太强烈和外露了。

崔：汪老作品给我的感觉是温馨。

汪：我总的说来是个乐观主义者。我的生活信念是很朴素、很简单的。我认为人类是有希望的，中国是会好起来的。有的人曾提出，说我的作品不足之处是没有对这个世界进行拷问。我说，我不想对世界进行像陀思妥耶夫斯基式的严峻的拷问；我也不想对世界发出像卡夫卡那样的阴冷的怀疑。我对这个世界的感觉是比较温暖的。就是应该给人们以希望，而不是绝望。我的作品没有那种崇高的、悲壮的效果。我追求的不是深刻，而是和谐。但我不排斥、不否认对世界进行冷峻思考的作品，那是悲剧型的作品。我的作品基本上是喜剧型的。读者还是能看得明白的。有一位学化工的大学生看了我的《七里茶坊》后给我写了封信说："你写的那些人就是我们民族的支柱。"我要写的就是这个东西。下面我要谈谈林斤澜的小说，包括他的矮凳桥的系列小说。他的小说有一个贯穿性的主题，就是人，人的价值。他把人的价值更具体化到一点，就是"皮实"。林斤澜解释"皮实"，就是生命中的韧性。矮凳桥里他写了许多人物都是在证明自己存在的价值——"让你们晓得晓得我"。像《溪鳗》，就有两种主题：一是性主题，另一是道德主题。把性和道德交织在一起来碰一碰的作家据我知道的还不多。溪鳗是东方女性的道德观，她是心甘情愿也心安理得地作自我牺牲。李地是个母亲的形象。她在那么长期的、痛苦的、卑微的生活中寻找一种生活的快乐；在没有意义的生活中感觉出生活的意义。还有一篇我比较喜欢的是《小贩们》，写一群小孩子走南闯北做买卖，他们对生活充满了想象和向往，充满了青春气息。如果就是为了奔俩钱儿，孩子们就很俗气了。所以我说林斤澜的作品是爱国主义的。"皮实"是我们这个民族的品德，斤澜对我们这个民族是肯定的，有信心的。爱国主义不等于就是"打鬼子"，对民族的优秀品质加以肯定是更深的爱国主义。

林：作家是干什么的这个问题，我跟曾祺想的差不多。我同意作家是感情的生产者的说法。去年底在《北京文学》召开的座谈会上，这个问题讨论不起来。会外有位年轻评论家对我说，这个问题只有像你们这个年纪的作家才去思考，你们有你们时代带来的框架，这个问题只有在你们的框架里才能提出来，意思是在别的框架里就不会提了。我听了这话没有想明白。我承认每一代作家是有不同的，包括知识结构也不一样。但每一代的作家总要考虑自己是干什么的。难道会有谁都不知道自己是干什么的“框架”？这个问题我自己也不是从来就清楚，我的答案也是经过好多次修改的。目前的答案是作家是管感情的。

我的许多作品发表在《人民文学》上。时间长了，我对自己的作品才有了比较清醒的认识。我的作品在读者中反响不大，比较冷清，也许这促使曾祺要写评论我的文章，他觉得太冷淡我了。我的作品读者面小，确是遗憾，是我的缺点。我希望我能抓住更多的读者。但是有一点，我还得走我自己的路，换个别的路我不会，我也不干。

汪：我的评论文章最后写了两句：“董解元说，冷淡清虚最难做。”结束语：“斤澜珍重。”

林：发表在《中国作家》上的《小贩们》，我自己比较喜欢这篇。小孩们一下子投入商品经济，出去做生意，劳动致富去了。你说我的作品不结合现实，我觉得我真结合。我已过六十的人了，还和年青人一起去写商品经济，写跑单帮。但我并不打算在商品经济这个范围内解决什么问题，我也解决不了，而且真是外行。社会问题，政治问题，经济问题，作家都要关心，但它们不能直接作小说的主题。不管大小问题，拿到作家这儿开药方，或让作家瞧病，作家没这个本事。文学的主题，还应该是人的感情这部分。如果小说写出了一些能感动读者的感情，让读者与作家一起思考，这样就行了。有的读者说看不懂我的作品。我不是不管你懂不懂，倒是很伤脑筋。可能是基本功的问题吧？比如文字、文理。文理不通，人家当然看不懂，那就得改进。要不是这样的问题，那就不太好办了。有的读者读作品，跟小说里要这个，要那个，要这也没有，要那也没有，那这小说究竟写什么呢？这就要牵涉到小说的观念问题了。你要的东西，有时候也许我有，但我觉得不该是我拿的，有时候真没有，真拿不出来。有的人要不到他要的，就说“看不懂”。

崔：看不懂，作为编辑，我近两年时常碰到这个问题。有时我们发表了一篇作品，有读者就来问这是什么意思，要求作出解释。有些风味小说，是解释不清楚的。林斤澜的《李地》，写了李地的一生，三十多年的历史。进一步问这个人的一生有什么意思？三十多年历史说明了什么问题？我就难以一下回答得出了。我只能先感应其中味道，心灵受到冲击，或滋润，或介乎这两者之间，然后引起我去思索。

汪：人们都要求小说提出什么问题，或说明什么问题。有人问我《受戒》说明了什么？我自己也不知道，或是解释不清楚。“于其不知，盖阙如也。”另外，我也不同意有的人说我的小说是无主题。我的小说是有主题的。我可以用散文式的语言来说明我的主题。但我认为应该允许主题相对的不确定性和相对的未完成性。

崔：不确定性，未完成性，也就是相对的模糊性。生活本身就有许多模糊性，不是什么都一清二楚的。

汪：作者也在思考，要是都告诉了读者，一览无余，那就没有什么思索的余地了。

崔：那么，我们可以过渡到第二个问题——小说的观念问题上去了。

汪：我谈一下横向借鉴和竖向继承，或者叫民族化问题。中国现代文学应该说是接受了些西方影响的，当然必须也必然借鉴了许多西方的东西。但一个国家的文学，一个民族的文学，有两个东西没法否定掉：一是你写的是这个国土上的人和事；二是得用这个民族的语言来表述。有些年轻作家借鉴西方作品，包括它的表现形式，这是无可非议的。但最根本的赖以思维的语言还得是中国的语言。作家必须精通本国的语言。西方现代主义作家他本人也是精通本国语言的。不能用汉语汉字来表达完全是西方的东西。现在在许多文艺理论批评中引进了自然科学的概念，包括数学概念和数学术语，我觉得这也是可以的。比如现在有个时髦的术语叫“坐标系”。坐标系总有两个轴——横坐标座和竖坐标座，然后才能决定你那个坐标的位置吧！但现在有些作家只有一个横坐标轴，而没有竖座标轴，他一般只强调横向借鉴，因此他那个坐标位置是不稳定的。在横向比较的同时必须要继承中国的民族文学传统，不能把西方的那套完全搬过来，所以在讨论我的作品会上我加了一句话：回到现实主义，回到民族文化的传统。我读了王安忆的《小鲍庄》，觉得有一点很欣慰。我从这个作品里感受到了一种民族的气息，包括语言、对话、叙述都用了徐州地区的语言。我不是一个很顽固的老式传统的现实主义者，我自己受过一些西方文化的影响。民族文化应该吸收外来的影响，但目前则应该强调我们民族文学和传统。现在有些搞文艺理论的同志完全用西方的一套概念来解释中国的不但是传统而且是当代的文学现象，我以为不一定完全能解释清楚。中国人和西方人有许多概念是没法讲通的。李陀到德国去，他写了篇文章叫《意象的激流》。“意象”是什么？外国人怎么也弄不清楚。我在上海召开的汉学家会上对一些西方汉学家说，你要了解中国当代文学的语言，先要了解中国传统的语言论。我讲了一套韩愈的语言论，“气盛言宜”，他们听起来很新鲜。韩愈说：“气，水也；言，浮物也。水大而物之浮者大小皆浮。气之与言，犹是也。气盛则言之短长与声之高下者皆宜。”韩愈提出了三个很重要的观点：一是“气”，即作家的心理状态、精神状态。所谓“气盛”，就是思想充实，情绪饱满。其二，他提出一个语言的标准叫“宜”，即语言准确。其三，还提出“语之短长”和“声之高下”，即句子的长短和声调的高低。韩愈的语言论讲得很具体，并不虚无缥缈。我觉得年轻的作家应该学一学。

林：刚才曾祺讲了语言，我想讲讲情节。我们前辈讲小说要有几个要素。有的说三个，有的说四个，但是其中总有个故事情节。五十年代我开始写小说，不知为什么不大重视情节。现在的作家、评论家，有的主张情节，有的不大主张情节。主张情节的，认为小说的节奏与情节关联着。再有个说法，情节是“人物性格发展的历史”，这是名言了。还有说“情节是骨头架，语言是外衣”等等，都是强调情节的重要。但另外一些作家像曾祺，他反对小说有戏剧性的情节。他认为戏剧性的情节把小说真的也写假了。他是搞戏的，他认为戏是戏，小说是小说。他的小说都没有完整的故事情节。即使有整的材料，他非得把它打碎，重新处理过。我觉得情节是小说几个要素中非常活跃的一个要素。我晚上看电视剧，有的电视剧真不行，但是有情节。小说也如此，大起大落的情节就能把你抓住，广大读者就吃这个。一般说小说的四要素，无非是主题、人物、情节、语言……但最容易抓住人的是情节。我是肯定情节的，我说它好。曾祺刚才说了语感，这东西不是谁都有，还有语感这种感觉的东西不一定能够“练”得出来。我觉得情节是可以“练”出来的，只要下了功夫以后还真能见成效。所以写小说的人如果走情节小说的路，这也不错。有的小说已经接近情节小说了，但又收住了，或许他怕那样格调就不高？我觉得可惜了。你不如再走下去，干脆就靠情节，就走畅销小说或叫通俗小说的路。比方大仲马的《基度山恩仇记》，就是情节小说，成为世界畅销书。如果现在有人能写出像《基度山恩仇记》这样抓住人的小说，那就很好了。可是有的作家，他不爱用情节，他不是这一路子的。作家各有各的气质，勉强不得。我现在考虑一个问题，情节那么好的一个手段，你不使它，那就得有差不离的好东西顶上去才行。曾祺的小说，它不是不要情节这个手段。它是不要外在情节而是要内在情节，或者叫做“情结”。有的人靠感觉来写小说。他必须是独特的感觉，不然就拿不住人。独特的感觉往往是变形的、变态的，而不是常态的。变形、变态这个东西不要反对。有人说变态是文学创作里必要的东西。有人说文学的杰作里的那些精采的细节往往是变态的。比如阿Q，他脑袋上有个疤，他听见说“亮”不行，“光”不行，“灯”也过敏。实际上“灯”和他脑袋上的“疤”要拐好几个弯才到，这么过敏、多敏是变态；林黛玉更是变态，整天哭哭啼啼，小心眼儿，去葬花，葬花整个是变态的东西。一说到变形、变态就好像是邪门，我看不是；也不要一提到变形、变态就是外国的。我说的都是中国的。曾祺不喜欢外在的情节，或者是“情结”，把它弄那么散，但他的小说都有一个内在的情节，叫它“核”也行。《受戒》中有个二师兄，前后都没有出现，整天在屋子里，只有一次他拿着扇子出来乘了一会凉。这个人物与情节线索前后都挂不了钩，那么可不可以去掉呢？有一次我向他提及，他几乎不假思索地断然说：“那不行！不行！”我理解那个二师兄虽然跟小说外在的情节线索挂不上钩，但他是“核”的一部分。生命或是生活的愉悦是《受戒》的“核”，那一片的愉悦是有层次的。二师兄只出来乘乘凉就回屋，这也是生命愉悦感的一个层次。如果把这些层次都去掉了，那就只剩下黑跟白了。

感情、感觉是内在的，还有一样叫感悟。感悟更哲理一点。对生活有悟性。有这些东西作为内在的线索，才能顶过情节的外在线索，如果你没有感情的、感觉的、感悟的东西，或是不够“数”，不够“份”，那么你不如不放弃外在的情节，不然太划不来了。

崔：你们谈到了三感：感觉、感情、感悟，很有见地。我理解你们两位的作品都属于悟性的小说。

林：感悟的小说，一般得有点哲理性。感悟小说最怕最忌讳什么？最怕你觉得悟到了什么东西，然后编排一个故事来图解。图解这个东西由来已久。图解一个政策，一个哲学命题，或者一个非常新鲜非常现代的观点。主题思想大不相同，论写作方法又是一条路子。从我和我的同辈的创作生涯中，吃图解的亏吃得最大。所谓“图解”，首先它是从概念出发。这个概念或是政策，或是理论，或是人生的哲理。从这儿出发，然后找些人和事把它演绎出来。小说的进展，就是概念演绎的进程，然后以概念结束。过去是图解政策概念，这个活儿我也干过。干多了这路活儿的作家，能不能来点新鲜的，就看能不能从这里闯出去，这可要舍得，要横下一条心。俗话说练拳容易改拳难。

汪：目前图解又有新发展，就是图解某种西方思潮。看了一本什么书，接受了某个新观点，然后想办法找点人物和故事去写，目的是宣传西方的他自己也不太懂的思想。这实际上也是一种主题先行。

我认为不图解就应该不是从概念出发，而是从生活经验出发，从本人不能忘怀的事情出发。比如《受戒》，写的是我四十三年前的初恋感情……

林：不要说下去了，都说到隐私了……

（本刊记者根据录音整理）

（原载于《人民文学》一九八七年第三期）

《晚翠文谈》自序

昆明云南大学的教授宿舍区有一处叫“晚翠园”，月亮门的石额上刻着三个字，字是胡小石写的，很苍劲。我们那时常到云大去拍曲子，常穿过这个园。为什么叫“晚翠园”呢？是因为园里种了大概有二三十棵大枇杷树。《千字文》云：“枇杷晚翠”，用的是这个典。这句话最初出在哪里，我就不知道了，实在是有点惭愧。不过《千字文》里的许多四个字一句的话不一定都有出处。比如“海咸河淡”，只是眼前的一句大实话，考查不出来源。“枇杷晚翠”也可能是这样的。这也是一句实话，只不过字面上似乎有点诗意，不像“海咸河淡”那样平常得有点令人发

---

* 初刊于《天津文学》一九八六年第十一期，标题为“门前流水尚能西——《晚翠文谈》自序”；初收于《晚翠文谈》。

笑。枇杷的确是晚翠的。它是常绿的灌木，叶片大而且厚，革质，多大的风也不易把它们吹得掉下来。不但经冬不落，而且愈是雨余雪后，愈是绿得惊人。枇杷叶能止咳润肺。我们那里的中医处方，常用枇杷叶两片（去毛）作药引子。掐枇杷叶大都是我的事。我的老家的后园有一棵枇杷树。它没有结过一粒枇杷，却长得一树浓密的叶子。不论什么时候，走近去，一伸手，就能得到两片。回来，用纸媒子的头子，把叶片背面的茸毛搓掉，整片丢进药罐子，完事。枇杷还有一个特点，是花期极长。头年的冬天就开始著花。花冠淡黄白色，外披锈色的长毛，远看只是毛乎乎的一个疙瘩，极不起眼，甚至根本不像是花，不注意是不会发现的，不像桃花李花喊着叫着要人来瞧。结果也很慢。不知道什么时候，它的花落了，结了纽子大的绿色的果粒。你就等吧，要到端午节前它才成熟，变成一串一串淡黄色的圆球。枇杷呀，你结这么点果子，可真是费劲呀！

把近几年陆续写出的谈文学的短文编为一集，取个什么书名呢？想来想去，想出了一个《晚翠文谈》。这也像《千字文》一样，只是取其字面上有点诗意。这是“夫子自道”么？也可以说有那么一点。我自二十岁起，开始弄文学，蹉跎断续，四十余年，而发表东西比较多，则在六十岁以后，真也够“费劲”的。呜呼，可谓晚矣。晚则晚矣，翠则未必。

我把去年出的一本小说集命名为《晚饭花集》，现在又把这本书名之曰《晚翠文谈》，好像我对“晚”字特别有兴趣。其实我并没有多少迟暮之思。我没有对失去的时间感到痛惜。我知道，即使我有那么多时间，我也写不出多少作品，写不出大作品，写不出有分量、有气魄、雄辩、华丽的论文。这是我的气质所决定的。一个人的气质，不管是由先天还是后天形成，一旦形成，就不易改变。人要有一点自知。我的气质，大概是一个通俗抒情诗人。我永远只是一个小品作家。我写的一切，都是小品。就像画画，画一个册页、一个小条幅，我还可以对付；给我一张丈二匹，我就毫无办法。中国古人论书法，有谓以写大字的笔法写小字，以写小字的笔法写大字的。我以为这不行。把寸楷放成擘窠大字，无论如何是不像样子的，——现在很多招牌匾额的字都是“放”出来的，一看就看得出来。一个人找准了自己的位置，就可以比较“事理通达，心气平和”了。在中国文学的园地里，虽然还不能说“有我不多，无我不少”，但绝不是“谢公不出，如苍生何”。这样一想，多写一点，少写一点，早熟或晚成（我的一个朋友的女儿曾跟我开玩笑，说“汪伯伯是‘大器晚成’”），又有什么关系呢？我偶尔爱用“晚”字，并没有一点悲怨，倒是很欣慰的。我赶上了好时候。

三十多年来，我和文学保持一个若即若离的关系，有时甚至完全隔绝，这也有好处。我可以比较贴近地观察生活，又从一个较远的距离外思索生活。我当时没有想写东西，不需要赶任务，虽然也受错误路线的制约，但总还是比较自在，比较轻松的。我当然也会受到占统治地位的带有庸俗社会学色彩的文艺思想的左右，但是并不“应时当令”，较易摆脱，可以少走一些痛苦的弯路。文艺思想一解放，我年轻时读过的，受过影响的，解放后被别人也被我自己批判的一些中外作品在我的心里复甦了。或者照现在的说法，我对这些作品较易“认同”。我从弄文学以来，所走的路，虽然也有些曲折，但基本上能做到我行我素。经过三四十年缓慢的，有点孤独的思索，我对生活、对文学有我自己的一点看法，并且这点看法正像纽子大的枇杷果粒一样渐趋成熟。这也是应该的。否则的话，不白吃了这么多年的饭了么？我不否认我有我的思维方式，也有那么一点我的风格。但是我不希望我的思想凝固僵化，成了一个北京人所说的“老悖晦”。我愿意接受新观念、新思想，愿意和年轻人对话，——主要是听他们谈话。希望他们不对我见外。太原晋祠有泉曰“难老”。泉上有亭，傅山写了一块竖匾："永锡难老"。要"难老"，只有向青年学习。我看有的老作家对青年颇多指摘，这也不是，那也不是，甚至大动肝火，只能说明他老了。我也许还不那么老，这是沾了我"来晚了"的光。

这一集相当多的文章是写给青年作者看的。有些话倒是自己多年摸索的甘苦之言，不是零批转贩。我希望这里有点经验，有点心得。但是都是仅供参考，不是金针度人。孔子曰："以吾一日长乎尔，无吾以也"。

此集编排，未以文章写作、发表时间先后为序，而是按内容性质，分为四类：

第一辑是所谓"创作谈"；

第二辑是几篇文学评论；

第三辑是戏曲杂论；

第四辑是两篇民间文学论文。

"吾令羲和弭节兮，望崦嵫而勿迫"。套用孔乙己的一句话："晚乎哉，不晚也"，我还想再工作一个时期。

一九八六年八月十一日

序于蒲黄榆路寓楼

《汪曾祺文集》自序

朋友劝我出一个文集，提了几年了，我一直不感兴趣。第一，我这样的作家值得出文集么？第二，我今年七十三岁，一时半会还不会报废，我还能写一点东西，还不到画句号的时候。我的这位朋友是个急脾气，他想做的事就一定要做到，而且抓得很紧。在他的不断催促下，我也不禁意动。我出的书很分散，这里一本，那里一本，有几本已经绝版。有的读者或研究我的学生想搜罗我的作品的全部，很困难。有一个文集，他们翻检起来就可以省一点事。编一个文集，就算到了一站吧。我也可以歇一歇脚，稍事休整，考虑一下下面的路怎么走，我还能写什么，怎么写。于是接受了朋友的建议。

---

* 初收于《汪曾祺文集·小说卷》。

把作品大体归拢了一下，第一个感觉是：才这么一点！半个世纪过去了，我都干了些什么？时间的浪费真是一件可怕的事。不是我一个人，大部分作家都如此。大半时间都是在运动中耗掉的。邓小平同志说运动耽误事，这是一句很真实也很沉痛的话。“左”的文艺思想又扼杀了很多人的才华。老是怕犯错误，怕挨整，哪还能写出多少好作品？半个世纪以来中国文学所走过的道路，是值得大家都来反省一下的。

文集共四卷。第一卷是短篇小说（分上、下册），第二卷是散文，第三卷是文论，第四卷是戏曲剧本。

我是四十年代开始写小说的。以后是一段空白。六十年代初发表过三篇小说。到八十年代又重操旧业，而且一发而不可收，发表小说的数量不少。这个现象有点奇怪。为什么会出现这样的现象呢？

我在八十年代初发表的一些小说，只能说是“王杨卢骆当时体”，“至今已觉不新鲜”。现在的青年作家看了那些小说，会说“这有什么？”但在初发表时是颇为“新鲜”的。那时有青年作家看了《受戒》，睁大了眼睛问：“小说也是可以这样写的？”他们原来以为小说是只能“那样”写的，于此可见作家的文艺思想被束缚到了何种程度。

“那样”写的小说是哪样的小说？

得有思想性。

小说当然要有思想。我以为思想是小说首要的东西。但必须是作者自己的思想，不是别人的思想。一个小说家对于生活要有自己的感受，自己的思索，自己的独特的感悟。对于生活的思索是非常重要的，要不断地思索，一次比一次更深入的思索。一个作家与常人的不同，就是对生活思索得更多一些，看得更深一些。不是这样，要作家有什么用？但是一些理论书中所说的“思想性”实际上是政治性。“为政治服务”是一个片面性的、不好的口号。这限制了作家的思想。新时期以来文学创作有一种倾向，即从“为政治”回归到“为人生”。我以为这种倾向是好的，这拓宽了文学创作的天地。政治不能涵盖人生的全部内容。

其次很多人心目中对小说叙事模式有个一定之规。他们不知道小说创作方法第一必须打破常规。大家都是一个写法，都是“那样”的小说，那还有什么多样化的风格？

我的一些“这样”的小说可能使青年作家受到某种启发，差堪自慰。但是他们都已经走到我的前面了，我应该向他们学习。

我希望青年作家还能从我这里接受的一点影响是：语言的朴素。

这几年散文忽然走起俏来了。报刊发散文的多起来。专登散文的刊物就有好几家。出版社争出散文。散文的势头很“火”。而且方兴未艾，不是“樱桃桑椹，货卖当时”。这是好事。为什么现在愿意读散文的人那样多，什么原因，我到现在还没有捉摸透。

我本来是写小说的，写散文是“搂草打兔子——捎带脚”。这几年情况变了，小说写得少了，散文写得多了，有一点本末倒置。每天睡醒，赖在床上不起来，脑子想的就是今天写一篇什么散文。写散文渐成我的正业。去年到今年，我应出版社之请，接连编了五个散文集，编得我自己都有点不耐烦了。

为什么有人愿意读我的散文，原因我也一直捉摸不出来。

《蒲桥集》的封面有一条广告，是我自己写的（应出版社的要求）：

> 齐白石自称诗第一，字第二，画第三。有人说汪曾祺的散文比小说好。虽非定论，却有道理。
>
> 此集诸篇，记人事、写风景、谈文化、述掌故，兼及草木虫鱼、瓜果食物，皆有情致。间作小考证，亦可喜。娓娓而谈，态度亲切，不矜持作态。文求雅

洁，少雕饰，如行云流水。春初新韭，秋末晚菘，滋味近似。

这实在是老王卖瓜。“春初新韭，秋末晚菘”，吹得太过头了。广告假装是别人写的，所以不脸红。如果要我自己署名，我是不干的。现在老实招供出来（老是有人向我打听，这广告是谁写的，不承认不行），是让读者了解我的“散文观”。这不是我的成就，只是我的追求。

我以为散文的大忌是作态。

散文是可以写得随便一些的。但是我并不认为什么样的内容都可以写进散文，什么样的文章都可以叫做散文。散文总得有点见识，有点感慨，有点情致，有点幽默感。我的散文会源源不断地写出来，我要跟自己说：不要写得太滥。要写得不滥，没有别的法子，只有多想想事，多接触接触人，多读一点书。

文论卷一部分是创作谈。我不是搞理论的，只能说一点形而下的问题，卑之无甚高论。谈语言的较多，也还可以看看。《中国文学的语言问题》中说语言的暗示性和流动性，是我捉摸出来的，哪本书里也没有见过，无所本。很难说有什么科学性。往好里说，是一点心得；往坏里说是“瞎咧咧”。

一部分是评论。如果不是报刊指名约稿，我是不会写评论的。都是写东西的人，干嘛要对别人的作品说三道四，品头论足？科罗连柯就批评过高尔基写的文学评论，说他说得太多。科罗连柯以为，一个作家评论另一个作家的作品，只要说：“这一篇写得不错”，就够了。我非常赞成科罗连柯的意见。但是只是这样一句话，报刊主编是不会“放过身”的，他们要求总得像一篇文章。于是，只好没话找话说。

我写的评论是一个作家写的评论，不是评论家写的评论，没有多少道理，可以说是印象派评论。现在写印象派评论的人少了。我觉得评论家首先要是一个鉴赏家，评论首先需要的是感情，其次才是道理，这样才能写得活泼生动，不至于写得干巴巴的。评论文章应该也是一篇很好的散文。现在的评论家多数不大注意把文章写好，读起来不大有味道。

另一部分是序跋，主要是序。有几篇是我自己的几个集子的序，只是交待一下集中作品写作的背景和经过。更多的是为一些青年作家写的序。顾炎武说“人之患在好为人序”，我并不是那样好为人序，因为写起来很费劲。要看作品，还要想问题。但是花一点功夫，为年轻人写序，为他们鸣锣开道，我以为是应该的，值得的。我知道年轻作家要想脱颖而出，引起注意，坚定写作的信心，是多么不容易。而且有那么一些人总是斜着眼睛看青年作家的作品，专门找“问题”，挑鼻子挑眼。“世人皆欲杀，吾意独怜才”，这样的胸襟他们是没有的。才华，是脆弱的。因此，我要为他们说说话。我写的序跋难免有一些溢美之词，但不是不负责任地胡乱吹捧，那样就是欺骗读者，对作者本人也没有好处。

我写的文论大都是心平气和的，没有“论战”的味道。但有些也是有感而发，有所指的。我是个凡人，有时也会生气的。

京剧原来没有剧本，更没有剧作家。大部分剧种（昆曲、川剧除外）都不重视剧本的文学性。导演、演员可以随意修改剧本。《范进中举》、《小翠》、《擂鼓战金山》都演出过，也都被修改过。《裘盛戎》彩排过，被改得一塌胡涂。我是不愿意去看自己的戏演出的。文集所收的剧本都是初稿本，是文学本，不是演出本。

有人问我以后还写不写戏，不写了！

一九九三年五月二十三日

仇恨·轻蔑·自豪
——读“义和团的传说故事”札记

张士杰所记的义和团传说故事，大体可分为两类。一类是直接反映义和团斗争的现实性的故事，一类是幻想故事。

《小黄牛》和《渔童》属于后一类。中国的民间故事中有一个广泛流传的特殊题材：洋人盗宝。这不是偶然的。故事中所说的“宝”，不是别的，正是人民和国家的经济利益。盗宝故事的来源颇古，故事中盗宝人的贪婪诡诈的形象是历来的剥削者的形象。但是大量地创作流传，且把里面的盗宝者一律换成了洋人教士，则可以断定不过是

* 初刊于《民间文学》一九五八年四月号，初收于北师大版《汪曾祺全集》第三卷。

百十年间的事。这两个故事中的洋人取宝的方式是最为无耻的，他们不是去偷偷地捞上来或者挖出来，像许多较早产生的故事里所说的一样，而是穷凶极恶地向人民勒逼；他们的结局也不只是偷鸡不着蚀把米，丢掉了取宝的钥匙或钓宝的饵物，暗暗地被拖入深潭或幽闭在石壁里，而是更为狼狈，更为滑稽。这说明这些故事正是觉醒的人民的意识形态，这正是反帝运动的高潮中的产物，这里所反映的人民的仇恨更为炽热。

人民吸取了传统的形象的特征，传统的结构故事的方法和语言，但却赋之以新的思想，新的内容，而且使思想内容和形式达到可惊的统一。《小黄牛》里小黄牛叫刘栓架枯枝烧自己的皮，便炼出了银疙瘩、金疙瘩，这使我们想到某些蛇郎故事或某些兄弟分家狗耕田故事的情节；最后金疙瘩在毛子军官中爆炸，这金疙瘩分明就是某些龙王公主故事结尾的“古怪”（或称“日古怪”，或称“意思”、“没意思”）。但是这是一个表现从压迫到反抗的完整、浑成的故事，读起来不感觉一点拼合的痕迹。特别是《渔童》，我们几乎不大能相信这是一个仅仅产生在六十年前的故事。它的形式是那样的洗炼，它的语言可以跟许多流传最为久远的故事（比如兄弟分家或狼外婆故事）相媲美。特别是渔童唱的那四节短歌：

“鱼盆鱼盆摇摇，
清水清水飘飘！”
“清水清水流流，
金鱼金鱼游游！”
“金鱼金鱼跳跳，
清水清水冒冒！”
“清水清水静静，
金鱼金鱼定定！”

轻快、鲜明、富于音乐性，不仅它本身异常优美，而且使整个故事都具有均衡的节奏，增加了色彩和动态。我们读了一点民间故事的人，往往有这种想法：越是古老的故事，才越成熟，越完整。面对这样的故事，不得不驱使我们对这个问题作更深一步的思索。

《渔童》故事中有一段很有意思的对话。洋牧师向畏葸的县官诬告捞得鱼盆的老渔翁，说那是他从外国带来的宝贝，老渔翁说“这鱼盆是中国河里出的，中国人冒着生死捞上来的”，并且反问“既是外国出的鱼盆，为什么这个小渔童是中国人的打扮，中国人的模样？！”这一问问得县官教士全都哑口无言。这是机智的一问。而这机智正是出于中国人民的强烈的主权意识。创造故事的人所安排的这一细节的里面，凝结着十分深刻的民族感情。

特别有意思的是《渔童》的结尾。

高尔基有一次对伊凡诺夫说：

> 当我在我们的草原上漫游的时候，有一次猎狗吃掉了省长。连肩章也吃掉了。您不相信吗？最有意思的是连肩章也一起吃掉了。您知不知道，这是哥萨克人的愿望，因为他们再想不出比这更可以侮辱自己省长的办法了。而乌克兰人，都是哥萨克，所以在编故事方面，也像每个哥萨克一样，是很谙练的。[1]

读着《渔翁》[2]的结尾，我不禁想起高尔基的话。请看：

> 老渔翁一阵恶气涌上来，身子一晃，手一哆嗦，“扑通”——“叭叉”——他气昏倒在地上，鱼盆也摔个粉碎！哪知那鱼盆一碎，小渔童却跳起来活了！渔童站在老渔翁跟前，把鱼竿一晃，立刻变得又顸又大；他把鱼竿朝洋牧师一抖，鱼钩正钩住牧师的嘴上膛；他把鱼竿一提，牧师立刻悬上了半空；他把鱼竿上下一抖，牧师悬在空中手刨脚蹬，“呜噜呜噜”直叫唤！这时，渔童猛地把鱼竿一甩，“日——”牧师立刻上了天，跟斗趔趄地滚到天边去了！

真好啊，牧师跟斗趔趄地滚到天边去了，诚如高尔基

1　见伊凡诺夫：《会见高尔基》，中译本第 80 页。

2　应为《渔童》。——编者注

所说，中国人民再也想不出比这更能侮辱自己的敌人的办法了。义和团警告“国闻报”揭贴说：

只因四十余年内，中国洋人到处行，三月之内都杀尽，中原不准有洋人，余者逐回外国去，免被割据逞奇能。

逐出这些“无理已极，情实难容”[1]的蛇种，逐出这些“把祷告的殿堂变成贼窝”[2]的假冒为善的法利赛人，正是中国，特别是华北人民的一致的愿望。而在故事中，这种愿望以极端的幻想的形式表现了出来。这里，我们不得不佩服中国人民在编故事方面的谙练。最特奇、最锐利、最有力量的幻想，正是产生于最强烈、最深刻、最残酷的现实之中。什么地方现实感薄弱，什么地方也就没有幻想。

义和团的传说故事是真实的人民的历史。这些现实性的传说虽然是一些传说，刘老爹、张头和李头、铁金刚、宗老路等这些人未必可以查考，但是它却能比较真切地告诉我们一些关于当时运动的情况，其可靠程度是超过许多官方和私家的记载的。

---

1 当时的媚外的总理衙门的奏折中语。

2 见《马可福音》。

从这些传说看，义和团运动原来只是一种广泛、普遍、分散、自发的农民抗暴自卫行动。刘老爹只是看不过洋毛子的横行霸道，便只身起来跟他们干了一场。铁金刚原来并没有打出义和团的旗号，直到跟毛子兵遭遇上了，毛子兵说出了义和团的所作所为，铁金刚才叫道，“那么，我们就是义和团！”大概，部分的出于义愤，反帝保家的农民的加入义和团，乃是后来的事；而且恐怕有的一直并未投坛入道。当时投入反帝洪流之中的人或比正式入坛的人要多得多，所谓“义和团运动”，不应只看作是义和团民的运动。这说明这个运动的广泛性；但组织薄弱，自发性强，也是运动失败的悲剧原因之一。

义和团运动是一个落后的运动，它带着浓厚的迷信、愚昧的色彩。奇怪的是从这些故事中我们看到的落后的东西并不很多。这里没有对于吞符念咒之类的渲染。铁金刚的获得神力，刀枪不入，诚然是带有迷信意味的，但是即是铁金刚的获得神力，也是威胁龙王的结果，这比一心念叨“北方洞房开，洞中请出铁佛来”等等是很不相同的。铁金刚得到龙王的启示，在河边接受了三天三夜的电火的考验，这才变得力大无穷，这里交杂着幻想和迷信，颇带有古代英雄传说的色彩，在气味上要健康得多。他对于龙王那种强硬要挟，和把玉皇、关帝、灌口二郎、增福财神以及马孟起、黄汉升、常遇春、胡大海……不管什么乱七八糟的神道鬼道都请来护佑自己的事急乱投医，证明自己实在是软弱无靠的精神状态是迥然异趣的。至于《托塔李天王》，更是明白地说出迷信附会，乃是被逼得无路可走的老实农民不得已而采用的一种组织、发动群众的手段。这是一个很值得注意的迹象。这反映了当时的农民的意识呢？还是反映了说故事人的意识？是当时在农村活动的拳民本不像一些文献中所记述的城市中的团民那样迷信落后？还是说故事人受了时代的影响，思想上发生了变化，对故事有所选择，有所淘汰，有所改动？后一种情况我们不得不作适当的估计，因为说故事的虽然都是七十以上至九十余岁的老人，但故事的记录都在解放以后。总之，这是研究故事的人应该留心的一个问题。

另一个值得注意的问题是这些传说故事中所反映的对于清朝统治者即“官家”的态度。《托塔李天王》、《铁金刚》所反映的旱灾，官吏的勒索，这都是真实的。当时清廷因为有军饷、洋务、息债三大用项，每年短少一千数百万两银子，这银子都得从人民头上搜括。华北一带连天旱灾，连当时的外国报纸也说：“顺直一带雨水极少，麦田尽槁，民气颇为不靖。”从这两个传说看，李天王、铁金刚，最初都是被逼得不能聊生，所怨恨的是官府皇室，其把斗争的锋芒转向洋人，乃是后来的事。《张头和李头》尤其能够清楚地道出人民和统治者以及洋人之间的关系。洋人逼着人民修铁道，官家不让修，张头和李头把他们弄到了一处，说："一边让修铁道，一边不让修铁道，狼也来了，虎也来了，你们就当面咬吃咬吃——到底修不修吧！"不想双方不打交道，却一起向修路的民工发威叫狠，横加逼迫，张头、李头这就明白了，说：

> 赶情你们都是给老百姓造罪的呀！这回我们可看清了！不听你们官家的，也不听你们洋毛子的，我们该听我们自己的啦！

"我们该听我们自己的啦"，这一句话揭出了中国人民最可贵的觉醒意识。也许这个传说已经经过述说者强调夸张，但是我们看这个传说的结构是周密的，它的主体是不易改换的，它的形成不会是很晚的事。在义和团运动中人民有过一些民主意识，我看是可以肯定的，即使这点意识是虚薄的、朦胧的、动摇的、不稳定的。广大农民的义和团运动，应该看作是近百年来中国人民所进行的反帝反封建的民主运动的一个阶段，不能只是看成为一个单纯的排外运动。义和团运动固然不是"保清灭洋"的清朝贵族所能代表，亦非以"扶清灭洋"为旗号的董福祥的部属所能代表，倒是景廷宾后来所提出的“扫清灭洋”，比较符合义和团运动的本来面目。

因为究竟缺乏明确、坚定的政治思想，因为大敌当前，外御其侮，义和团的大部分终于与清室妥协，为清室利用，最后惨败堕灭的悲剧，从《托塔李天王》、《铁金刚》等传说中也分明可以看得出来。

义和团运动失败了，但是中国人民反帝斗争的意志不会消灭。从《渔童》故事的结尾，从《张头和李头》传说的结尾，我们都看出人民毫不暗淡的胜利的信心。张头李头脱下鞋来，窜进官家和毛子群里，抡鞋底子就打，大伙不约而同一同脱下鞋来涌上前去，“噼哩叭哒”一顿鞋底子，单是鞋里的积土或鞋底沾的土就把官家和洋人全都埋葬起来了。这充分地表示了中国人民对于自己的力量的信心，把内外敌人都没有放在眼里——抖落抖落鞋底的泥，就把他们埋得没有影儿了！这是一个豪迈的、乐观的尾声，同时也是继续斗争的先声。

事实上，反帝斗争在义和团之后并非绝灭。我们请看宗老路。宗老路在事败之后流浪江湖，打渔为活，颇有点像是失路的英雄萧恩，但是他却轻轻松松地收拾了一船打算扫灭义和团余党的鬼子兵。而且，就在故事的述说者之中，就有“后起的”义和团。

义和团时代英国侵华的代理人赫德在其所著《中国实测论》中说：

> ……盖中国数十年在沉睡之中，今也大梦将觉，渐有“中国者中国人之中国也”之思想。故义和团运动实由其爱国之心所发，以强中国，拒外人为目的者也。虽此次初起，无人才，无器械，一败涂地；然其羽檄一飞，四方响应，非无故矣。自今以往，此种精神必更深入人心，弥漫全国。他日必有义和团之子孙，辇格林之炮，肩毛瑟之枪，以行今日义和团未完之志者……

赫德不愧是个有一点远见的人。从张士杰所记的这些故事里，我们也可以得到同样的结论。现在，义和团的子孙已经早就起来，帝国主义者已经被从中国赶了出去，他们“跟斗趔趄地滚到天边去了！”中国将永远是中国人的中国！

义和团运动，若从一八九五年算起，距今不过是六十多年，但是即是对我们这样三十多岁的人来说，也已经仿佛是颇为渺远的事。读了张士杰所记的传说故事，使我亲切地认识了这段其实不过是昨日的历史，获得了不少教育，增加了一分对于祖国的感情。现在，能述说这样的传说故事的人都已是七十八十以上的人了，希望张士杰和其他同志能够积极搜集，免得使这些珍贵的传说故事消失。

三月二十六日

飞出黄金的牢狱

《王昭君》第一幕里，孙美人唱了一支歌：

北方有佳人，遗世而独立。

一顾倾人城，再顾倾人国。

宁不知倾城与倾国，佳人难再得。

这是汉武帝的宫廷音乐家李延年为他的妹妹李夫人作的。汉武帝听了，说："世上哪有这样的人呢！"李夫人妙丽善舞，由是得幸。她年轻轻的，就死了。她死后，汉武帝一直对她很思念，曾请方士召了她的魂来，想再见见她。写了一首有名的诗："是邪，非邪？立而望之，偏何姗姗其来迟。"还为她写了一篇赋，写得很有感情。这个

---

* 初刊于《民族团结》一九七九年第四期，初收于人民文学版《汪曾祺全集》第九卷。

美人的短促的一生好像是一首诗。然而，就是她，对皇帝的恩宠看得非常透。

李夫人病危，汉武帝亲自来看她，这是多大的情分啊。可李夫人拿被蒙了脑袋，不让皇帝看她，只请求皇帝照看她的儿子和她的一家。汉武帝说："你只要让我看一眼，马上就加赐千金，并且让你的兄弟当大官。"李夫人就是不肯，她转面向里，只是抽泣，不再说话。汉武帝很不高兴地走了。皇帝一走，李夫人的姊妹都埋怨她。她说："我所以不让皇帝见，正是为了想让他照顾你们。我因为长得好看，才受到皇帝的爱幸。我现在病成这样，皇帝一看就恶心。不让他看，他会一直保留一个美好的印象。这样皇帝才会照顾你们。"李夫人真是聪明人。如果当时让汉武帝一看，以后的"是邪，非邪"，和那篇充满感情的赋，肯定都不会有。李夫人说了几句很深刻的话："以色事人者，色罢而爱弛，爱弛则恩绝。"这几句话概括了全部的后妃生活。

据班固统计，自汉兴至平帝，后庭以色宠著闻的有二十余人，只有四个得到善终，其余一概不得好死。班固当时就叹息道："既欢合矣，或不能成子姓（未能生子），成子姓矣，而不能要其终（没有落下好结局），岂非命也哉！"得宠——失宠——惨死，这就是后妃的命。

这还是得宠的，其余的就更不用说了，“有不得见者，三十六年”。

翻开历代的宫词，在那些珠光宝气的词句的后面，分明有一个血写的大字：怨。

后宫，是一座黄金铸成的牢狱。宫墙，是狱墙。里面关押着粉黛三千。这是一座巨大的坟墓，这些少女，在活着的时候就被埋葬了。

王昭君是从农村来的，“生长明妃尚有村”，从重庆坐船出峡，可以远眺流入长江的香溪上的昭君村。她不是罪人的后代，也不是歌伎出身，她是好人家的女儿——良家子。她对宫廷生活是不会习惯的。她入宫几年，掖庭待诏，对妃妾的辛酸生活必有所闻。后宫的复道回廊、翠幕栏干，都记录着哀怨女鬼的故事。她不要这种金丝雀一样的笼中岁月，不甘心老死在雕梁画栋的牢狱之中，她耻于“以色事人”，她要出去，走到广阔的天地里去，做一个自由自在的活人，这是很自然的。不安于汉宫生活，是她自愿请行的思想基础。

然而昭君的这种思想怎样表现？一种办法是平面地说。昭君身边也有宫女，她可以向宫女说。《王昭君》里昭君也向戚戚和盈盈说了，说她“想出去”，“堂堂皇皇地出去”，“正正当当地出去”。但是这不够。还可以让一个人，比如让一个老黄门给她讲故事，使她触目惊心，万分感慨。我十六年前写过一个剧本，就是这么干的。但是，不行，没戏！

为了表现王昭君的思想，曹禺同志塑造了两个人物。一个姜夫人，一个孙美人。

姜夫人庸庸多福。理所当然，应该是个白胖子。她是个“保守派”，或者说是个正统派。她一脑袋后妃之德。她为她的侄女王昭君设计了一条青云直上的道路。她认定了昭君总归是要见皇帝的人。见了皇帝，得到恩宠，就有盼头了。她请人教昭君弹琵琶，找人教她学唱、学舞，教她怎样穿衣、打扮，教她读书，目的都是一个：做万民之母，天下之后。她把这条道路设想得那样平坦如意，鸟语花香，光风丽日。王昭君对姑妈的天真的幻想没有戳破，她从未正面反驳过。姑妈爱这样想，让她想去。但是，当姜夫人一本正经地讲“德言工容”，让她一天到晚只要想一个念头——“皇帝”时，她说了一句：

“天骤暖了，花气更香了。”

对姑妈的话听而不闻，心不在焉。这是对姜夫人的很大的嘲弄。燕雀安知鸿鹄之志。没有姜夫人的庸俗，很难反衬出昭君的冲远的襟怀。

孙美人是王昭君的一面镜子。

一个人物，只在第一幕里出现，以后就再也没有了，这在一般戏剧里是很少见的。但是这个人物是必不可少的。只出现一幕，然而她完成了她在全剧里的作用，也完成了自己的性格。曹禺同志对这个昙花一现的人物没有几笔带过，而是着力地描写。

未见其人，已闻其声。上场之前，就听见她在幽幽地低唱：“北方有佳人，遗世而独立……”

她的形象是很特别的。她已经六十多岁了，头发全白了，然而声音、神态，依然是个十九岁的少女。四十余年如一瞬，时间在她的身上凝固了。她永远活在一个希望里，随时等待“皇帝宣诏”。她出来后，先在春水里照看，分不清水里的是花影、是人面。贫嘴的鹦鹉谎报万岁到了，她慌忙地急着要去接驾。曹禺同志在这里不厌其烦地写她怎样梳妆打扮。孙美人和王昭君的一大段关于装饰的对话，令人想起《陌上桑》、《古诗为焦仲卿妻作》这样一些汉代乐府诗常用的铺排的手法，是很有民族特色和时代特色的。王昭君的随口应答，表现了对孙美人的深厚的同情，同时也必然在自己的心灵里留下层叠的烙印。

孙美人真的受到皇帝的宣诏，——死了的先皇帝托梦叫生前的美人去慰解地下的寂寞。王昭君听了，问了一句：“去陪先皇帝？”

孙美人上了车，欢喜过度，一下子就断气了。王昭君只“哦”了一声。

这简单的一问和一声“哦”，有着多么深切的感触啊！孙美人还把她的琵琶送给王昭君，昭君何以为情？这人琴之感来得太突然了。

孙美人的出现，犹如电光石火，给王昭君极大的震击。她从孙美人的身上，清清楚楚看到自己的影子。孙美人的白发、痴心、惨遇、暴卒，是一个活生生的先例，使她横下一条心：走！王昭君向掖庭令报名请行，是前些天的事，但是孙美人的死，是对她的一个直接推动的力量。

眼前两条路：一边，当美人的皇封到了；一边，备选阏氏的圣旨也来了。非常富于戏剧性的境遇。然而王昭君已经成竹在胸，义无反顾，她毅然决然地说：“这里有过孙美人，永远不会有王美人的！——良家子王昭君，接旨奉诏。”“接旨奉诏”，一字千钧。如果是戏曲，这里一定是要下一锣的。

通过一个活人，使王昭君亲眼看到汉宫的悲剧，从而选定自己的人生道路，比由一个老宫监讲故事的办法强得多了。

范晔的《后汉书》写昭君去见大单于时，“丰容靓饰，光明汉宫，顾影徘徊，竦动左右。”非常形象地表现出王昭君的意满志得的心情。尤其是“顾影徘徊”，生动之至。

王昭君此时的顾影徘徊，必有以前的幽怨怅惘。花点笔墨写一写她对汉宫生活的认识，是完全必要的。万事起头难，有了这样富于诗意的第一幕，才能引出下面的文章。

姜夫人、孙美人，都是史书上所没有的。这是两个虚构的人物。但是这样的庸俗的女官和那样悲惨的妃妾，是一定会有的。没有姜夫人，也会有沈夫人；没有孙美人，也会有杨美人。这里所写的汉宫的生活，虽然不是言皆有据，但无是事，有是理。只要翻翻《汉书》的《外戚列传》[1]，便可相信这样的构拟，完全是有道理的。诗人的想象，是有充分的现实材料为基础的。

1　应为《外戚传》。——编者注

传统文化对中国当代文学创作的影响

前几年，有几位中国的青年评论家认为:“五四”是中国文化的断裂。从表面现象看，是这样。五四运动，出于革命的要求，提倡新文化，反对旧文化。那时的主将提出，“打倒孔家店”，“欢迎赛先生、德先生”。他们用很大的热情诅咒“选学妖孽，桐城谬种”。鲁迅就劝过青年少看中国书。但往深里看一看，五四并不是什么断裂。这些文化革命的主将大都是旧学根底很深的。这只要问问琉璃厂旧书店的掌柜的和伙计就可以知道，主将们是买他们的旧书的主要主顾！中国的新文学一开始确实受了西方的影响，小说和新诗的形式都是从外国移植进来的。但是在引

---

* 初收于北师大版《汪曾祺全集》第六卷，是作者为参加爱荷华国际写作计划准备的讲稿，约作于一九八七年八月。

进外来形式的同时，中国新文学一开始就没有脱离传统文化的影响。

鲁迅对中国古典文学，特别是中古文学，有很深的研究。他曾经讲授过汉文学史，校订过《嵇康集》。他写的《魏晋风度及文章与药及酒之关系》，至今还是任何一本中古文学史必须引用的文章。鲁迅可以用地道的魏晋风格给人写碑。他的用白话文写的小说、散文里，也不难找出魏晋文风的痕迹。我很希望有人能写出一篇大文章：《论魏晋文学对鲁迅作品的影响》。鲁迅还搜集过汉代石刻画像，整理过会稽郡的历史文献，自己掏钱在南京的佛经流通处刻了一本《百喻经》，和郑振铎合选过《北京笺谱》。这些，对他的文学创作都是有间接的作用的。

闻一多是把西洋诗的格律首先引进中国的开一代风气的诗人，但是他在大学里讲授的是《诗经》、《楚辞》、《庄子》、《唐诗》。他大概是最早用比较文学的方法讲中国古典文学的一个人。我在大学里听他讲过唐诗，他就用后印象派的画和晚唐绝句相比较。闻先生原来是学画的，他一直仍是画家。他同时又是写金文的书法家，刻图章的金石家。他的诗文也都有金石味，——好像用刻刀刻出来的。

郭沫若是一个通才。他写诗，也写过小说，写了一大堆剧本；翻译过《浮士德》。但他又是历史学家、考古学家。他是第一个用新的观点研究先秦诸子思想的学者，是从史实、章句到文学价值全面地研究《楚辞》的大家，他对甲骨文、金文的研究超越了前人，成为一代权威。他的书法自成一体，全国到处的名胜古迹楼台亭馆，都可以看到他的才气纵横的大字。他的诗明显地受了李白的影响。

沈从文在中国现代作家里是一个很奇特的例子。他只读过小学，当了几年兵，一个土头土脑的乡下人，冒冒失失地从边远落后的湘西跑到文化古城北京，想用一枝笔挣到一点“可以消化消化”的东西，可是他连标点符号都不会用。他在一种文化饥饿的状态中，贪婪地吞食了大量的知识，——读了很多书。他最初拥有的书，是一本司马迁的《史记》。他反复读这本书。直到晚年，对其中许多章节还记得。他的小说的行文简洁而精确处，得力于《史记》者，实不少。也像鲁迅一样，他读了很多魏晋时代的诗文。他晚年写旧诗，风格近似阮籍的《咏怀》。他读过不少佛经，曾从《法苑珠林》中辑录出一些故事，重新改写成《月下小景》。他的一些小说富于东方浪漫主义的色彩，跟《法苑珠林》有一定关系。他的独特的文体，他自己说是“文白夹杂”，即把中古时期的规整的书面语言和近代的带有乡土气息的口语揉合在一处，我以为受了《世说新语》以及《法苑珠林》这样的翻译佛经的文体的影响颇大。而他的描写风景的概括性和鲜明性，可以直接上溯到郦道元的《水经注》。他一九四九年以后忽然中断了文学创作，转到文物研究方面来。许多外国朋友，包括中国的青年作家，都觉得这是不可理解的，几乎是神秘的转折。尤其难于理解的是，他在不长的时间中对文物研究搞出那样大的成就，写出许多著作，包括像《中国服饰研究》这样的开山之作的巨著。我，作为他的学生，觉得这并不是完全不可理解。沈先生从年轻时候就对一切美的东西具有近似痴迷的兴趣，他对书画、陶瓷、漆器、丝绸、刺绣有着渊博的知识。这些，使他在写小说、散文时得到启发，而他对写作的精细耐心，也正像一个手工艺匠师对待他的制品一样。

四十年代是战争年代，有一批作家是从农村成长起来的。他们没有受过完整正规的学校教育，但是他们得到农民文化的丰富的滋养，他们的作品受了民歌、民间戏曲和民间说书很大的影响，如赵树理、李季。赵树理是一个农村才子，多才多艺。他在农村集市上能够一个人演一台戏，他唱、演，做身段，并用口拉过门、打锣鼓，非常热闹。他写的小说近似评书。李季用陕北“信天游”形式写了优秀的叙事诗。他们所接受的是另一种形态的文化传统。尽管是另一种形态的，但应该说仍旧是中国的文化传统。

在战争的环境中，书籍是很难得到的。有些作家在土改时从地主家中弄到半套《康熙字典》或残缺不全的《聊斋志异》，就觉得如获至宝。孙犁就是这样一位作家。孙犁的小说清新淡雅，在表现农村和战争题材的小说里别具一格（他嗜书若命）。他晚年写的小说越发趋于平淡，用完全白描的手法勾画一点平常的人事，有时简直分不清这是小说还是散文，显然受了中国的“笔记”很大的影响，被评论家称之为“笔记体小说”。

另一个也被评论家认为写“笔记体小说”的作家是汪曾祺。我的小说受了明代散文作家归有光颇深的影响。黄宗羲说：“予读震川文之为女妇者，一往情深，每以一二细事见之，使人欲涕。”他的散文写得很平淡，很亲切，好像只是说一些家常话。我的小说很少写戏剧性的情节，结构松散，有的评论家说这是散文化的小说。

五十年代的青年作家读俄罗斯和苏联翻译作品及五四以来的作家的作品比较多，旧书读得比较少。但也不尽如此。宗璞从小受到古典文学的熏陶，她的作品让人想起宋代女词人李清照。

六十年代才真是文化的断裂。

七十年代由于文化对外开放，西方的各种文艺思潮和各种流派的作品涌进中国，这一代的青年作家热衷于阅读这些理论和作品，并且吮吸到自己的创作之中。

八十年代的青年作家有一部分忽然对中国传统文化激发出巨大的热情。有几年在大学生中间掀起了一阵“老庄热”，有的青年作家甚至对佛学中的禅宗产生兴趣。比如现在美国的阿城。前几年有一些青年作家提出文学“寻根”。“寻根”是一个相当模糊的概念，谁也没有说明白它的涵义。但是大家有一种朦朦胧胧的向往，追寻好像已经消逝的中国古文化。我个人认为这种倾向是好的。

近年还出现“文化小说”的提法，这也是相当模糊的概念。所谓“文化小说”，据我的观察，不外是：1. 小说注意描写中国的风俗，把人物放置在一定的风俗画环境中活动；2. 表现了当代中国的普通人的心理结构中潜在的传统文化的影响，——比如老庄的顺乎自然的恬静境界，孔子的“仁恕”思想。

无论“寻根文学”或“文化小说”的作者，都更充分地意识到语言的重要性。他们认识到语言不仅是手段，其本身便是目的。他们认识到语言的哲学的、心理的意蕴。认识到语言的文化性。语言是一种文化现象。语言的后面都有文化。正如中国古代的文论家所说：凡无字处皆有字。文学语言的辐射范围不只是字典上所注释的那样。语言后面所潜伏的文化的深度，是语言优次的标准，同时也是检验一个作品民族化程度的标准，也是一个作品是否真正能够感染读者的重要契因。比如毛泽东写给柳亚子的诗：

饮茶粤海未能忘，
索句渝州叶正黄。
三十一年还旧国，
落花时节读华章……

单看字面，“落花时节”就是落花的时节，但是如果读过杜甫逢李龟年的诗：

岐王宅里寻常见，
崔九堂前几度闻。
正是江南好风景，
落花时节又逢君。

就知道“落花时节”包含着久别重逢的意思。

因此，我认为当代中国作家，应该尽量多读一点中国古典文学。

中国的当代文学含蕴着传统的文化，这才成为当代的中国文学。正如现代化的中国里面有古代的中国。如果只有现代化，没有古代中国，那么中国就不成其为中国。

要有益于世道人心

要有一个清楚、明确的世界观。

我解放前的小说是苦闷和寂寞的产物。我是迷惘的，我的世界观是混乱的，写到后来就几乎写不下去了。近二年我写了一些小说，其中一部分是写旧社会的，这些小说所写的人和事，大都是我十六七岁以前得到的印象。为什么我长时期没有写，到了我过了六十岁了，才写出来了呢？大概是因为我比较成熟了，我的世界观比较稳定了。有一篇小说（《异秉》）我在一九四八年就写过一次，一九八〇年又重写了一次。前一篇是对生活的一声苦笑，揶揄的成分多，甚至有点玩世不恭。我自己找不到出路，

---

*初刊于《人民文学》一九八二年第五期，该刊为纪念《在延安文艺座谈会上的讲话》发表四十周年，邀请一九八一年全国优秀短篇小说奖获奖者召开座谈会，此文为汪曾祺的发言纪要；初收于北师大版《汪曾祺全集》第三卷。

也替我写的那些人找不到出路。后来的一篇则对下层的市民有了更深厚的同情。我想把生活中美好的东西、真实的东西，人的美、人的诗意告诉别人，使人们的心得到滋润，从而提高对生活的信念。如果我的世界观是混乱的，我自己对生活缺乏信心，我怎么能使别人提高信心呢？我不从生活中感到欢乐，就不能在我的作品中注入内在的欢乐。写旧生活，也得有新思想。可以写混乱的生活，但作者的思想不能混乱。

要对读者负责。

解放前我很少想到读者。一篇小说发表了，得到二三师友称赞，即为已足。近二年写小说，我仍以为我的读者面是很窄的。最近听说，我的读者不像我想的那样少，有一些知识青年，青年工人和公社干部也在读我的小说。这使我觉得很惶恐，产生一种沉重的责任感。觉得这不是闹着玩的事。社会主义国家的作家写作，还是得考虑社会效果，真不该是作者就是那样写写，读者就是那样读读。"文章千古事，得失寸心知"，得失，首先是社会的得失。我有一个朴素的、古典的想法：总得有益于世道人心。

我究竟给了读者一些什么呢？我应该向读者拿出一些更好的作品。因此，《讲话》的基本精神，今天还是对我们有指导意义的。

回到现实主义，回到民族传统

我愿意悄悄写东西，悄悄发表，不大愿意为人所注意。二十几岁起，我就没怎么读文学理论方面的书了，已经不习惯用理论用语表达思想。我对自己很不了解，现在也还在考虑我算不算作家？从开始写作到现在，写的小说大概不超过四十篇，怎么能算作家呢？

下面谈几点感想。

关于评论家与作家的关系。昨天，我去玉渊潭散步，一点风都没有，湖水很平静，树的倒影显得比树本身还清楚，我想，这就是作家与评论家的关系。对于作家的作品，评论家比作家看得还清楚，评论是镜子，而且多少是凸镜，作家的面貌是被放大了的，评论家应当帮助作家认

---

* 初刊于《北京文学》一九八三年第二期，初收于《晚翠文谈》。

识自己，把作家还不很明确的东西说得更明确。明确就意味着局限。一个作家明确了一些东西，就必须在此基础上，去寻找他还不明确的东西，模糊的东西。这就是开拓。评论家的作用就是不断推动作家去探索，去追求。评论家对作家来说是不可缺少的。

关于主流与非主流的问题。这是我自己提出来的，用的是一般的习惯的概念。比如蒋子龙的作品对时代发生直接的作用，一般的看法，这当然是主流。我反映四十年代生活，不可否认它有美感作用，认识作用，也有间接的教育作用。我不希望我这一类作品太多，我也希望多写一点反映现实的作品。为什么我反映旧社会的作品比较多，反映当代的比较少？我现在六十多岁了，旧社会三十年，新社会三十年。过去是定型的生活，看得比较准；现在变动很大，一些看法不一定抓得很准。一个人写作时要有创作自由，“创作自由”不是指政策的宽严，政治气候的冷暖；指的是作家自己想象的自由，虚构的自由，概括集中的自由。对我来说，对旧社会怎样想象概括都可以，对新生活还未达到这种自由的地步。比如，社会主义新人，如果你看到了，可以随心所欲挥洒自如，怎样写都行；可惜在我的生活里接触到这样的人不多。我写的人大都有原型，这就有个问题，褒了贬了都不好办。

我现在写的旧社会的人物的原型，大都是死掉了的，怎么写都行。当然，我也要发现新的人，做新的努力。当然，有些新生活，我也只好暂时搁搁再写。对新生活我还达不到挥洒自如的程度。

今天评论有许多新的论点引起我深思。比如季红真同志说，我写的旧知识分子有传统的道家思想，过去我没听到过这个意见，值得我深思。又说，我对他们同情较多，批评较少，这些知识分子都有出世思想，她的说法是否正确，我不敢说。但这是一个新的研究角度。从传统的文化思想来分析小说人物，这是一个新的方法，很值得探索。在中国，不仅是知识分子，就是劳动人民身上也有中国传统的文化思想，有些人尽管没有读过老子、庄子的书，但可能有老庄的影响。一个真正有中国色彩的人物，与中国的传统文化是不能分开的。比如我写的《皮凤三楦房子》，高大头、皮凤三用滑稽玩世的办法对付不合理的事情，这些形象，可以一直上溯到东方朔。我对这样的研究角度很感兴趣。

有人说，用习惯的西方文学概念套我是套不上的。我这几年是比较注意传统文学的继承问题。我自小接触的两个老师对我的小说是很有影响的。中国传统的文论、画论是很有影响的。我初中有个老师，教我归有光的文章。归有光用清淡的文笔写平常的人情，对我是有影响的。另一个老师每天让我读一篇“桐城派”的文章，“桐城派”是中国古文集大成者，不能完全打倒。他们讲文气贯通，注意文章怎样起怎样落，是有一套的。中国散文在世界上是独特的。“气韵生动”是文章内在的规律性的东西。庄子是大诗人、大散文家，说我的结构受他一些影响，我是同意的。又比如，李卓吾的“为文无法”，怎么写都行，我也是同意的。应当研究中国作品中的规律性的东西，用来解释中国作品，甚至可以用来解释外国作品。就拿画论来说，外国的印象派的画是很符合中国的画论的。传统的文艺理论是很高明的，年轻人只从翻译小说、现代小说学习写小说，忽视中国的传统的文艺理论，是太可惜了。我最喜欢读画论、读游记。讲文学史的同志能不能把文学史与当代创作联系起来讲？不要谈当代就是当代，谈古代就是古代。

现实主义问题。有人说我是新现实主义，这问题我说不清，我给自己提出的要求是回到现实主义、回到民族传统。我也曾经接受过外国文学的影响，包括“意识流”的作品的影响，就是现在的某些作品也有外国文学影响的蛛丝马迹。但是，总的来说，我还是要回到现实主义，回到民族传统。这种现实主义是容纳各种流派的现实主义；这种民族传统是对外来文化的精华兼收并蓄的民族传统，路子应当更宽一些。

（根据发言整理）

现实主义的魅力

在北京市作协举行的关于我的作品的讨论会上，我作了简短的发言，题目是“回到现实主义，回到民族传统”。为什么说“回到”呢？因为我在年轻时曾经有一度搞的不是现实主义。我读过一些西方现代派的作品，受过影响。

使我走向现实主义，是现实本身对我教育的结果。

有一次，我和一个同学，走出西南联大的校门。门外白杨树丛里躺着一个人。这是一个壮丁，被队伍遗弃了。他极端衰弱，就要死了。像奥登《战时在中国作》里所说的那样，就要“离开他的将军和身上的虱子”了。但是他还没有死，他的头转来转去。我的同学对我说：“你们搞写作的人，应该对这种事负责任。”我当时说不出什么，

* 初收于人民文学版《汪曾祺全集》第十卷。

只是想起里尔克的一句诗："他眼睛里有些东西，绝非天空。"你们看，我用来表达我当时的感受的，还是一位现代派诗人的诗！我的同学的话给我相当大的刺激，我感到作为一个作家的社会责任感。

离开大学之后，我的生活是相当困苦的。困苦的生活迫使我面对现实。

一九四六年夏天，我从昆明到上海，路过香港，在一个华侨公寓里住了几天。我觉得我像一根掉在阴沟里的鸡毛，浑身沾满了泥水。

我曾在北京的历史博物馆当了半年职员，那时的历史博物馆在午门。"五凤楼"有几个陈列室，陈列着一些残破的、不值什么钱的文物。正中大殿上摆着清朝皇帝的宝座，还有几件袁世凯祭孔子的古怪的礼服。我住在当年锦衣卫值宿的房子里。一到晚上，所有的沉重的宫门都关了，显得异样的安静。我一个人站在午门前铺了石板的空旷的广场上，我觉得全世界都是冰凉的，只有我这儿一点是热的。我耐不住这样的孤寂，我要接触生活，我要和人生活在一起。一九四九年三月，我参加了第四野战军南下工作团，穿起了军装。我原想随军队打到广州。不想到武汉被留下来接管文教机关，我所接触的还是知识分子，想多看看生活的愿望未能实现。

我后来调到北京市文联工作。一九五一年，曾到江西进贤参加土改。进贤的土改没有多少轰轰烈烈的场面，但是我听了不少农民诉苦。有一个妇女诉苦，她控诉的不是地主，却是兔子。她辛辛苦苦在山上种了一点豆子，几次都被兔子刨出来吃掉了。她哭了，哭得很伤心。她只好砍了松柴到市上去卖。下大雨，雨水积满了她的竹扁担的空膛，花花地往下流。我想：这就是中国的农村，中国的农民。

土改回来后，我当了多年的编辑，还是不能接触生活。

一九五八年我被划成了右派，下放到张家口一个农业科学研究所劳动，前后三年。我这次真是“下放”了，放逐到了中国的底层。我跟一些农业工人——也就是拿工资的农民一同劳动。一点都不含糊地劳动。我当时能扛一百七十斤重的麻袋。晚上，我和这些农业工人睡在一铺大炕上，枕头挨着枕头。我和工人们的感情很好。前年我到原来劳动过的单位去看了看，不少老人还认得我。一个小木匠说他结婚时用的碗筷和锁门的锁还是我给他买的，我已经一点不记得了。这三年，我比较贴近地了解了中国的农村和中国的农民。离开这里以后，我写了几篇关于这个地区的农民的小说。我的感受是真实的。

中国共产党十一届三中全会以后，人的思想解放，创作空前繁荣。我想起一个问题：既然历史题材都可以写，为什么解放前的、旧社会的生活不能写呢？我半生生活在旧社会，童年时代是在苏北的一个小城里度过的。童年时代的记忆最清晰，那些我和他们朝夕相处的人物随时可以浮现在我的眼前。我于是拿起笔来写了一系列反映旧社会生活的小说。当然我现在看旧社会的生活和小时候不一样了。我写的是旧社会，但是我的作品却是一个八十年代中国人的全部感情的总和。

我企图写出人的诗意，人的美。这就是我所说的现实主义。

我的作品里现在也还能找出现代派的影响。我并不排斥现代派，但是我愿意说我的作品基本上是现实主义的。我认为现实主义是有魅力的。现实主义并没有衰老。

谢谢大家。

漫话作家的责任感

作家当然应该有责任感，但是如何评判作家的责任感则值得好好研究。

我觉得分析一个作家的文学创作主张，不应该以他在某一个会上说过某一句话作为标准，而应该看他全部作品。甚至即使他说自己不考虑社会责任感，照样可能是有社会责任感的。不能从简单的一句话中看待一个作家的整个创作主张和整个人生态度。

比如阿城说过他写小说就是为了满足自我，对这样一句话可以作各种引申，可以引申出他没有责任感，也可以引申出他有很强烈的社会责任感。这就要看他的作品到底

* 初刊于《文学自由谈》一九八八年第五期，初收于北师大版《汪曾祺全集》第四卷。

反映了些什么。

一个作家的作品，一旦发表出来就成为一种社会事实，就会产生社会影响。你的作品写成后，锁在抽屉里是属于自己的，发表出来就成了社会现象，当然也就会对读者产生这样那样的影响。这种影响，发表前你也许不能完全准确估计到，但是大体上还是一个估计的。

现在对于责任感的理解可能有两种，一种所谓的责任感就是古代的“代圣贤立言”，也就是说别人的话，说别人想说而没有说出来的话，替别人说话。这就是揣摩上意，发意称旨，就是皇上嘴里还没有出来呢，我就琢磨着他要说什么。还有一种责任感，是作家表达自己对社会的感受，是出自自己真诚的思索。我赞成后一种责任感。

一个作品产生的社会效果，往往不是出自作家的主观意识，而是受社会环境的影响。像抗日战争中，没有“白毛女”也会出现别的戏，鼓励大家参军打鬼子去，因为当时有这样的社会环境。所以我觉得，应当研究一部重要作品到底是怎样产生作用的，产生了什么作用。作家的责任感应该是独特的，与其他人有所不同。我最近读了巴西总统写的一首诗，写的是渔民出海时亲人等他的心情。诗写得很好。我觉得他虽然是总统，但是写诗的时候不是总统，是诗人，是用诗人的眼睛看待世界，表达自己的感受。他当总统时是总统，不当总统时是诗人，不能用当总统的责任感写诗，也不能用写诗的办法治理国家。两者不是一回事。作家的责任感是在作品中体现出来的，而不应该游离于作品之外。你在写作时，所要考虑的就是把作品写好，不可能先想你该有怎样的社会责任感，这样的作品很难成功。我曾经问过一个空军飞行员，上天的时候是不是想到对国家对民族的责任。他说我不能想，我一想就要被敌人打下来了。我只能想怎样瞄准对手，把他打下来。写小说也是一样，如写不好，就像飞机驾驶员就要被揍下来一样。

现在一些人主张文学应该更多反映社会问题，更多干预生活，这种看法值得探讨。最早提出“问题小说”的是赵树理，他也写过一些这类作品，像《地权》就是解决土地问题的。但是恰恰就是他自己的不少小说，也无法放到“问题小说”里面，比如《手》，比如《富贵》，而往往就是这样一些小说比所谓的“问题小说”的艺术生命力要强。过去不少作家包括老舍这样的作家都受到这种影响，总想在作品中直接反映社会变化，配合运动需要，以为这就是责任感。老舍《茶馆》的结尾原来不是这样，他打算把王利发写成当上了人民代表。后来焦菊隐对他说，你就是第一幕好，你就照着第一幕写吧。老舍说，那咱们就“配合”不上了。如果真“配合”上了，《茶馆》也就不是《茶馆》了。现在，一些人所说的社会责任感，和那时的“配合”其实是一样的。

作家想要更多地干预生活，从自己的能力来说也很难做到。道理很明显，一个作家所能表现的只能是他所感知的那部分世界，总是有局限的。如果整个世界都要表现，不就成了全知全能的上帝了吗？好比一个大夫，不可能内科、外科、儿科、妇科都干，而且都干得很好。只能专攻一行。如果你只割瘤子，你就把那个瘤子割好了，不就行了？简单地说，这就是卖什么吆喝什么。搞文学的就把文学搞好。

还有一种情况，就是一些人总愿意给文学作品赋予更多的功能，结果使你写的东西产生的社会效果和你所想的完全不是一回事。比如，我写过一篇小说《皮凤三揎房子》，是讽刺性的。写的是故乡高邮一个叫高大头的人有办法，居然在九平方米的地皮上盖起了三十六平方米的房子。写的是这个过程。高大头确有一个原型，但我写的是小说，是因为对这个事情感兴趣，并没有想到会产生什么效果。没想到小说一发表，当地政府马上决定给这个“高大头”解决房子，说汪老在小说里都写了这件事了，而且“高大头”现在还成了我们县里的政协委员。他的女儿是模范个体户，介绍时就说她是汪老小说中那个高大头的女儿。这种效果是我完全没有想到的，也是完全不希望的。实际上，我们老家的人把文学看成一种政治工具了。我不想让文学作品承担这样的功能。后来，这个“高大头”给我写来很长的一封信，还寄来了材料，希望我写小说的续篇，我说我写不了。因为我想不出还能写些什么。我希望，让文学回到文学本身。

一个作家如果真诚地反映出所了解的世界，他就实现了自己的责任。

一九八八年七月七日

道是无情却有情

同志们希望我们谈谈文艺形势，这个问题我说不出什么来。我对文艺界的情况很隔膜。我是写京剧剧本的，写小说不是本职工作。我觉得文艺形势是好的。党的三中全会以来，我觉得文艺形势空前的好。我这不是听了什么领导同志的意见，也没有作过调查研究，只是我个人的切身感受。形势好，是说大家思想解放了，题材广阔了，各种流派都允许出现了。拿我来说，我的一些作品，比如你们比较熟悉的《受戒》、《大淖记事》……写旧社会的小和尚和村姑的恋爱，写一个小锡匠和一个挑夫的女儿的恋爱，不用说十年动乱，就是“十七年”，这样的作品都是不会出现的。没有地方会发表，我自己也不会写。写了，有地

* 初刊于《伊犁河》一九八二年第四期，初收于《晚翠文谈》。

方发表，有人读，这跟以前很不一样了嘛。有人问起关于《受戒》的争议的情况。我没有听到什么争议。只有《作品与争鸣》上发表过国东的一篇《莫名其妙的捧场》。这篇文章主要是批评那些“捧场”的人的。其中也批评了我的小说，说这里的一首民歌“不堪入目”。我觉得对一篇作品有不同的看法，是正常的。不同的意见，这算不得是有“争议”。“争议”一般都指作品有带有倾向性的问题。这篇小说好像还没有人拿来当作有倾向性的问题的作品批评过。大家关心“争议”，说明对文艺情况很敏感。有人问《文艺报》和《时代的报告》争论的背景，这个问题我实在一无所知。“十六年”这个提法，很多同志不同意，我也不同意。

我的小说有一点和别人不大一样，写旧社会的多。去年我出了一本小说选，十六篇，九篇是写旧社会的，七篇是写解放后的。以后又发表了十来篇，只有两篇是写新社会的。有人问我是不是回避现实生活中的矛盾。我没有回避矛盾的意思。第一，我也还写了一些反映新社会的生活的小说。第二，这是不得已。我对旧社会比较熟悉，对新社会不那么熟悉。我今年六十二岁，前三十年生活在旧社会，后三十年生活在新社会，按说熟悉的程度应该差不多，可是我就是对旧社会还是比较熟悉些，吃得透一些。对新社会的生活，我还没有熟悉到可以从心所欲，挥洒自如。一个作家对生活没有熟悉到可以从心所欲，挥洒自如的程度，就不能取得真正的创作的自由。所谓创作的自由，就是可以自由地想象，自由地虚构。你的想象、虚构都是符合于生活的。一个作家所写的人和事常常有一点影子，但不可能就照那点影子原封不动地写出来，总要补充一点东西，要虚构，要想象。虚构和想象的根据，是生活。不但要熟悉你所写的那个题材，熟悉与那个题材有关的生活，还要熟悉与那个题材无关的生活。你要对某个时代、某个地区、某种范围的生活熟悉到可以随手抓来就放在小说里，很贴切，很真实。海明威说：冰山所以显得雄伟，因为它浮出水面的只有七分之一，七分之六在海里。一个作家在小说里写出来的生活只有七分之一，没有写出来的是七分之六。没有七分之六，就没有七分之一。

生活是第一位的。有生活，就可以头头是道，横写竖写都行；没有生活，就会捉襟见肘，或者，瞎编。

有的青年同志说他也想写写旧社会，我看可以不必。你才二三十岁，你对旧社会不熟悉。而且，我们当然应该多写新社会，写社会主义新人。

要不要有思想，有主题？当然要有。我不同意无主题论。有人说我的小说说不出主题是什么，我自己是心中有数的。比如《岁寒三友》的主题是什么？“涸辙之鲋，相濡以沫”。一个作者必须有思想，有自己的思想。我们要学习马克思主义、毛泽东思想，但是不能用马克思或毛泽东的话，或某一项政策条文，代替自己的思想。一个作者对于生活，对于生活中的某种人或事，总得有自己的看法。作者在观察生活，塑造形象的过程中，总是要伴随自己的思想的。作者的思想不可能脱离形象。同样，也不可能有一种不是浸透了作者思想单独存在的形象。

所谓思想，我以为即是作者自己所发现的生活中的美和诗意，作者自己体察到的生活的意义。我写新社会的题材比较少，是因为我还没有较多地发现新的生活中的美和诗意。所谓不熟悉，就是自己没有找到生活的美和诗意。社会主义新人，就是一种社会主义的新的“人”，人的身上的新的美，新的诗意。必须是自己确实发现了，看到，感受到的。也就是说，确实使自己感动过的。要找到人身上的珠玉，人身上的金子。不是概念的，也不是夸饰的。不是自己并没有感动过，而在作品里作出受了感动的样子。比如，我在剧团生活了二十年，应该是比较熟悉的。有的同志建议我写写剧团演员，写写他们的心灵美。我是想写的，但一直还没有写，因为我还没有找到美的心灵。有人说：你可以写写老演员怎样为了社会主义的艺术事业，培养新的一代；可以写写年轻人怎样刻苦练功，为了演好英雄人物……我谢谢这些同志的好心，但是我不能写，因为我没有真正地看到。我要再找找，找到人的心的珠玉，心的黄金。

作品的主题，作者的思想，在一个作品里必须具体化为对于所写的人物的态度、感情。

对于人或事的态度、感情，大概有这么三种表达方式。一种是“特别地说出”。作者唯恐别人不理解，在叙述、描写中拼命加进一些感情色彩很重的字样，甚至跳出事件外面，自己加以评述、抒情、发议论。一种是尽可能地不动声色。许多西方现代小说的作者就尽量不表示对于所写的人、事的态度，非常冷静。比如海明威。我是主张作者的态度是要让读者感觉到的，但是只能“流露”，不能“特别地说出”。作者的感情、态度最好溶化在叙述、描写之中，隐隐约约，存在于字里行间。“东边日出西边雨，道是无晴却有晴”。

信口说了这些，请大家指正。

不要把作家抽象化起来

北京的青年创造出一个新词儿，叫做“玩深沉”。几个小伙子在一起胡侃，其中之一默不出声，作沉思状，或者说两句带点哲理意味的警句，大伙就会嘲笑他：“这小子，玩深沉�！”“玩深沉”者，其实并不深沉，只是做出一副样子，显得比别人高一头。我觉得有些评论家就是在那里玩深沉。

评论文章的难懂，已经使得大家叫苦连天，包括评论家们自己。有些评论好像不是写给读者，也不是写给作家看的，只是写给评论家看的。他们自有一套名词、术语、概念、方法，不入他们的门，不掌握他们的符号，简直不

---

* 初刊于《云冈》杂志，初刊时间未详，初收于人民文学版《汪曾祺全集》第九卷。

知道他们说什么。而且他们使用的符号并不统一，甚至评论家自己也很难沟通。近年时兴两个评论家的对话，有时是三四个人交谈，但是我看他们并没有在交谈，只是各人说各人的，如上海人所说，在那里“自说自话”。他们演了一出《三岔口》，摸黑，打了半天，谁也没有打着谁。

有些评论，完全看不懂。有一些，硬着头皮看了，好像是懂了，而且觉得有些新的观点，新的意思，但是觉得：一、不必写得那样长，大可砍掉三分之二；不必那样云苫雾罩，仙鹤打架——绕脖子。有些评论，如果用普普通通的话，清清楚楚地说出来，本来是可以成为一篇好文章的，不知道为什么要搞得那样诘崛聱牙，那样艰涩。宋人某评一史家，说他爱用“恶硬语”。我们的评论家就爱用“恶硬语”，似乎不如此即不像是评论，就不“深沉”。

相当多的评论家所用的方法是“六经注我”。自己搞了一个理论系统，然后把作家零拆了，塞进系统里去，作为他的系统的注脚。

“六经注我”，古已有之，这是一个好方法，比在章句声训中讨生活要高明。但是：

一、要“我”值得一注，确实有点道理，能够自圆其说，一通百通。

二、要对“六经”（作品）读得很熟，可以随意征引，自由运用，“注”与“白文”，浑然一体，毫不勉强。让作者心服：我原来是这样的；让读者也觉得他（作者）或他们原来是那样的！你不说，我们不明白；你一说，还真是那么一回事。谢了，谢了！

但是我们很多评论家到不了这种境地。他们的理论系统本来就有点支离破碎，疙里疙瘩，他们在举作家为例时，往往把作家抽象化起来，似乎作家是按照他的某种理论概念写作的，作品只是他的理论的演绎。

我觉得一个评论家首先应该是一个鉴赏家。可惜我们不少评论家的“理论”的兴趣比对作品的兴趣要大得多。

我希望评论家在评我的作品时首先欣赏我的作品，不要拿我的作品来为他的理论“说事”。

一九八八年七月十三日

美学感情的需要和社会效果

按说我写作的时间不是很短了，今年我六十二岁，开始写作才二十岁。我的写作断断续续，大学时写了点东西，解放前几年写了一些小说，出过一本集子。解放后做编辑工作，没写什么。反右前写了点散文，一九六二、一九六三年写了点小说，又搁下十几年。一九七九年至一九八一年写了二十来篇短篇小说，大部分反映的是解放以前的生活，是我十六七岁以前在生活中捕捉的印象。我十六岁离开老家，十九岁在昆明西南联大上大学。我为什么要写反映我十六岁前的生活的小说呢？我想，第一个原因，就是现在的气候很好。三中全会以后，思想解放深入人心，文艺呈现了蓬勃旺盛的景象，形势很好。形势好的

＊初刊于《文谭》一九八三年第一期，初收于《晚翠文谈》。

标志，是创作题材和表现方法多样化，思想艺术都比较新鲜。一些青年同志在思想和艺术上追求探索的精神使我很感动，在这样的气候感召下，在一些同志的鼓励和督促下，我又开始写作。一个人的创作不能不受社会条件的影响和制约，不可能是孤立的现象。这是一。第二个原因，是我的世界观比较成熟了。一个人到了我这样的年龄，一般说世界观已经成熟了。我年轻时写的那些作品，思想是迷惘的。在西南联大时，我接受了各式各样的思想影响，读的书很乱，读了不少西方现代派作品。我在大学一、二年级写的那些东西，很不好懂，它们都没有保留下来。比如那时我写的一首诗中有这样一句："所有的西边都是东边的西边。"这是什么东西呢？这是观念的游戏。我和许多青年人一样，搞创作，是从写诗起步的。一开始总喜欢追求新奇的、抽象的、晦涩的意境，有点"朦胧"。我们的同学中有人称我为"写那种别人不懂，他自己也不懂的诗的人"。大学二年级以后，受了西班牙作家阿左林的影响，写了一些很轻淡的小品文。有一个时期很喜爱 A. 纪德的作品，成天挟着一本纪德的书坐茶馆。那时萨特的书已经介绍进来了，我也读了一两本关于存在主义的书。虽然似懂不懂，但是思想上是受了影响的。离开学校后，不得不正视现实，对现实进行一些自己的思考。但是因为没有正确的思想作指导，我的世界观是混乱的。解放前一二年，我的作品是寂寞和苦闷的产物，对生活的态度是：无可奈何。作品中流露出揶揄，嘲讽，甚至是玩世不恭。解放后三十多年来，接受了党的教育，接受了马列主义思想，解放前思想中的那些乱七八糟的东西基本没有了。解放后我的生活道路也给了我很深的教育，不平坦的生活道路对我个人来说也不是没有好处的。经过长久的学习和磨练，我的人生观比较稳定，比较清楚了，因此对过去的生活看得比较真切了。人到晚年，往往喜欢回忆童年和青年时期的生活。但是，你用什么观点去观察和表现它呢？用比较明净的世界观，才能看出过去生活中的美和诗意。一个人的世界观不能永远混乱下去，短期可以，长期是不行的。听说萨特的存在主义在我们青年中相当有影响，当然可能跟我们年轻时所受的影响有所不同，有些地方使我感到陌生，有些地方似曾相识。我感到还是马克思主义好些，因为它能解决我们生活中所碰到的问题。

我写《受戒》的冲动是很偶然的，有天早晨，我忽然想起这篇作品中所表现的那段生活。这段生活当然不是我的生活。不少同志问我，你是不是当过和尚？我没有当过和尚。不过我曾在和尚庙里住过半年多。作品中那几个和尚的生活不是我造出来的。作品中姓赵的那一家，在实际生活中确实有那么一家。这家人给我的印象很深。当时我的年龄正是作品中小和尚的那个年龄。我感到作品中小英子那个农村女孩子情绪的发育是正常的、健康的，感情没有被扭曲。这种生活，这种生活样式，在当时是美好的，因此我想把它写出来。想起来了，我就写了。写之前，我跟个别同志谈过，他们感到很奇怪：你为什么要写这个作品？写它有什么意义？再说到哪里去发表呢？我说，我要写，写了自己玩；我要把它写得很健康，很美，很有诗意。这就叫美学感情的需要吧。创作应该有这种感情需要。我写《大淖记事》也是这样的。大淖这个地方离那时我的家不远，我几乎天天去玩。我写的那些挑夫，不住在大淖，住在另一个地方，叫越塘。那些挑夫不是穿长衫念子曰的人，他们的是非标准、伦理道德观念跟我周围的人不一样，他们是更高尚的人，虽然他们比较粗野。越塘边住着一个姓戴的轿夫，得了象腿病（血丝虫病）。一个抬轿的得了这种病，就完了。他的老婆本是个头发蓬乱的普通女人，从来没有出头露面。丈夫得了这种病，她毅然出来当了“挑夫”，把头发梳得光光的，人变得很干净利落，也漂亮了。我觉得她很高贵。《大淖记事》最后巧云的形象，是从这个轿夫的老婆身上汲取的。小时候我听到过一个小锡匠的恋爱史。这个小锡匠曾被人打死过去，用尿碱救活了，这些都是真的。锡匠们挑着担子去游行，这也是我亲眼见到的。写了《受戒》以后，我忽然想起这件事，并且非要把它表现出来不可，一定要把这样一些具有特殊风貌的劳动者写出来，把他们的情绪、情操、生活态度写出来，写得更美、更富于诗意。没有地方发表，写出来自己玩，这就是美学感情的需要。接着就发生了第二个问题，这样的东西有什么作用？周总理在广州会议上说过：文学有四个功能：教育作用，认识作用，美感作用，娱乐作用。有人说，你的这些作品写得很美，美感作用是有的；认识作用也有，可以了解当时劳动人民的道德情操；娱乐作用也是有的，有点幽默感，用北京话说很“逗”，看完了，使人会心一笑；教育作用谈不上。对这种说法，我一半同意，一半不同意。说我的这些东西一点教育作用没有，我不大服气。完全没有教育作用只有美感作用的作品是很少的，除非是纯粹的唯美主义的作品。写作品应该想到对读者起什么样的心理上的作用。我要运用普通朴实的语言把生活写得很美，很健康，富于诗意，这同时也就是我要想达到的效果。虽然我的作品所反映的生活跟现实没有直接关系，跟四化没有直接关系。我想把生活中真实的东西、美好的东西、人的美、人的诗意告诉人们，使人们的心灵得到滋润，增强对生活的信心、信念。我的世界观的变化，其中也包含这个因素：欢乐。我觉得我作品的情绪是向上的、欢乐的，不是低沉的，跟解放前的作品不一样。生活是美好的，有前途的，生活应该是快乐的，这就是我所要达到的效果。我写旧社会少男少女健康、优美的爱情生活，这也是有感而发的，有什么感呢？我感到现在有些青年在爱情婚姻上有物质化、庸俗化的倾向，有的青年什么都要，就是不要纯洁的爱情。我并不是很有意识地要针对时弊写作品来振聋发聩，但确是有感而发的。以前，我写作品从不考虑社会效果，发表作品寄托个人小小的哀乐，得到二三师友的欣赏，也就满足了。这几年我感到效果问题是个很严肃的问题。原来我以为我的作品的读者面很窄，现在听说并不完全这样，有些年轻人，包括一些青年工人和农村干部也在看我的作品，这对我是很新奇的事，我感到很惶恐。我的作品到底给了别人一点什么呢？对人家的心灵起什么作用呢？一个作品发表后，不是起积极作用，就是消极作用，不是提高人的精神境界，就是使人迷惘、颓丧，总会有这样那样的作用。我感到写作不是闹着玩的事，就像列宁所指出的那样，作者就是这样写，读者就是那样读，用四川的话说，没有这么"撇脱"。我的作品反映的是解放前的生活，对当前的现实有多大的影响，很难说，但我有个朴素的古典的中国式的想法，就是作品要有益于世道人心。过去有人说，文章千古事，得失寸心知。得失首先是社会的得失。作者写作时对自己的作品的效果不可能估计得十分准确，但你总应有个良好的写作愿望。有些作者不愿谈社会效果，我是要考虑这个问题的。一个作品写出来放着，是个人的事情；发表了，就是社会现象。作者要有“良心”，要对读者负责。当然也有这样的可能，作者对自己作品的思想内涵考虑得多了，会带来概念化、思想大于形象的问题。但我认为，只要你忠于自己的美感需要，不去图解当前的某种口号，不是无动于衷，这个问题是可以避免的。

责任应该由我们担起

今天开这个会是个巧合，带有一定的纪念意义：今年正好是“文革”二十年。前几天开了纪念老舍先生的会，今天又参加了座谈《随想录》的会。我觉得这两个会是联系的。老舍故去二十年了，巴金同志的作品告一段落。听泰昌同志讲，他准备放笔了。我倒是希望他不要再写了，把这种沉重的历史负担放下来，轻松几年。我看他的书，很痛苦。好多年没有这种感觉了。他始终是一个流血的灵魂。我看这个血可以止住了，让别人去流流吧。他谈“文革”，有一点是非常可贵的：在党中央还没有正式提出必

* 初刊于一九八六年九月二十七日《文艺报》，此为作者在《文艺报》组织的巴金《随想录》座谈会上发言，由《文艺报》整理；初收于北师大版《汪曾祺全集》第四卷。

须彻底否定“文化大革命”时，他就否定了。谈“文革”，他也把自己放进去了，而不是“择”了出来。对自己的解剖是无情的甚至是残酷的，他用了“卑鄙”、“可耻”这样的字眼。这种解剖是不容易的。“文革”中，我们很多人都像被一种什么蜂蜇了一下的青虫，昏昏沉沉地度过了。我读巴金作品，感到他是从一种痛苦中超脱出来了。后边有几篇色调比较亮些，从一种昏沉的状态中得到了清醒，还他本来面目了。得到了自己本来面目是非常愉快的事。一直沉浸在痛苦中，受不了。他充满了自信，一种强大的自信，一种失去自信后的自信。这是一个很了不得的心理历程。

我希望他偶尔能兴之所至写点儿，不要强迫自己每天写上百字，一个字一个字地抠出来。他的这个责任应该由我们担起来。有时我觉得“文革”不可理解，写“文革”要回答一个问题，“文革”究竟是怎么回事儿？应该让我们、我们的后代子孙都弄清楚。

重写文学史，还不到时候

重写文学史，是很多人私心盼望已久的事。最近有人把这个问题提出来了。为什么要重写文学史？因为已有的几本中国新文学史都陈旧了，都有缺点，都“左”。十多年来，文学创作、理论，都有了很大的变化，“左”的大一统局面已经打破，独有文学史却不动。它们依然雄居在书架上，带着高傲而冷漠的神情。

但我以为现在重写文学史还不到时候，条件还不成熟。

首先是史实的澄清。“左联”的问题比较好办。有些当事人已经承认“左联”是有关门主义、宗派主义的倾向

---

* 初刊于一九八九年三月二十五日《文论报》，初收于人民文学版《汪曾祺全集》第十卷。

的。但是也还是笼统地说一下，缺乏深入细微的阐述。对一些历史的陈案，今天究竟应该怎样认识？比如对梁实秋的斗争，对第三种人的斗争，以及对“新月派”的批判，等等。一个非常棘手的问题，是怎样客观地、科学地对待《在延安文艺座谈会上的讲话》。它的产生的背景，当时所起的作用，以及后来的影响。这到现在，依然是一个极其敏感的问题。但是，不接触这个问题，一部中国现代文学史，怎么说得清楚呢？

其次是对作家和作品的再认识。鲁迅是伟大的。我个人认为，到现在为止，中国还没有一个作家，在文学的成就上超过鲁迅的。鲁迅是继曹雪芹之后，中国的一位真正的语言大师。但是不少文学史家着眼的只是鲁迅作为斗士的一面，不大把鲁迅作为一个作家来看。对于他的作品（小说、散文）认真研究的不多。

对于一些受到误解，遭到不公平的冷遇的作家，近年的看法有所改变，比如对沈从文。但是，“沈从文热”只在国外和国内一些青年作家间燃烧，而我们的文学史家依然是“翻滚不落价”，继续白着他们的冷眼。比如废名，我们的文学史家完全不理解他的“意义”。又比如芦焚，我真不明白，为什么文学史家对他的散文化小说如此的视若无睹。还有许多作家，比如朱湘、刘延陵、梁遇春、罗黑芷……这些人都不在文学史家的视野之内。更不用说张恨水、张爱玲。我们的文学史家真是“一叶障目”。我希望这些文学史家把“左”的树叶从眼睛上拿开，平心静气地，从文艺角度（只从文艺角度），读一点作品，不要用政治代替文艺。第三个问题，是新的中国新文学史由谁来写？——是“官修”，还是“私修”好？如果由一个研究所、一个大学的中文系，组织一个班子，来重写文学史，一是旷日持久；二是没完没了地讨论，结果是把所有棱角都磨光，毫无创见。“官修”，实际上是“钦定”。但是“私修”也很难，哪来的人？哪来的资料？哪来的经费？我们的国家有没有这样的魄力，委托几个人，成立几个以个人为领导的小组，给他们一笔钱，花几年功夫，写几本高质量、有才华而不无（或一定）偏颇的新文学史，爱怎么说，就怎么说？大概不行。

要重写文学史，一个更重要的先决条件，是编写者有更大的言论自由。

现在还不行。

寻根

前不久，有评论家提出中国当代作家寻根的问题。提出这个问题是很有意思的，我现在就寻找一下我自己的根。

我是苏北高邮人。香港大概不少人知道高邮出咸鸭蛋，而且有双黄的。其实高邮不只出咸鸭蛋，还出过大词人秦少游，研究训诂学的王念孙、王引之父子，还出过一个写散曲的王西楼。我的家庭是一个“书香门第”。祖父是一个拔贡，我上小学的时候，祖父曾教过我《论语》，还开过笔——就是作文。祖父让我作的体裁叫做“义”，就是把孔夫子的一句话的意思解释清楚。“义”还不是八

---

* 此为作者一九八五年十月随中国作家代表团访问香港时的发言，初收于北师大版《汪曾祺全集》第六卷。

股文，但可说是八股文的初步。小时读《论语》似懂非懂，只是感受到一种气氛。我对孔夫子产生好感是在大学的时候。我读的大学是西南联大。大一国文课本里选了几篇《论语》，我开始有点读懂了。我对孔子思想没有系统地研究过，我感兴趣的是孔子这个人。我认为孔子是个很有个性，很通人情的人，他很有点诗人气质，《论语》这部书带有很大的抒情性。——先秦诸子的著作大都带有抒情性，这是中国传统哲学著作的一个特点。孔孟之道的核心，我以为是“大人者不失其赤子之心”。有的评论家曾说我的作品受了一些老庄思想的影响，我自己觉得受儒家思想影响可能更深一点。我曾在一篇文章中称自己是一个“中国式的人道主义者”，直到现在，还不想否认。

从小学五年级到初中三年级，我的国文老师都是一位姓高的先生。我曾写过一篇小说《徙》，写的就是这位高先生。高先生教国文，除了课本之外，还自己选了一些文章作“讲义”。他选的文章有《檀弓》的《苛政猛于虎》、柳宗元的《捕蛇者说》等等。看来他选择文章，有一个贯串性的思想，就是人道主义。他似乎特别喜欢归有光。归有光的几篇名文，如《先妣事略》、《项脊轩志》、《寒花葬志》，他都给我们讲了。归有光是明代的大古文家。他善于以清淡的文笔写平常的人事。顾炎武、姚鼐和他的对头，被他斥为“庸妄臣子”的王世贞都很佩服他。姚鼐说他能于不紧要之题，说不紧要之语，却自风致宛然。并说这种境界非于司马迁的文章深有体会的是不能理解的。顾炎武说他最善于写妇女和小孩的情态，这在中国封建社会时代是非常难得的。善写妇女、孩子，表明他对妇女和孩子是尊重的，这说明他对于生活富于一种人道主义的温情。这种温情使我从小受到深深的感染。我的小说受归有光的影响是很深的。

上初中的时候，有两个暑假我曾跟一个姓韦的老师学过桐城派古文。他每天教我一篇，要能背诵。我大概背诵过百多篇桐城派古文。桐城派在五四时期被斥为“谬种”。但这实在是集中国散文之大成的一个流派。从唐宋古文到桐城派都讲究“文气”。我以为这是比“结构”更内在更精微的美学概念。我的小说的章法受了桐城派古文的一定影响。

一九三九年我到昆明读了西南联合大学，这是北大、清华、南开合成的大学，名教授很多，学术空气很自由。教我们创作的是著名作家沈从文。沈先生经常讲的一句话是：“要贴到人物来写”。这一句话使我终生受用。他的这句话，据我的理解有这样几层意思：在小说里，人物是主要的和主导的，其余部分都是次要的，派生的；其余部分，如景物描写、抒情、议论，都必需依附于人物，不能和人物游离、脱节；作家要和人物共哀乐；作家的叙述语言要和人物相协调。

大学时期，我读了不少翻译的外国作品。对我影响较深的有契诃夫、阿左林、弗·伍尔芙和纪德。有一个时期，我的小说明显地受了西方现代派影响，大量地运用了意识流，后来我转向了现实主义。西方现代派的痕迹在我现在的小说里还能找到，但是我主张把外来影响和民族传统溶合起来，纳外来于传统，我追求的是和谐。

解放以后，我当了多年编辑，编过《说说唱唱》、《民间文学》。从一九六二年以后，一直在一个京剧院编京剧剧本。中国的说唱文学、民歌和民间故事、戏曲，对我的小说产生了不小的影响。主要在语言上。

现在的青年作家和评论家提出的寻根问题我还不怎么理解，他们提出这个术语的涵义也不那么一致。据我的理解，无非是说把现代创作和传统文化接上头，一方面既从现实生活取得源头活水，另一方面又从传统文化取得滋养。如果是这样，我以为这是好的。一个中国作家应当对中国文化有广博的知识和深刻的理解，他的作品应该闪耀出中国文化的光泽。否则中国的作品和外国人写的作品有什么区别呢？鲁迅、老舍、沈从文对于中国文化的修养是很深的，我们应该向他们学习。

《中国寻根小说选》序

“寻根”是一个模糊的，混乱的概念。一人一个说法，谁也说不清楚。提出“寻根”的几位青年小说家，谈论“寻根”的评论家，都说不清这究竟是怎么一回事，他们把自己都说糊涂了。这种糊涂，也许倒是好事。“寻根”本来就是一种愿望，一种追求，一种冲动，没有一个统一的规格和尺度。不可能有一杆公平秤，能约出来这是“寻根”，这不是。反正，这是中国有过的，谁也不能否认的一个文学现象。并且，这不像一阵风一样，刮过去就完了，它的影响是深远的。

“寻”什么“根”？寻文化的根。简单地说，就是企图

---

*原载于《中国寻根小说选》（香港三联书店一九九三年版），初收于人民文学版《汪曾祺全集》第十卷。

疏通当代文学和传统文化的血脉，我以为。

新时期的文学屡次易帜，从“伤痕文学”、“反思文学”到“寻根文学”是合乎逻辑的历史发展。从反思文学引起对文学的反思，是很自然的。反思的结论之一，是当代文学缺少一点东西——文化。

有人说“五四”是中国文化的断裂。未必是这样。“五四”时期，对文化问题有过一些偏激的提法，但是事实上“五四”运动的主将并没有彻底否定传统文化。真正的断裂可能是从四十年代起。相当长时期以来，我们只是强调一定的文化是一定的政治经济的反映，而比较忽视文化的相对的独立性和继承性。对于传统文化多谈批判，少谈继承。文化是一个宽泛的概念。文化有阶级的属性，但是它又能突破阶级的局限，成为全民族的东西。文化要受时代的制约，但是它的生命力又可以延续到产生它的时代以后。封建时代的文化不都是封建文化。而在我们一些人的头脑里，这二者几乎是等同的。这就形成了断裂。三十多年的文学不重视传统文化对现实生活的影响，在人物心理上，在生活场景的表现上。这是事实。这就使一些作品停留在外部事件的表述上，削弱了作品的深度。这是四十、五十年代的文学的一个缺陷。是一些敏感的青年作者发觉了这一点，他们要在现实生活中去捕捉依然活脱的文化传统。这种努力，我以为未可厚非。

对于“寻根”不能讲得太死。一定说某个作家，某篇作品寻的是什么根，有时就会流于胶柱鼓瑟，刻舟求剑。不同的作家寻根意识的深浅也不一样。寻根小说受到指摘的一点，是这些人寻根寻到了深山老林，蛮荒时代，意思是逃避现实。这是一种误解。韩少功有几篇小说是有意去寻找远古的湘鄂文化的，突出的代表是《爸爸爸》。但是韩少功并没有把那样的生活当作羲皇盛世来歌颂，引导读者缅怀向往那样的时代，返璞归真，脱离尘世。这篇小说读了之后，是叫人非常痛苦的。这种依然保留杀人头祭谷神风俗的巫鬼文化是叫人颤栗的噩梦。但是我们相信，韩少功所写的那样的生活是真实的。这是我们民族的胎记，有什么可讳言的？为什么不能写？有人对这样的小说反感，是因为他们心中还横亘着一个“两结合”的方法，他们害怕真实，需要说谎的浪漫主义，愿意听一些吉祥如意的“拜年话”。寻根小说的作者的确很少说“拜年话”。他们一般是怀着沉重的心情看过去的。他们的作品会引起读者对于民族文化的憬悟。我认为这些作者是入世的。他们是立足于现实看过去的。有些寻根小说与古代哲学思想有关系。人们很愿意在这些小说寻找老庄、寻找禅宗佛学。但不是人人如此，篇篇如此。阿城的《树王》把人和自然溶为一体，树死了，人也死了，这种“天人合一”的思想诚然和道家思想有关。但是《孩子王》就看不出有多少道家思想。贾平凹的“商州系列”是闪烁着秦汉文化的斑斓色泽的，但是究竟哪里是秦，哪里是汉，谁也无法确指。秦耶？汉耶？将近代耶？他写的仍是活生生的当代生活，不能说贾平凹的立意就是在寻找秦汉文化。李杭育的“葛川江系列”也很难说与断发纹身的越文化有多少直接的关联。本集所选《最后一个渔佬儿》，就是这样。“最后一个……”是一个世界性的题目，这样题目的作品大都是挽歌，写的是一种文化，一种风俗的消逝。《最后一个渔佬儿》写的只是在社会的（渔霸垄断）和自然的（环境污染）压迫下，渔民的安定自足的生活方式的消逝，不一定就是越文化的消逝。王安忆的《小鲍庄》可以说是寻根小说的“外围”作品。说它是寻根小说也可以，说不是寻根小说也可以。有人说安忆这篇小说寻的是汉文化的根，儒家思想的根，我以为这不无勉强。把王安忆和儒家拉在一起，有些滑稽。如果说这跟儒家思想有一点关系，那是间接又间接的。不能因为小说里出现“仁义”字样，就说这是儒家。这种茄子辣椒式的分类法，未免过于简单。“寻根”是一个流动的，不固定的概念，我希望评论家“毋意、毋必”，不要搞得“日凿一窍，七日而混沌死”。

有人埋怨寻根小说的作者故意把故事的时间搞得很含糊，不知道这是什么时代的事。这种埋怨是什么意思呢？为什么小说的时间一定要交代得很清楚呢？意思无非是说这样的作品脱离时代，缺乏现实感。第一，并不是所有的寻根小说都是这样。第二，时间有其变动的一面，也有其恒常的一面。“山中无甲子，寒尽不知年”，这样的地区有的是。时间在这里爬行得很迟缓。用在皮绳上挽扣来计日的人，几乎还处在“绳语”时代，怎么能有清晰的时间观念呢？只有在被拖拉机“咬了一口”的时候，才会感到这世界变了。这一点不稀奇。前几年，河北省农村的一架手扶拖拉机脱了钩，机头单独跑出去了，一个农民挥舞着赶车的大鞭追它，一面大声地喊：“吁——！”在他看来，拖拉机也是一头牲口。寻根小说注意表现历史文化的积淀，这是寻根小说作者共有的觉悟，也是一种优势。这样的小说的生命力往往较长，不太容易因为世事的沉浮而成为明日黄花。我倒是觉得只有现实感而缺乏历史感的作品往往显得单薄。寻根小说大都具有鲜明的地域性。作者往往用很多笔墨刻画自然环境。他们不是静态的，纯客观地表现自然，而是把自然当着人格的一部分来描绘的。只有那样的环境，才有那样的性格。我们可以说某种性格是山的性格、江的性格、草原的性格、沙漠的性格。表现自然，本来是一般小说都不缺少的一个构成部分，但不像寻根小说的作者对这一点更为自觉，赋予自然以更多的人性。复次，寻根小说十分注意对风俗的描写，几乎无一例外。风俗是一种文化，或者可以说是某种文化的集中表现。我们对于日本民族性格的了解是从他们的节日歌舞中获得的。看了泼水节，才知道傣族少女的性格是多么开朗，多么珍爱易于消逝的青春。曾见一篇评论，说某人的小说只具有民俗学的价值，没有艺术价值。我有些迷惑了。对风俗的描写，本身就是有艺术价值的，除非这种描写不精确，不生动。当然寻根小说是小说，不是风土志或民俗志。寻根小说写的是人，是在某种特定风俗的雨露中生活的人。

寻根小说作者的语言意识是很强的。他们不把语言只看作是表现的手段，而是看作作品的本体，是内容。他们的写作是刻苦的，很少有轻率的，滑俗的句子。他们企图从土语和古汉语中汲取精华，重新铸造，成为自己的独特的“雅言”。对于这种苦心，我是欣赏的。但是希望他们不要把自己的语言搞得过于奇崛，过于古奥。我希望他们能够融会今古，折衷雅俗，不要脱离一般读者的欣赏习惯过远。

“寻根热”的高潮好像暂时退去了。有些人有点幸灾乐祸地说：他们寻不下去了！谁也无权指令小说作者一条道走到黑。何况这样一些先生是希望寻根小说作者只写他们自己想象出来的寻到“深山老林，蛮荒时代”，希望他们碰到南墙，低头认输，然后说：“你们不行吧！”这种人的心理有点点像鲁迅小说里的衍太太。寻根小说的作者也许不再寻找湘鄂文化、葛川江文化，但是他们的寻根意识是不会熄灭的。他们在写似乎不是寻根的小说的时候，他们的文化意识是会灌注在所有作品里的。

我近年很少读小说，“寻根小说”读得尤少。本书编者把写序的差事摊给我，我深感力不从心，只能写一点感想，如上。

一九八九年一月十三日

待遣春温上笔端

僻处南郊，孤陋寡闻。耳目所接，我觉得近年来文学创作的情况是好的。好在哪里？好在出现了一些优秀的新人新作。

新人新作的可贵，在于新。思想、语言、表现方法，都有超越前人，异于同辈处。新，往往就有点奇，有点不合常规。于是引出各种议论。说好的，说坏的，都有。这不足怪。新人新作，难免有这样那样的不足、缺点，乃至失误（我不喜欢“失误”这个词，这让人想起“马失前蹄”），这不要紧。有人提出：要引导。引导引导也好。问题是：谁来引导？一个作家的路是他自己走出来的。只要

* 初刊于《瞭望》周刊海外版改版试刊一九八五年第四期，初收于人民文学版《汪曾祺全集》第十卷。

他对生活、对写作的态度是诚恳的，他会走得很稳当的。

淡化现实，和现实保持距离，有意疏远，以为这样的作品才有永久性，不知道有没有这样形诸文字的理论。如果有，我以为是不对的。但是对现实需要有一个熟悉的过程、思索的过程、沉淀的过程。要求今天有伟大的现实，明天就有伟大的作品，这想法本身是不现实的。

我认为一个作家是应该有社会责任感的，写作的时候应该考虑社会效果。一个作品总会对人的精神产生这样那样的影响。想到这一点，我就觉得很惶恐。但是我不主张把社会效果看得太死、太直、太窄。随风潜入夜，润物细无声。我们需要研究读者的欣赏心理学。

我希望青年作家能写一点叫人欢悦的作品。改鲁迅诗的一个字，作为我对年轻人的祝愿：待遣春温上笔端。

二十一世纪的文学?

我能不能活到二十一世纪，没有把握。但是文学是会永存的。文学已经存在了若干世纪，它还会存在很多世纪，文学是不会消失的。

下一世纪的文学会是个什么样子，不好预言。但是我想还是会沿着本世纪文学的道路发展下去。会有所改变，但是不会变得叫我们完全不认得。

本世纪的中国文学，从现代文学到当代文学，翻来覆去，无非是两个方面的问题。一个是现实主义和现代主义的问题，一个是继承民族传统与接受外来影响，主要是西方影响的问题。这两方面的问题是互相关联的。我想现实

---

*初刊于一九九一年五月十五日《联合报》，初收于人民文学版《汪曾祺全集》第十卷。

主义和现代主义是可以并存，并且是可能融合的。继承民族传统与接受西方影响也是并不矛盾的。文学的潮流本不是泾渭分明、井水不犯河水。作家也不必自立门户，不归杨，则归墨，自己在一棵树上吊死。

有一次在北京举行的讨论我的作品的座谈会，我作过一个简短的发言，题目是“回到现实主义，回到民族传统”，这好像是我的文学主张。为什么用“回到”这个词，是因为我年轻时较多地吸收西方现代派的影响。我写过象征派的诗，在小说也有意地运用过现代派的表现方法，比如意识流。我认为现实主义仍然很有生命力，一个作家是不能脱离本民族的文化传统的。所谓“祖国”，重要的内容，是本民族的文化。没有祖国，没有自己民族的文化传统，是很痛苦的。我接触到几位美国的黑人学者，完全能体会到他们的没有历史，没有自己文化传统的深刻的悲哀。我在一篇文章里称他们为“悬空的人”。

为了恐怕引起误会，我在另一次发言里作了一点补充，说我所说的现实主义是能够吸收一切流派的现实主义，我所说的继承民族文化传统是不排斥任何外来影响的文化传统。

针对大陆近年的文学现状，我觉得有强调吸收现代主义和西方影响的必要，不是需要削弱甚至是摒弃。

我想二十一世纪的中国文学可能是更加现实主义的，同时也是更加现代主义的；更多地继承民族文化传统，也更多地吸取外来影响的。

台湾文学和大陆文学我觉得是一体的。从和台湾作家的接触中，我不觉得有陌生感，和与大陆作家相接触没有什么两样。当然，由于长期的隔离，会有些地方还不那样熟悉，加强交流是非常必要的。台湾文学可以从大陆文学借鉴一些东西；大陆作家一定也会从台湾作家的作品中得到很多教益。台湾的许多作家的文化素养是我所敬佩的。他们对中国古典文学和西方文学的熟悉程度是大陆一些作家，至少是我，所不及的。

“揉面”
——谈语言

语言是艺术

语言本身是艺术，不只是工具。

写小说用的语言，文学的语言，不是口头语言，而是书面语言。是视觉的语言，不是听觉的语言。有的作家的语言离开口语较远，比如鲁迅；有的作家的语言比较接近口语，比如老舍。即使是老舍，我们可以说他的语言接近口语，甚至是口语化，但不能说他用口语写作，他用的是经过加工的口语。老舍是北京人，他的小说里用了很多北

---

* 《“揉面”——谈语言运用》初刊于《花溪》一九八二年第三期，《语言是艺术》初刊于《花溪》一九八三年第一期，后作者将两文合为《“揉面”——谈语言》，初收于《晚翠文谈》。

京话。陈建功、林斤澜、中杰英的小说里也用了不少北京话。但是他们并不是用北京话写作。他们只是吸取了北京话的词汇，尤其是北京人说话的神气、劲头、“味儿”。他们在北京人说话的基础上创造了各自的艺术语言。

小说是写给人看的，不是写给人听的。

外国人有给自己的亲友读自己的作品的习惯。普希金给老保姆读过诗。屠格涅夫给托尔斯泰读过自己的小说。效果不知如何。中国字不是拼音文字。中国的有文化的人，与其说是用汉语思维，不如说是用汉字思维。汉字的同音字又非常多。因此，很多中国作品不太宜于朗诵。

比如鲁迅的《高老夫子》：

> 他大吃一惊，至于连《中国历史教科书》也失手落在地上了，因为脑壳上突然遭到了什么东西的一击。他倒退两步，定睛看时，一枝夭斜的树枝横在他的面前，已被他的头撞得树叶都微微发抖。他赶紧弯腰去拾书本，书旁边竖着一块木牌，上面写道——

桑
桑　科

看小说看到这里，谁都忍不住失声一笑。如果单是听，是觉不出那么可笑的。

有的诗是专门写来朗诵的。但是有的朗诵诗阅读的效果比耳听还更好一些。比如柯仲平的诗：

人在冰上走，

水在冰下流……

这写得很美。但是听朗诵的都是识字的，并且大都是有一定的诗的素养的，他们还是把听觉转化成视觉的（人的感觉是相通的），实际还是在想象中看到了那几个字。如果叫一个不识字的，没有文学素养的普通农民来听，大概不会感受到那样的意境，那样浓厚的诗意。“老妪都解”不难，叫老妪都能欣赏就不那么容易。“离离原上草”，老妪未必都能击节。

我是不太赞成电台朗诵诗和小说的，尤其是配了乐。我觉得这常常限制了甚至损伤了原作的意境。听这种朗诵总觉得是隔着袜子挠痒痒，很不过瘾，不若直接看书痛快。

文学作品的语言和口语最大的不同是精炼。高尔基说契诃夫可以用一个字说了很多意思。这在说话时很难办到，而且也不必要。过于简炼，甚至使人听不明白。张寿臣的单口相声，看印出来的本子，会觉得很啰嗦，但是说相声就得那么说，才明白。反之，老舍的小说也不能当相声来说。

其次还有字的颜色、形象、声音。

中国字原来是象形文字，它包含形、音、义三个部分。形、音，是会对义产生影响的。中国人习惯于望“文”生义。“浩瀚”必非小水，“涓涓”定是细流。木玄虚的《海赋》里用了许多三点水的字，许多摹拟水的声音的词，这有点近于魔道。但是中国字有这些特点，是不能不注意的。

说小说的语言是视觉语言，不是说它没有声音。前已说过，人的感觉是相通的。声音美是语言美的很重要的因素。一个有文学修养的人，对文字训练有素的人，是会直接从字上“看”出它的声音的。中国语言因为有“调”，即“四声”，所以特别富于音乐性。一个搞文字的人，不能不讲一点声音之道。“前有浮声，则后有切响”，沈约把语言声音的规律概括得很扼要。简单地说，就是平仄声要交错使用。一句话都是平声或都是仄声，一顺边，是很难听的。京剧《智取威虎山》里有一句唱词，原来是“迎来春天换人间”，毛主席给改了一个字，把“天”字改成“色”字。有一点旧诗词训练的人都会知道，除了“色”字更具体之外，全句声音上要好听得多。原来全句六个平声字，声音太飘，改一个声音沉重的“色”字，一下子就扳过来了。写小说不比写诗词，不能有那样严的格律，但不能不追求语言的声音美，要训练自己的耳朵。一个写小说的人，如果学写一点旧诗、曲艺、戏曲的唱词，是有好处的。

外国话没有四声，但有类似中国的双声叠韵。高尔基曾批评一个作家的作品，说他用“咝”音的字太多，很难听。

中国语言里还有对仗这个东西。

中国旧诗用五七言，而文章中多用四六字句。骈体文固然是这样，骈四俪六；就是散文也是这样。尤其是四字句。四字句多，几乎成了汉语的一个特色。没有一篇文章找不出大量的四字句。如果有意避免四字句，便会形成一种非常奇特的拗体。适当地运用一些四字句，可以造成文章的稳定感。

我们现在写作时所用的语言，绝大部分是前人已经用过，在文章里写过的。有的语言，如果知道它的来历，便会产生联想，使这一句话有更丰富的意义。比如毛主席的诗：“落花时节读华章”，如果不知出处，“落花时节”，就只是落花的时节。如果读过杜甫的诗：“岐王宅里寻常见，崔九堂前几度闻，正是江南好风景，落花时节又逢君”，就会知道“落花时节”就包含着久别重逢的意思，就可产生联想。《沙家浜》里有两句唱词：“垒起七星灶，铜壶煮三江”，是从苏东坡的诗“大瓢贮月归春瓮，小杓分江入夜瓶”脱胎出来的。我们许多的语言，自觉或不自觉地，都是从前人的语言中脱胎而出的。如果平日留心，积学有素，就会如有源之水，触处成文。否则就会下笔枯窘，想要用一个词句，一时却找它不出。

语言是要磨练，要学的。

怎样学习语言？——随时随地。

首先是向群众学习。

我在张家口听见一个饲养员批评一个有点个人英雄主义的组长：

“一个人再能，当不了四堵墙。旗杆再高，还得有两块石头夹着。”

我觉得这是很好的语言。

我刚到北京京剧团不久，听见一个同志说：

“有枣没枣打三杆，你知道哪块云彩里有雨啊？”

我觉得这也是很好的语言。

一次，我回乡，听家乡人谈过去运河的水位很高，说是站在河堤上可以“踢水洗脚”，我觉得这非常生动。

我在电车上听见一个幼儿园的孩子念一首大概是孩子们自己编的儿歌：

山上有个洞，

洞里有个碗，

碗里有块肉，

你吃了，我尝了，

我的故事讲完了！

他翻来覆去地念，分明从这种语言的游戏里得到很大的快乐。我反复地听着，也能感受到他的快乐。我觉得这首几乎是没有意义的儿歌的音节很美。我也捉摸出中国语言除了押韵之外还可以押调。“尝”、“完”并不押韵，但是同是阳平，放在一起，产生一种很好玩的音乐感。

《礼记》的《月令》写得很美。

各地的“九九歌”是非常好的诗。

只要你留心，在大街上，在电车上，从人们的谈话中，从广告招贴上，你每天都能学到几句很好的语言。

其次是读书。

我要劝告青年作者，趁现在还年轻，多背几篇古文，背几首诗词，熟读一些现代作家的作品。

即使是看外国的翻译作品，也注意它的语言。我是从契诃夫、海明威、萨洛扬的语言中学到一些东西的。

读一点戏曲、曲艺、民歌。

我在《说说唱唱》当编辑的时候，看到一篇来稿，一个小戏，人物是一个小炉匠，上场念了两句对子：

风吹一炉火，

锤打万点金。

我觉得很美。

一九四七年，我在上海翻看一本老戏考，有一段滩簧，一个旦角上场唱了一句：

春风弹动半天霞。

我大为惊异：这是李贺的诗！

二十多年前，看到一首傣族的民歌，只有两句，至今忘记不了：

斧头砍过的再生树，

战争留下的孤儿。

巴甫连柯有一句名言："作家是用手思索的。"得不断地写，才能扪触到语言。老舍先生告诉过我，说他有得写，没得写，每天至少要写五百字。有一次我和他一同开会，有一位同志作了一个冗长而空洞的发言，老舍先生似听不听，他在一张纸上把几个人的姓名连缀在一起，编了一副对联：

伏园焦菊隐

老舍黄药眠

一个作家应该从语言中得到快乐，正像电车上那个念儿歌的孩子一样。

董其昌见一个书家写一个便条也很用心，问他为什么这样，这位书家说：“即此便是练字。”作家应该随时锻炼自己的语言，写一封信，一个便条，甚至是一个检查，也要力求语言准确合度。

鲁迅的书信，日记，都是好文章。

语言学中有一个术语，叫做“语感”。作家要锻炼自己对于语言的感觉。

王安石曾见一个青年诗人写的诗，绝句，写的是在宫廷中值班，很欣赏。其中的第三句是：“日长奏罢长杨赋”，王安石给改了一下，变成“日长奏赋长杨罢”，且说：“诗家语必此等乃健”。为什么这样一改就“健”了呢？写小说的，不必写“日长奏赋长杨罢”这样的句子，但要能体会如何便“健”。要能体会峭拔、委婉、流丽、安详、沉痛……

建议青年作家研究研究老作家的手稿，捉摸他为什么改两个字，为什么要把那两个字颠倒一下。

“如鱼饮水，冷暖自知”，语言艺术有时是可以意会，难于言传的。

揉　面

使用语言，譬如揉面。面要揉到了，才软熟，筋道，有劲儿。水和面粉本来是两不相干的，多揉揉，水和面的分子就发生了变化。写作也是这样，下笔之前，要把语言在手里反复抟弄。我的习惯是，打好腹稿。我写京剧剧本，一段唱词，二十来句，我是想得每一句都能背下来，才落笔的。写小说，要把全篇大体想好。怎样开头，怎样结尾，都想好。在写每一段之间，我是想得几乎能背下来，才写的（写的时候自然会又有些变化）。写出后，如果不满意，我就把原稿扔在一边，重新写过。我不习惯在原稿上涂改。在原稿上涂改，我觉得很别扭，思路纷杂，文气不贯。

曾见一些青年同志写作，写一句，想一句。我觉得这样写出来的语言往往是松的，散的，不成“个儿”，没有咬劲。

有一位评论家说我的语言有点特别，拆开来看，每一句都很平淡，放在一起，就有点味道。我想谁的语言不是这样？拆开来，不都是平平常常的话？

中国人写字，除了笔法，还讲究“行气”。包世臣说王羲之的字，看起来大大小小，单看一个字，也不见怎么好，放在一起，字的笔划之间，字与字之间，就如“老翁携举幼孙，顾盼有情，痛痒相关”。安排语言，也是这样。一个词，一个词；一句，一句；痛痒相关，互相映带，才能姿势横生，气韵生动。

中国人写文章讲究“文气”，这是很有道理的。

自铸新词

托尔斯泰称赞过这样的语言：“菌子已经没有了，但是菌子的气味留在空气里”，以为这写得很美。好像是屠格涅夫曾经这样描写一棵大树被伐倒：“大树叹息着，庄重地倒下了。”这写得非常真实。“庄重”，真好！我们来写，也许会写出“慢慢地倒下”，“沉重地倒下”，写不出“庄重”。鲁迅的《药》这样描写枯草：“枯草支支直立，有如铜丝”。大概还没有一个人用“铜丝”来形容过稀疏瘦硬的秋草。《高老夫子》里有这样几句话：“我没有再教下去的意思。女学堂真不知道要闹成什么样子。我辈正经人，确乎犯不上酱在一起……”“酱在一起”，真是妙绝（高老夫子是绍兴人。如果写的是北京人，就只能说“犯不上一块掺和”，那味道可就差远了）。

我的老师沈从文在《边城》里两次写翠翠拉船，所用字眼不一样。一次是：

> 有时过渡的是从川东过茶峒的小牛，是羊群，是新娘子的花轿，翠翠必争着作渡船夫，站在船头，懒懒的攀引缆索，让船缓缓的过去。

又一次：

> 翠翠斜睨了客人一眼，见客人正盯着她，便把脸背过去，抿着嘴儿，不声不响，很自负的拉着那条横缆。

“懒懒的”、“很自负的”，都是很平常的字眼，但是没有人这样用过。要知道盯着翠翠的客人是翠翠所喜欢的傩送二老，于是“很自负的”四个字在这里就有了很多很深的意思了。

我曾在一篇小说里描写过火车的灯光：“车窗蜜黄色的灯光连续地映在果园东边的树墙子上，一方块，一方块，川流不息地追赶着”；在另一篇小说里描写过夜里的马：“正在安静地、严肃地咀嚼着草料”，自以为写得很贴切。“追赶”、“严肃”都不是新鲜字眼，但是它表达了我自己在生活中捕捉到的印象。

一个作家要养成一种习惯，时时观察生活，并把自己的印象用清晰的、明确的语言表达出来。写下来也可以。

不写下来，就记住（真正用自己的眼睛观察到的印象是不易忘记的）。记忆里保存了这种经用语言固定住的印象多了，写作时就会从笔端流出，不觉吃力。

语言的独创，不是去杜撰一些“谁也不懂的形容词之类”。好的语言都是平平常常的，人人能懂，并且也可能说得出来的语言——只是他没有说出来。人人心中所有，笔下所无。“红杏枝头春意闹”，“满宫明月梨花白”都是这样。“闹”字、“白”字，有什么稀奇呢？然而，未经人道。

写小说不比写散文诗，语言不必那样精致。但是好的小说里总要有一点散文诗。

语言要和人物贴近

我初学写小说时喜欢把人物的对话写得很漂亮，有诗意，有哲理，有时甚至很“玄”。沈从文先生对我说：“你这是两个聪明脑壳打架！”他的意思是说这不像真人说的话。托尔斯泰说过：“人是不能用警句交谈的。”

尼采的“苏鲁支语录”是一个哲人的独白。吉伯维的《先知》讲的是一些箴言。这都不是人物的对话。《朱子语类》是讲道经，谈学问的，倒是谈得很自然，很亲切，没有那么多道学气，像一个活人说的话。我劝青年同志不妨看看这本书，从里面可以学习语言。

《史记》里用口语记述了很多人的对话，很生动。“夥颐，涉之为王沉沉者！”写出了陈涉的乡人乍见皇宫时的惊叹（“夥颐”历来的注家解释不一，我以为这就是一个状声的感叹词，用现在的字写出来就是：“嗬咦！”）。《世说新语》里记录了很多人的对话，寥寥数语，风度宛然。张岱记两个老者去逛一处林园，婆娑其间，一老者说：“真是蓬莱仙境了也！”另一个老者说：“箇边哪有这样！”生动之至，而且一听就是绍兴话。《聊斋志异》《翩翩》[1]写两个少妇对话：“一日，有少妇笑入！曰：‘翩翩小鬼头快活死！薛姑子好梦几时做得？’女迎笑曰：‘花城娘子，贵趾久弗涉，今日西南风紧，吹送来也——小哥子抱得未？’曰：‘又一小婢子。’女笑曰：‘花娘子瓦窑哉！——那弗将来？’曰‘方呜之，睡却矣。’”这对话是用文言文写的，但是神态跃然纸上。

写对话就应该这样，普普通通，家常里短，有一点人物性格、神态，不能有多少深文大义。——写戏稍稍不同，戏剧的对话有时可以“提高”一点，可以讲一点“字儿话”，大篇大论，讲一点哲理，甚至可以说格言。

1 《翩翩》为《聊斋志异》中一篇。——编者注可是现在不少青年同志写小说时，也像我初学写作时一样，喜欢让人物讲一些他不可能讲的话，而且用了很多辞藻。有的小说写农民，讲的却是城里的大学生讲的话，——大学生也未必那样讲话。

不单是对话，就是叙述、描写的语言，也要和所写的人物“靠”。

我最近看了一个青年作家写的小说，小说用的是第一人称，小说中的“我”是一个才入小学的孩子，写的是“我”的一个同桌的女同学，这未尝不可。但是这个“我”对他的小同学的印象却是：“她长得很纤秀”。这是不可能的。小学生的语言里不可能有这个词。

有的小说，是写农村的。对话是农民的语言，叙述却是知识分子的语言，叙述和对话脱节。

小说里所描写的景物，不但要是作者眼中所见，而且要是所写的人物的眼中所见。对景物的感受，得是人物的感受。不能离开人物，单写作者自己的感受。作者得设身处地，和人物感同身受。小说的颜色、声音、形象、气氛，得和所写的人物水乳交融，浑然一体。就是说，小说的每一个字，都渗透了人物。写景，就是写人。

契诃夫曾听一个农民描写海，说：“海是大的”。这很美。一个农民眼中的海也就是这样。如果在写农民的小说中，有海，说海是如何苍茫、浩瀚、蔚蓝……统统都不对。我曾经坐火车经过张家口坝上草原，有几里地，开满了手掌大的蓝色的马兰花，我觉得真是到了一个童话的世界。我后来写一个孩子坐牛车通过这片地，本是顺理成章，可以写成：他觉得到了一个童话的世界。但是我不能这样写，因为这个孩子是个农村的孩子，他没有念过书，在他的语言里没有“童话”这样的概念。我只能写：他好像在一个梦里。我写一个从山里来的放羊的孩子看一个农业科学研究所的温室，温室里冬天也结黄瓜，结西红柿：西红柿那样红，黄瓜那样绿，好像上了颜色一样。我只能这样写。“好像上了颜色一样”，这就是这个放羊娃的感受。如果稍为写得华丽一点，就不真实。

有的作者有鲜明的个人风格，可以不用署名，一看就知是某人的作品。但是他的各篇作品的风格又不一样。作者的语言风格每因所写的人物、题材而异。契诃夫写《万卡》和写《草原》、《黑修士》所用的语言是很不相同的。作者所写的题材愈广泛，他的风格也是愈易多样。

我写《徙》里用了一些文言的句子，如“呜呼，先生之泽远矣”，“墓草萋萋，落照昏黄，歌声犹在，先生邈矣。”因为写的是一个旧社会的国文教员。写《受戒》、《大淖记事》，就不能用这样的语言。

作者对所写的人物的感情、态度，决定一篇小说的调子，也就是风格。鲁迅写《故乡》、《伤逝》和《高老夫子》、《肥皂》的感情很不一样。对闰土、涓生有深浅不同的同情，而对高尔础、四铭则是不同的厌恶。因此，调子也不同。高晓声写《拣珍珠》和《陈奂生上城》的调子不同，王蒙的《说客盈门》和《风筝飘带》几乎不像是一个人写的。我写的《受戒》、《大淖记事》，抒情的成分多一些，因为我很喜爱所写的人；《异秉》里的人物很可笑，也很可悲悯，所以文体上也就亦庄亦谐。

我觉得一篇小说的开头很难，难的是定全篇的调子。如果对人物的感情、态度把握住了，调子定准了，下面就会写得很顺畅。如果对人物的感情、态度把握不稳，心里没底，或是有什么顾虑，往往就会觉得手生荆棘，有时会半途而废。

作者对所写的人、事，总是有个态度，有感情的。在外国叫做“倾向性”，在中国叫做“褒贬”。但是作者的态度、感情不能跳出故事去单独表现，只能融化在叙述和描写之中，流露于字里行间，这叫做“春秋笔法”。

正如恩格斯所说：倾向性不要特别地说出。

一九八二年一月八日

中国文学的语言问题

语言的内容性

语言的文化性

语言的暗示性

语言的流动性

中国作家现在很重视语言。不少作家充分意识到语言的重要性。语言不只是一种形式，一种手段，应该提到内容的高度来认识。最初提到这个问题的是闻一多先生。他在很年轻的时候，写过一篇《庄子》，说他的文字（即语言）已经不只是一种形式、一种手段，本身即是目的（大

* 初刊于一九八八年一月十六日《文艺报》，题为《中国文学的语言问题或中国作家的语言意识或我对文学语言的一些看法——在耶鲁和哈佛的演讲》，初收于《汪曾祺小品》，题为《中国文学的语言问题——在耶鲁和哈佛的演讲》，内容有改动。

意）。我认为这是说得很对的。语言不是外部的东西。它是和内容（思想）同时存在，不可剥离的。语言不能像橘子皮一样，可以剥下来，扔掉。世界上没有没有语言的思想，也没有没有思想的语言。往往有这样的说法：这篇小说写得不错，就是语言差一点。我认为这种说法是不能成立的。我们不能说这首曲子不错，就是旋律和节奏差一点；这张画画得不错，就是色彩和线条差一点。我们也不能说：这篇小说不错，就是语言差一点；语言是小说的本体，不是附加的，可有可无的。从这个意义上说，写小说就是写语言。小说使读者受到感染，小说的魅力之所在，首先是小说的语言。小说的语言是浸透了内容的，浸透了作者的思想的。我们有时看一篇小说，看了三行，就看不下去了，因为语言太粗糙。语言的粗糙就是内容的粗糙。

语言是一种文化现象。语言的后面是有文化的。胡适提出"白话文"，提出"八不主义"。他的"八不"都是消极的，不要这样，不要那样，没有积极的东西，"要"怎样。他忽略了一种东西：语言的艺术性。结果，他的"白话文"成了"大白话"。他的诗：

> 两个黄蝴蝶，
> 双双飞上天……

实在是一种没有文化的语言。相反的，鲁迅，虽然说过要上下四方寻找一种最黑最黑的咒语，来咒骂反对白话文的人，但是他在一本书的后记里写的“时大夜弥天、璧月澄照，饕蚊遥叹，余在广州”就很难说这是白话文。我们的语言都是继承了前人，在前人语言的基础上演变、脱化出来的。很难找到一种语言，是前人完全没有讲过的。那样就会成为一种很奇怪的，别人无法懂得的语言。古人说“无一字无来历”，是有道理的，语言是一种文化积淀。语言的文化积淀越是深厚，语言的含蕴就越丰富。比如毛泽东写给柳亚子的诗：

三十一年还旧国，
落花时节又逢君。

单看字面，“落花时节”就是落花的时节。但是读过一点旧诗的人，就会知道这是从杜甫的《江南逢李龟年》里来的：

岐王宅里寻常见，
崔九堂前几度闻，
正是江南好风景，
落花时节又逢君。

“落花时节”就含有久别重逢的意思。毛泽东在写这句诗的时候未必想到杜甫的诗，但杜甫的诗他肯定是熟悉的。此情此景，杜诗的成句就会油然从笔下流出。我还是相信杜甫所说的“读书破万卷，下笔如有神”。多读一点古人的书，方不致“书到用时方恨少”。

这可以说是“书面文化”。另外一种文化是民间的，口头文化。有些作家没有受过完整的教育。战争年代，有些作家不能读到较多的书。有的作家是农民出身。但是他们非常熟悉口头文学。比如赵树理、李季。赵树理是一个农村才子，他能在庙会上一个人唱一台戏，——唱、表演、用嘴奏“过门”，念“锣经”，一样不误。他的小说受民间戏曲和评书很大的影响（赵树理是非常可爱的人。他死于“文化大革命”。我十分怀念他）。李季的叙事诗《王贵与李香香》是用陕北“信天游”的形式写的。孙犁说他的语言受了他的母亲和妻子的影响。她们一定非常熟悉民间语言，而且是很熟悉民歌、民间故事的。中国的民歌是一个宝库，非常丰富，我曾经想过一个问题：中国民歌有没有哲理诗？——民歌一般都是抒情诗，情歌。我读过一首湖南民歌，是写插秧的：

> 赤脚双双来插田，
> 低头看见水中天。
> 行行插得齐齐整，
> 退步原来是向前。

这应该说是一首哲理诗。“退步原来是向前”可以用来说明中国目前的一些经济政策。从“人民公社”退到“包产到户”，这不是“向前”了吗？我在兰州遇到过一位青年诗人，他怀疑甘肃、宁夏的民歌“花儿”可能是诗人的创作流传到民间去的，那样善于用比喻、押韵押得那样精巧。有一回他去参加一个“花儿会”（当地有这样的习惯，大家聚集在一起唱几天“花儿”），和婆媳两人同船。这婆媳二人把他“唬背”了：她们一路上没有说一句散文，——所有的对话都是押韵的。媳妇到一个娘娘庙去求子，她跪下来祷告，不是说：送子娘娘，您给我一个孩子，我给您重修庙宇，再塑金身……而是：

今年来了，我是跟您要着哪，
明年来了，我是手里抱着哪，
咯咯嘎嘎地笑着哪！

这是我听到过的祷告词里最美的一个。我编过几年《民间文学》，得益匪浅。我甚至觉得，不读民歌，是不能成为一个好作家的。

有一首著名的唐诗《新嫁娘》：

洞房昨夜停红烛，
待晓堂前拜舅姑。
妆罢低声问夫婿，
画眉深浅入时无？

这首诗没有说这位新嫁娘长得好看不好看，但是宋朝人的诗话里已经指出：这一定是一个绝色的美女。这首诗制造了一种气氛，让你感觉到她的美。

另一首有名的唐诗：

君家在何处？
妾住在横塘。
停舟暂借问，
或恐是同乡。

看起来平平常常，明白如话，但是短短二十个字里写出了很多东西。宋人说这首诗“墨光四射，无字处皆有字”。这说得实在是非常的好。

语言的美，不在语言本身，不在字面上所表现的意思，而在语言暗示出多少东西，传达了多少信息，即让读者感觉、“想见”的情景有多广阔，古人所谓“言外之意”、“弦外之音”，是有道理的。

国内有一位评论家评论我的作品，说汪曾祺的语言很怪，拆开来每一句都是平平常常的话，放在一起，就有点味道。我想任何人的语言都是这样。每句话都是警句，那是会叫人受不了的。语言不是一句一句写出来，“加”在一起的。语言不能像盖房子一样，一块砖一块砖垒起来。那样就会成为“堆砌”。语言的美不在一句一句的话，而在话与话之间的关系。包世臣论王羲之的字，说单看一个一个的字，并不怎么好看，但是字的各部分，字与字之间"如老翁携带幼孙，顾盼有情，痛痒相关"。中国人写字讲究"行气"。语言是处处相通，有内在的联系的。语言像树，树干树叶、汁液流转，一枝摇了百枝摇，它是"活"的。

"文气"是中国文论特有的概念。从《文心雕龙》到"桐城派"一直都讲这个东西。我觉得讲得最好、最具体的是韩愈。他说：

> 气，水也；言，浮物也。水大而物之浮者大小毕浮[1]。气盛则言之短长与声之高下者皆宜。

后来的人把他的理论概括成"气盛言宜"四个字。我觉得他提出了三个很重要的观点。他所谓"气盛"，照我的理解，即作者情绪饱满，思想充实。我认为他是第一个提出作者的精神状态和语言的关系的人。一个人精神好的时候往往会才华横溢，妙语如珠；倦疲的时候往往词不达意。他提出一个语言的标准：宜。即合适，准确。世界上有不少作家都说过"每一句话只有一个最好的说法"，比如福楼拜。韩愈则把"宜"更具体化为"言之短长"与"声之高下"。语言的奥秘，说穿了不过是长句子与短句子的

1　此处作者漏记一句"气之与言，犹是也。"——编者注

搭配。一泻千里，戛然而止，画舫笙歌，骏马收缰，可长则长，能短则短，运用之妙，存乎一心。中国语言的一个特点是有“四声”。“声之高下”不但造成一种音乐美，而且直接影响到意义。不但写诗，就是写散文，写小说，也要注意语调。语调的构成，和“四声”是很有关系的。

中国人很爱用水来作文章的比喻。韩愈说过，苏东坡说“吾文如万斛源泉，不择地涌出”，“但行于所当行，止于所不可不止”。流动的水，是语言最好的形象。中国人说“行文”，是很好的说法。语言，是内在地运行着的。缺乏内在的运动，这样的语言就会没有生气，就会呆板。

中国当代作家意识到语言的重要性的，现在多起来了。中国的文学理论家正在开始建立中国的“文体学”、“文章学”。这是极好的事。这样会使中国的文学创作提高到一个更新的水平。

谢谢！

一九八七年十一月十九日追记于爱荷华

关于小说的语言（札记）

语言是本质的东西

“他的文字不仅是表现思想的工具，似乎也是一种目的。”（闻一多：《庄子》）

语言不只是技巧，不只是形式。小说的语言不是纯粹外部的东西。语言和内容是同时存在的，不可剥离的。

语言决定于作家的气质。“气以实志，志以定言，吐纳英华，莫非情性”（《文心雕龙 · 体性》）。鲁迅有鲁迅的语言，废名有废名的语言，沈从文有沈从文的语言，孙犁有孙犁的语言……何立伟有何立伟的语言，阿城有阿城的语言。我们的理论批评，谈作品的多，谈作家的少，谈作

* 初刊于《文艺研究》一九八六年第四期，初收于《晚翠文谈》。

家气质的少。“诵其诗，读其书，不知其人可乎？”（《孟子·万章》）理论批评家的任务，首先在知人。要从总体上把握住一个作家的性格，才能分析他的全部作品。什么是接近一个作家的可靠的途径？——语言。

小说作者的语言是他的人格的一部分。语言体现小说作者对生活的基本的态度。

从小说家的角度看：文如其人；从评论家的角度看：人如其文。

成熟的作者大都有比较稳定的语言风格，但又往往能“文备众体”，写不同的题材用不同的语言。作者对不同的生活，不同的人、事的不同的感情，可以从他的语言的色调上感觉出来。鲁迅对祥林嫂寄予深刻的同情，对于高尔础、四铭是深恶痛绝的。《祝福》和《肥皂》的语调是很不相同的。探索一个作家作品的思想内涵，观察他的倾向性，首先必需掌握他的叙述的语调。《文心雕龙·知音》篇说：“夫缀文者情动而辞发，观文者披文以入情。沿波讨源，虽幽必显。世远莫见其面，觇文辄见其心。”一个作品吸引读者（评论者），使读者产生同感的，首先是作者的语言。

研究创作的内部规律，探索作者的思维方式、心理结构，不能不玩味作者的语言。是的，“玩味”。

从众和脱俗

外国的研究者爱统计作家所用的辞汇。莎士比亚用了多少辞汇，托尔斯泰用了多少辞汇，屠格涅夫用了多少辞汇。似乎辞汇用得越多，这个作家的语言越丰富，还有人编过某一作家的字典。我没有见过这种统计和字典，不能评论它的科学意义，但是我觉得在中国这样做是相当困难的。中国字的歧义很多，语词的组合又很复杂。如果编一本中国文学字典（且不说某一作家的字典），粗略了，意思不大；要精当可读，那是要费很大功夫的。

现代中国小说家的语言趋向于简洁平常。他们力求使自己的语言接近生活语言，少事雕琢，不尚辞藻。现在没有人用唐人小说的语言写作。很少人用梅里美式的语言、屠格涅夫式的语言写作。用徐志摩式的“浓得化不开”的语言写小说的人也极少。小说作者要求自己的语言能产生具体的实感，以区别于其他的书面语言，比如报纸语言、广播语言。我们经常在广播里听到一句话：“绚丽多彩”，“绚丽”到底是什么样子呢？这样的语言为小说作者所不取。中国的书面语言有多用双音词的趋势。但是生活语言还保留很多单音的词。避开一般书面语言的双音词，采择口语里的单音词，此是从众，亦是脱俗之一法。如鲁迅的

《采薇》：

他愈嚼，就愈皱眉，直着脖子咽了几咽，倒哇的一声吐出来了，诉苦似的看着叔齐道：

"苦……粗……"

这时候，叔齐真好像落在深潭里，什么希望也没有了。抖抖的也拗了一角，咀嚼起来，可真也毫没有可吃的样子：苦……粗……

"苦……粗……"到了广播电台的编辑的手里，大概会提笔改成"苦涩……粗糙……"那么，全完了！鲁迅的特有的温和的讽刺，鲁迅的幽默感，全都完了！

从众和脱俗是一回事。

小说家的语言的独特处不在他能用别人不用的词，而在在别人也用的词里赋以别人想不到的意蕴（他们不去想，只是抄）。

张戒《诗话》："古诗：'白杨多悲风，萧萧愁杀人'，萧萧两字处处可用，然惟坟墓之间，白杨悲风尤为至切，所以为奇。"

鲁迅用字至切，然所用多为常人语也。《高老夫子》：

我没有再教下去的意思。女学堂真不知要闹成什么样子。我辈正经人，确乎犯不上酱在一起……

"酱在一起"大概是绍兴土话。但是非常准确。

《祝福》：

他是我的本家，比我长一辈，应该称之曰“四叔”，是一个讲理学的老监生。但比先前并没有什么大改变，单是老了些，但也还未留胡子，一见面是寒暄，寒暄之后说我“胖了”，说我胖了之后即大骂其新党。但我知道，这并非借题在骂我：因为他所骂的还是康有为。但是，谈话总是不投机的了，于是不多久，我便一个人剩在书房里。

假如要编一本鲁迅字典，这个“剩”字将怎样注释呢？除了注明出处（把我前引的一段抄上去），标出绍兴话的读音之外，大概只有这样写：

剩　是余下的意思。有一种说不出来的孤寂无聊之感，仿佛被这世界所遗弃，孑然地存在着了。而且连四叔何时离去的，也都未觉察，可见四叔既不以鲁迅为意，鲁迅也对四叔并不挽留，确实是不投机的了。四叔似乎已经走了一会了，鲁迅方发现只有自己一个人剩在那里。这不是鲁迅的世界，鲁迅只有走。

这样的注释，行么？推敲推敲，也许行。

小说家在下一个字的时候，总得有许多“言外之意”。“看似寻常最奇崛，成如容易却艰辛”，凡是真正意识到小说是语言的艺术的，都深知其中的甘苦。姜白石说：“人所常言，我寡言之；人所难言，我易言之，自不俗。”说得不错。一个小说作家在写每一句话时，都要像第一次学会说这句话。中国的画家说“画到生时是熟时”，作画须由生入熟，再由熟入生。语言写到“生”时，才会有味。语言要流畅，但不能“熟”。援笔即来，就会是“大路活”。

现代小说作家所留心的，不止于“用字”，他们更注意的是语言的神气。

神气·音节·字句

“文气论”是中国文论的一个源远流长的重要的范畴。

韩愈提出“气盛言宜”：“气，水也；言，浮物也。水大而物之浮者大小毕浮。气之与言，犹是也。气盛则言之短长与声之高下者皆宜。”他所谓“气盛”，我们似可理解为作者的思想充实，情绪饱满。他第一次提出作者的心理状态与表达的语言的关系。

桐城派把“文气论”阐说得很具体。他们所说的“文气”，实际上是语言的内在的节奏，语言的流动感。“文气”是一个精微的概念，但不是不可捉摸。桐城派解释得很实在。刘大櫆认为为文之能事分为三个步骤：一神气，

“文字是最精处也”；二音节，“文之稍粗处也”；三字句，“文之最粗处也”。桐城派很注重字句。论文章，重字句，似乎有点卑之勿甚高论，但桐城派老老实实地承认这是文章的根本。刘大櫆说：“近人论文不知有所谓音节者，至语以字句，则必笑以为末事。此论似高实谬。作文若字句安顿不妙，岂复有文字乎？”他们所说的“字句”，说的是字句的声音，不是它的意义。刘大櫆认为：“音节者，神气之迹也。字句者音节之矩也。神气不可见，于音节见之；音节无可准，以字句准之”。“凡行文多寡短长抑扬高下，无一定之律，而有一定之妙，可以意会而不可以言传。学者求神气而得之于音节，求音节而得之于字句，则思过半矣。”如何以字句准音节？他说得非常具体。“一句之中或多一字，或少一字；一字之中或用平声，或用仄声；同一平字仄字，或用阴平阳平上声去声入声，则音节迥异。”

这样重视字句的声音，以为这是文学语言的精髓，是中国文论的一个很独特的见解。别的国家的文艺学里也有涉及语言的声音的，但都没有提到这样的高度，也说不到这样的精辟。这种见解，桐城派以前就有。韩愈所说的“气盛言宜”，“言宜”就包括“言之长短”和“声之高下”。不过到了桐城派就更清楚地意识到这一点，发挥得也更完备了。

二十年代、三十年代的作家是很注意字句的。看看他们的原稿，特别是改动的地方，是会对我们很有启发的。有些改动，看来不改也过得去，但改了之后，确实好得多。《鲁迅全集》第二卷卷首影印了一页《眉间尺》的手稿，末行有一句：

> 他跨下床，借着月光走向门背后，摸到钻火家伙，点上松明，向水瓮里一照。

细看手稿，“走向”原来是“走到”；“摸到”原来是“摸着”。捉摸一下，改了之后，比原来的好。特别是“摸到”比“摸着”好得多。

传统的语言论对我们今天仍然是有用的。我们使用语言时，所注意的无非是两点：一是长短，一是高下。语言之道，说起来复杂，其实也很简单。不过运用之妙，可就存乎一心了。不是懂得简单的道理，就能写得出好语言的。

“积字成句，积句成章，积章成篇。合而读之，音节见矣；歌而咏之，神气出矣”。一篇小说，要有一个贯串全篇的节奏，但是首先要写好每一句话。

有一些青年作家意识到了语言的声音的重要性。所谓“可读性”，首先要悦耳。

小说语言的诗化

意境说也是中国文艺理论的重要范畴，它的影响，它的生命力不下于文气说。意境说最初只应用于诗歌，后来波及到了小说。废名说过：“我写小说同唐人写绝句一样。”何立伟的一些小说也近似唐人绝句。所谓“唐人绝句”，就是不着重写人物，写故事，而着重写意境，写印象，写感觉。物我同一，作者的主体意识很强。这就使传统的小说观念发生了很大的变化，使小说和诗变得难解难分。这种小说被称为诗化小说。这种小说的语言也就不能不发生变化。这种语言，可以称之为诗化的小说语言——因为它毕竟和诗还不一样。所谓诗化小说的语言，即不同于传统小说的纯散文的语言。这种语言，句与句之间的跨度较大，往往超越了逻辑，超越了合乎一般语法的句式(比如动宾结构)。比如：

> 老白粗茶淡饭，怡然自得。化纸之后，关门独坐。门外长流水，日长如小年。
>
> （《故人往事·收字纸的老人》）

如果用逻辑紧严，合乎语法的散文写，也是可以的，但不易产生如此恬淡的意境。

强调作者的主体意识，同时又充分信赖读者的感受能力，愿意和读者共同完成对某种生活的准确印象，有时作者只是罗列一些事物的表象，单摆浮搁，稍加组织，不置可否，由读者自己去完成画面，注入情感。“鸡声茅店月，人迹板桥霜”，“枯藤老树昏鸦，小桥流水人家，古道西风瘦马”。这种超越理智，诉诸直觉的语言，已经被现代小说广泛应用。如：

> 抗日战争时期，昆明小西门外。
>
> 米市，菜市，肉市。柴驮子，炭驮子。马粪。粗细瓷碗，砂锅铁锅。焖鸡米线，烧饵块。金钱片腿，牛干巴。炒菜的油烟，炸辣子的呛人的气味。红黄蓝白黑，酸甜苦辣咸。
>
> （《钓人的孩子》）

这不是作者在语言上耍花招，因为生活就是这样的。如果写得文从理顺，全都“成句”，就不忠实了。语言的一个标准是：诉诸直觉，忠于生活。

文言和白话的界限是不好画的。“一路秋山红叶，老圃黄花，不觉到了济南地界”，是文言，还是白话？只要我们说的是中国话，恐怕就摆脱不了一定的文言的句子。

中国语言还有一个世界各国语言没有的格式，是对仗。对仗，就是思想上、形象上、色彩上的联属和对比。我们总得承认联属和对比是一项美学法则。这在中国语言里发挥到了极致。我们今天写小说，两句之间不必，也不可能在平仄、虚实上都搞得铢两悉称，但是对比关系不该排斥。

……罗汉堂外面，有两棵很大的白果树，有几百年了。夏天，一地浓荫。冬天，满阶黄叶。

如果不用对仗，怎样能表达时序的变易，产生需要的意境呢？

中国现代小说的语言和中国画，特别是唐宋以后的文人画的关系是非常密切的。中国文人画是写意的。现代中国小说也是写意的多。文人画讲究“笔墨情趣”，就是说“笔墨”本身是目的。物象是次要的。这就回到我们最初谈到的一个命题：“他的文字不仅是表现思想的工具，似乎也是一种目的。”

现代小说的语言往往超出现象，进入哲理，对生活作较高度的概括。

小说语言的哲理性，往往接受了外来的影响。

每个人带着一生的历史，半个月的哀乐，在街上走。

（《钓人的孩子》）

这样的语言是从哪里来的？大概是《巴黎之烦恼》。

一九八六年五月七日

小说的思想和语言

有的作家、评论家问我，小说里边最重要的是什么？我说最重要的是思想。思想就是作家对生活的看法、感受和对生活的思索。我觉得，小说的形成当然首先得有生活。我比较同意老的提法："从生活出发"。但是，有了生活不等于可以写作品，更重要的是对这段生活经过比较长时间的思索，它到底有什么意义？写作要经过一个时期的酝酿或积淀，所谓酝酿和积淀，实际上就是思索的过程。有的人生活很丰富，但他并没有成为一个作家。我在内蒙认识一个同志，这个同志的生活真是丰富。他在抗日战争

---

* 初刊于《写作》一九九一年第四期，是作者一九九〇年七月二十九日在武汉大学写作函授助教进修班讲课录音整理稿，发表时有删节；初收于北师大版《汪曾祺全集》第五卷。

时期打过游击，年轻时候从内蒙到新疆拉过骆驼。他见多识广，而且会唱很多民歌。草原上的草有很多种，他都能认识。他对草的知识不亚于一个牧民。他是好饭量、好酒量、好口才，很能说话，说得很生动。他说过很多有关动物的故事，不像拉封丹写的寓言式的故事，是生活里的故事，关于羊的啰，狼的啰，母猪的啰，他可以说很多，但是他不会写作。为什么呢？因为他不善于思索。我觉得要形成一个作品，更重要的是对于你所接触的那段生活经过长时期的思索。有时候，我写作品很快，几乎不打草稿，一遍就成，但是我想的时间很长。我写过一篇很短的小说《虐猫》，大约九百字，从一个侧面反映“文化大革命”对人性的破坏，不但是大人你斗我、我斗你，连小孩子都非常残忍。我最后写了这几个孩子把猫放了，表示人性还有回归的希望。这个结尾是经过几年思索才落笔的。

我还写过一篇小说，是写我在昆明见到的一个小孩。那小孩未成年，应该是学龄儿童，可他已挣钱养家，因为他家生活很苦，他老挎一个椭圆形的木桶，卖椒盐饼子西洋糕。所谓椒盐饼子就是普通的发面饼子，里面和点椒盐，西洋糕就是发糕。他一边走一边吆喝卖，我几乎每天都听到他吆喝。他是有腔有调的：“椒盐饼子西洋糕”，谱了出来就是“556——6532”。这篇小说我前后写了四次。

结尾是，有一天，这孩子放假，他姥姥过生日，他上姥姥家去吃饭，衣服穿得干干净净的，新剃了头。他卖椒盐饼子西洋糕时，街上和他差不多年龄的上学的孩子都学着他唱，不过歌词给他改了："捏着鼻子吹洋号。"他跟孩子们也没法生气。放假那天，他走到一个胡同里头，回头看没有人，自己也捏着鼻子，大喝了一声："捏着鼻子吹洋号。"写了以后觉得不够丰满，我就把在昆明所接触的各种叫卖声、吆喝声，如卖壁虱药的、卖蚊香的、卖玉麦粑粑的、收破烂的，写了一长串，作为小孩的叫卖声的背景。这样写就比较丰满，主题就扩展了一些，变成：人世多苦辛。很多人活着都是很辛苦的，包括这个小孩，那么小他就被剥夺了读书、游戏的机会。

我的小说《受戒》，写的是四十三年前的一个梦，那篇小说的生活，是四十三年前接触到的。为什么隔了四十三年？隔了四十三年我反复思索，才比较清楚地认识我所接触的生活的意义。闻一多先生曾劝诫人，当你们写作欲望冲动很强的时候，最好不要写，让它冷却一下。所谓冷却一下，就是放一放，思索一下，再思索一下。现在我看了一些年轻作家的作品，觉得写得太匆忙，他还可以想得更多一些。

关于小说的主题问题

我在山东菏泽有一次讲话，讲完话之后有一个年轻的作家给我写过一个条子，说："汪曾祺同志，请您谈谈无主题小说。"他的意思很清楚，他以为我的小说是无主题的。我的小说不是无主题，我没有写过无主题小说。

我写过一组小说，其中一篇叫《珠子灯》，写的是姑娘出嫁第一年的元宵节，娘家得给她送一盏灯的习俗。这家少奶奶，娘家给她送的灯里有一盏是绿玻璃珠子穿起来的灯。这灯应该每年点一回，可她这盏灯就只点过一次，因为她丈夫很快就死了。我写她的玻璃珠子穿的灯有的地方脱线了，珠子就掉下来了，掉在地板上，她的女佣人去扫地，有时就可以扫出一些珠子，她也习惯了珠子散线时掉下来的声音。后来她死了，她的房子关起来，屋子里什么东西都没动，可在房门外有时候能听到珠子脱线嘀嘀嗒嗒地掉到地板上的声音。这写的就是封建贞操观念的零落。我的作品还是有主题的。

我觉得，没有主题，作品无法贯串，我曾打过一个比喻，主题就好像是风筝的脑线，作品就是风筝。没有脑线，风筝放不上去，脑线剪断，风筝就不知飞到哪去了。脑线既是帮助作品飞起来的重要因素，同时又给作品一定的制约。好像我们倒杯酒，你只能倒在酒杯里，不能往玻璃板上倒，倒在玻璃板上怎么喝？无主题就有点像把酒倒在玻璃板上。当然，有些主题确实不大容易说得清楚。人家问高晓声他小说的主题是什么？他说：“我要能把主题告诉你，何必写小说，我就把主题写给你就行了。”

综观一些作家的作品，大致总有一个贯串性的主题。比如契诃夫，写了那么多短篇小说，他也有一个贯串性的主题，这个贯串性的主题就是“反庸俗”。高尔基说，契诃夫好像站在路边微笑着对走过的人说：“你们可不能再这样生活下去了。”这就是他总结的契诃夫整个小说的贯串性主题。鲁迅作品贯串性的主题很清楚，即“揭示社会的病痛，引起疗救的注意”。我的老师沈从文先生，他作品的贯串性主题是“民族品德的发现和重造”。

另外，跟思想主题有关系的就是作家的使命感、社会责任感，或者作品的社会功能。没有社会功能，他的小说能激发人什么？我是意识到作家的社会责任感的。有人说：我就是写我自己的，不管自己的作品在社会上起什么作用。我认为这是不负责任的。作品产生的作用往往是不一样的，有的比较直接，有的比较间接，有的比较明显，有的比较隐晦。有的作品确实能让人当场看了比较激动，有所行动。比如解放区农村上演《白毛女》，人们看了非常气愤，当时报名参军，上前线打敌人，给白毛女报仇。这个作用当然就很直接。但有很多小说从接受心理学来说，起的作用不是那么太直接，就好像中国的古话“潜移默化”。一个作品给人的思想情绪总会有影响，要不就是积极的，要不就是消极的。一个作品如果使人觉得活着还是比较有意义的，人还是很美、很富于诗意的，能够使人产生一种健康向上的力量，它的影响就是积极的。尽管这是不大容易看得清楚的，这也是一种社会效果。我觉得，文学作品对人的影响就好像杜甫写的《春夜喜雨》一样，“随风潜入夜，润物细无声”。好像一场小小的春雨似的，我说我的作品对人的灵魂起一点滋润的作用。

我很同意法国存在主义者加缪的说法，他说任何小说都是“形象化了的哲学”。比较好的作品里面总有一定哲学意味，不过层次深浅不一样。但总得有作者自己独到的思想。如果说，一个作者有什么独特的风格，我说首先是他有独特的思想。但是，有的作品主题不那么明显，而有的主题可以比较明显，比较单纯。现代小说的主题一般都不那么单纯。应允许主题的复杂性、丰富性、多层次性，或者说主题可以有它的模糊性、相对的不确定性，甚至还有相对的未完成性。一个作品写完后，主题并没有完全完成。我们所解释的主题，往往是解释者自己的认识，未必是作家自己的反映。有人说“有一千个读者就有一千个哈姆莱特”，而这一千读者所解释的哈姆莱特都有它的道理，你要莎士比亚本人解释，他大概也不太说得清楚。所以说主题有它一定的模糊性。林斤澜有一次讲话，说人家说他的小说看不明白，他说，我自己还不明白，怎么能叫你明白？确实有这种情况，一个作者写完了以后，自己也不大明白。为什么说不确定性呢？你这样写也可以，那样写也行。主题的解释不能有个标准答案，愿怎么理解就怎么理解。但是有一点，必须有你自己独到的理解，有一点你自己感到比较新鲜的理解。《红楼梦》的主题是什么？现在也是众说纷纭。有的说是四大家族的兴衰史，有的说是钗黛恋爱的悲剧，你叫曹雪芹自己来回答《红楼梦》的主题是什么，他也可能不及格。

下面讲语言问题。

我觉得小说以及其他文学作品，语言是非常重要的。我这几年讲语言比较多，人家说你对语言的重要性强调过多，走到极致了，也许是这样。我认为小说本来就是语言的艺术，就像绘画，是线条和色彩的艺术。音乐，是旋律和节奏的艺术。有人说这篇小说不错，就是语言差点，我认为这话是不能成立的。就好像说这幅画画得不错，就是色彩和线条差一点；这个曲子还可以，就是旋律和节奏差一点这种话不能成立一样。我认为，语言不好，这个小说肯定不好。

关于语言，我认为应该注意它的四种特性：内容性、文化性、暗示性、流动性。

语言的内容性

过去，我们一般说语言是表现的工具或者手段。不止于此，我认为语言就是内容。大概中国比较早提出这问题的是闻一多先生。他在年轻时写过一篇关于《庄子》的文章，有一句话大致意思是："他的文字不只是表现思想的工具，似乎本身就是目的。"我认为，语言和内容是同时依存的，不可剥离的，不能把作品的语言和它所要表现的内容撕开，就好像吃橘子，语言是个橘子皮，把皮剥了吃里边的瓤。我认为语言和内容的关系不是橘子皮和橘子瓤的关系，它是密不可分的，是同时存在的。马克思在论语言问题时说："语言是思想的直接的现实。"我觉得马克思这话说得很好。从思想到语言，当中没有一个间隔，没有说思想当中经过一个什么东西然后形成语言，它不是这样，因此你要理解一个作家的思想，唯一的途径是语言。

你要能感受到他的语言，才能感受到他的思想。我曾经有一句说到极致的话，“写小说就是写语言”。

语言的文化性

语言本身是一个文化现象，任何语言的后面都有深浅不同的文化的积淀。你看一篇小说，要测定一个作家文化素养的高低，首先是看他的语言怎么样，他在语言上是不是让人感觉到有比较丰富的文化积淀。有些青年作家不大愿读中国的古典作品，我说句不大恭敬的话，他的作品为什么语言不好，就是他作品后面文化积淀太少，几乎就是普通的大白话。作家不读书是不行的。

语言文化的来源，一个是中国的古典作品，还有一个是民间文化，民歌、民间故事，特别是民歌。因为我编了几年民间文学，我大概读了上万首民歌，我很佩服，我觉得中国民间文学真是一个宝库。我在兰州时遇到一位诗人，这个诗人觉得“花儿”（甘肃、宁夏一带的民歌）的比喻那么多，那么好，特别是花儿的押韵，押得非常巧，非常妙，他对此产生怀疑：这是不是农民的创作？他觉得可能是诗人的创作流传到民间了，后来他改变了看法。有一次，他同婆媳二人乘一条船去参加“花儿会”，这婆媳二人一路上谈话，没有讲一句散文，全是押韵的。到了花儿会娘娘庙，媳妇还没有孩子，去求子，跪下来祷告。祷告一般无非是“送子娘娘给我一个孩子，生了之后我给你重修庙宇再塑金身”。这个媳妇不然，她只说三句话，她说：“今年来了，我是给您要着哪；明年来了，我是手里抱着哪；咯咯嘎嘎的笑着哪。”这个祷告词，我觉得太漂亮了，不但押韵而且押调，我非常佩服。所以，我劝你们引导你们的学生，一个是多读一些中国古典作品，另外读一点民间文学。这样使自己的语言，有较多的文化素养。

语言的暗示性、流动性这方面的问题，我在《写作》一九九〇年第七期上已经讲过，重复的内容就不再说了，只是对语言的流动性作一点补充。

我觉得研究语言首先应从字句入手，遣词造句，更重要的是研究字与字之间的关系，句与句之间的关系，段与段之间的关系。好的语言是不能拆开的，拆开了它就没有生命了。好的书法家写字，不是一个一个的写出来的，不是像小学生临帖，也不像一般不高明的书法家写字，一个一个地写出来。他是一行一行地写出来，一篇一篇地写出来的。中国人写字讲究行气，“字怕挂”，因为它没有行气。王献之写字是一笔书，不是说真的是一笔，而是指一篇字一气贯穿，所以他的字可以形成一种“气”。气就是内在的运动。写文章就要讲究“文气”。“文气说”大概从《文心雕龙》起，一直讲到桐城派，我觉得是很有道理的。讲“文气说”讲得比较具体，比较容易懂，也比较深刻的是韩愈。他打个比喻说：“气水也，言浮物也；水大而物之浮者大小毕浮[1]。气盛则言之短长与声之高下者皆宜。”我认为韩愈讲得很有科学道理，他在这段话中提出了三个观点。首先，韩愈提出语言跟作者精神状态的关系，他说“气盛”，照我的理解是作家的思想充实，精力饱满。很疲倦的时候写不出好东西。你心里觉得很不带劲，准写不出来好东西。很好的精神状态，气才能盛。另外，他提出语言的标准问题。“宜”就是合适、准确。世界上很多的大作家认为语言的唯一的标准就是准确。伏尔泰说过，契诃夫也说过，他们说一句话只有一个最好的说法。韩愈认为，中国语言在准确之外还有一个具体的标准：“言之短长与声之高下”。这“言之短长”啊，我认为韩愈说了个最老实的话。语言要来要去的奥妙，还不是长句子跟短句子怎么搭配？有人说我的小说都是用的短句子，其实我有时也用长句子。就看这个长句子和短句子怎么安排。“声之高下”是中国语言的特点，即声调，平上去入，北方话就

1　此处作者漏记一句“气之与言，犹是也。”——编者注

是阴阳上去。我认为中国语言有两大特点是外国语言所没有的：一个是对仗，一个就是四声。郭沫若一次参加世界和平理事会，约翰逊主教说郭沫若讲话很奇怪，好像唱歌一样。外国人讲话没有平上去入四声，大体上相当于中国的两个调，上声和去声。外国语不像中国语，阴平调那么高，去声调那么低。很多国家都没有这种语言。你听日本话，特别是中国电影里拍的日本人讲话，声调都是平的，我觉得现在的年轻人不大注意语言的音乐美，语言的音乐美跟“声之高下”是很有关系的。“声之高下”其实道理很简单，就是“前有浮声，后有切响”，最基本的东西就是平声和仄声交替使用。你要是不注意，那就很难听了。

我在京剧团工作时，有一个老演员对我说，有一出老戏，老旦的一句词没法唱：“你不该在外面散淡浪荡”。“在外面散淡浪荡”，连着七个去声字，他说这个怎么安腔呢？还有一个例子，过去的样板戏《智取威虎山》里有一句词，杨子荣“打虎上山”唱的，原来是“迎来春天换人间”，后来毛主席给改了，把“春天”改成“春色”。为什么要改呢？当然“春色”要比“春天”具体，这是一；另外这完全出于诗人对声音的敏感。你想，如果是“迎来春天换人间”，基本上是平声字。“迎来”、“春天”、“人间”，就一个“换”字是去声，如果安上腔是飘的，都是高音区，怎么唱呢？没法唱。换个“色”呢，把整个的音扳下来了，平衡了。平仄的关系就是平仄产生矛盾，然后推动语言的声韵。外国没有这个东西，但是外国也有类似中国的双声叠韵。太多的韵母相似的音也不好听。高尔基就曾经批评一个人的作品，他说“你这篇作品用‘S’这个音太多了，好像是蛇叫”。这证明外国人也有音韵感。中国既然有这个语言特点，那么就应该了解、掌握、利用它。所以我建议你们在对学生讲创作时，也让他们读一点、会一点，而且讲一点平仄声的道理，来训练他们的语感。语言学上有个词叫语感，语言感觉，语言好就是这个作家的语感好；语言不好，这个作家的语感也不好。

小说笔谈

语　言

在西单听见交通安全宣传车播出："横穿马路不要低头猛跑"，我觉得这是很好的语言。在校尉营一派出所外宣传夏令卫生的墙报上看到一句话："残菜剩饭必须回锅见开再吃"，我觉得这也是很好的语言。这样的语言真是可以悬之国门，不能增减一字。

语言的目的是使人一看就明白，一听就记住。语言的唯一标准，是准确。

北京的店铺，过去都用八个字标明其特点。有的刻在

---

* 初刊于《天津日报·文艺》一九八二年第一期，初收于《晚翠文谈》。

匾上，有的用黑漆漆在店面两旁的粉墙上，都非常贴切。“尘飞白雪，品重红绫”，这是点心铺。“味珍鸡蹠，香渍豚蹄”是桂香村。煤铺的门额上写着“乌金墨玉，石火光恒”，很美。八面槽有一家“老娘”（接生婆）的门口写的是：“轻车快马，吉祥姥姥”，这是诗。

店铺的告白，往往写得非常醒目。如“照配钥匙，立等可取”。在西四看见一家，门口写着：“出售新藤椅，修理旧棕床”，很好。过去的澡堂，一进门就看见四个大字：“各照衣帽”，真是简到不能再简。

《世说新语》全书的语言都很讲究。

同样的话，这样说，那样说，多几个字，少几个字，味道便不同。张岱记他的一个亲戚的话：“你张氏兄弟真是奇。肉只是吃，不知好吃不好吃；酒只是不吃，不知会吃不会吃。”有一个人把这几句话略改了几个字，张岱便斥之为“伧父”。

一个写小说的人得训练自己的“语感”。

要辨别得出，什么语言是无味的。

结　构

戏剧的结构像建筑，小说的结构像树。

戏剧的结构是比较外在的、理智的。写戏总要有介绍人物，矛盾冲突、高潮（写戏一般都要先有提纲，并且要经过讨论），多少是强迫读者（观众）接受这些东西的。戏剧是愚弄。

小说不是这样。一棵树是不会事先想到怎样长一个枝子，一片叶子，再长的。它就是这样长出来了。然而这一个枝子，这一片叶子，这样长，又都是有道理的。从来没有两个树枝、两片树叶是长在一个空间的。

小说的结构是更内在的，更自然的。

我想用另外一个概念代替“结构”——节奏。

中国过去讲“文气”，很有道理。什么是“文气”？我以为是内在的节奏。“血脉流通”、“气韵生动”，说得都很好。

小说的结构是更精细，更复杂，更无迹可求的。

苏东坡说：“但常行于所当行，止于所不可不止”，说的是结构。

章太炎《菿汉微言》论汪容甫的骈体文，“起止自在，无首尾呼应之式”。写小说者，正当如此。

小说的结构的特点，是：随便。

叙事与抒情

现在的年轻人写小说是有点爱发议论。夹叙夹议，或者离开故事单独抒情。这种议论和抒情有时是可有可无的。

法郎士专爱在小说里发议论。他的一些小说是以议论为主的，故事无关重要。他不过借一个故事来发表一通牵涉到某一方面的社会问题的大议论。但是法郎士的议论很精彩，很警辟，很深刻。法郎士是哲学家。我们不是。我们发不出很高深的议论。因此，不宜多发。

倾向性不要特别地说出。

一件事可以这样叙述，也可以那样叙述。怎样叙述，都有倾向性。可以是超然的、客观的，尖刻的、嘲讽的（比如鲁迅的《肥皂》、《高老夫子》），也可以是寄予深切的同情的（比如《祝福》、《伤逝》）。

董解元《西厢记》写张生和莺莺分别："马儿登程，坐车儿归舍；马儿往西行，坐车儿往东拽：两口儿一步儿离得远如一步也！"这是叙事。但这里流露出董解元对张生和莺莺的恋爱的态度，充满了感情。“一步儿离得远如一步也”，何等痛切。作者如无深情，便不能写得如此痛切。

在叙事中抒情，用抒情的笔触叙事。

怎样表现倾向性？中国的古话说得好：字里行间。

悠闲和精细

写小说就是要把一件平平淡淡的事说得很有情致（世界上哪有许多惊心动魄的事呢）。同样一件事，一个人可以说得娓娓动听，使人如同身临其境；另一个人也许说得索然无味。

《董西厢》是用韵文写的，但是你简直感觉不出是押了韵的。董解元把韵文运用得如此熟练，比用散文还要流畅自如，细致入微，神情毕肖。

写张生问店二哥蒲州有什么可以散心处，店二哥介绍了普救寺：

> 店都知，说一和，道：“国家修造了数载余过，其间盖造的非小可，想天宫上光景，赛他不过。说谎后，小人图什么？普天之下，更没两座。”张生当时听说破，道：“譬如闲走，与你看去则箇。”

张生与店二哥的对话，语气神情，都非常贴切。“说谎后，小人图什么”，活脱是一个二哥的口吻。

写张生游览了普救寺，前面铺叙了许多景物，最后写：

> 张生觑了，失声地道：“果然好！”频频地稽首。欲待问是何年建，见梁文上明写着：“垂拱二年修。”

这直是神来之笔。“垂拱二年修”，“修”字押得非常稳。这一句把张生的思想活动，神情，动态，全写出来了。——换一个写法就可能很呆板。

要把一件事说得有滋有味，得要慢慢地说，不能着急，这样才能体察人情物理，审词定气，从而提神醒脑，引人入胜。急于要告诉人一件什么事，还想告诉人这件事当中包含的道理，面红耳赤，是不会使人留下印象的。

张岱记柳敬亭说武松打虎，武松到酒店里，蓦[1]的一声，店中的空酒坛都嗡嗡作响，说他“闲中著色，精细[2]至此”。

唯悠闲才能精细。

不要着急。

董解元《西厢记》与其说是戏曲，不如说是小说。人

1 据张岱《陶庵梦忆》，“蓦”应为“唇”。——编者注

2 “精细”，《陶庵梦忆》作“细微”。——编者注

民文学出版社出版的《董西厢》的《前言》里说:“它的组织形式和它采取的艺术手法,为后来的戏曲,小说开阔了蹊径”,是很有见识的话。从小说的角度来看,《董西厢》的许多细致处远胜于许多话本。它的许多方法,到现在对我们还有用,看起来还很“新”。

风格和时尚

齐白石在他的一本画集的前面题了四句诗:“冷艳如雪箇,来京不值钱。此翁无肝胆,空负一千年。”他后来创出了红花黑叶一派,他的画被买主,——首先是那些壁悬名人字画的大饭庄,所接受了。

于非闇开始的画也是吴昌硕式的大写意的。后来张大千告诉他:“现在画吴昌硕式的人这样多,你几时才能出头?”他建议于非闇改画院体的工笔画。于非闇于是改画勾勒重彩。于非闇的画也被北京的市民接受了。

扬州八怪的知音是当时的盐商。

我不以为盐商是不懂艺术的。

艺术是要卖钱的,是要被人们欣赏、接受的。

红花黑叶、勾勒重彩、扬州八怪,一时成为风尚。实际上决定一时风尚的是买主。画家的风格不能脱离欣赏者的趣味太远。

小说也是这样。就是像卡夫卡那样的作家，如果他的小说没有一个人欣赏，他的作品是不会存在的。

但是一个作家的风格总得走在时尚前面一点，他的风格才有可能转而成为时尚。

追随时尚的作家，就会为时尚所抛弃。

小说陈言

抓住特点

杨慎《升庵诗话》卷四《劣唐诗》:“学诗者动辄言唐诗,便以为好,不思唐人有极恶劣者。”他举了一些劣诗,如“莫将闲话当闲话,往往事从闲话生”,这真是“下净优人口中语”。但他又举“水牛浮鼻渡,沙鸟点头行”,以为这也是劣诗,我却未敢同意。水牛浮鼻而渡,这是江南水乡随时可见到的景象,许多画家都画过。但是写在诗里却是唯一的一次。“沙鸟点头行”尤为观察入微。这一定不是野鸭子那样的水鸟,水鸟走起来是一摇一摆的。这是长

* 初刊于《小说选刊》一九八九年第一期,初收于北师大版《汪曾祺全集》第四卷。

腿的沙鸟。只有长腿鸟“行”起来才是一步一点头。这不是劣诗。这也许不算好诗，但是是很好的小说语言，因为一下子抓住了特点。

写景、状物，都应该抓住特点。写人尤当如此。宋朝有一个皇帝，要接见一个从外省调进京的官，他怕自己认不出这个官（同时被接见的还有别的人），问一个大臣，这个官长得什么模样。大臣回答：“这个人很好认，他长得是个西字脸。”第二天接见，皇帝一直忍不住笑。一个人长得一个西字脸是很好笑的。我们不但可以想见此人的脸型，还仿佛看见他的眉眼。这位大臣很能抓住人的特点。鲁迅写高老夫子的步态，“像木匠牵着的钻子，一扇一扇地直走”，此公形象，如在目前。因为有特点。

虚　构

小说就是虚构。

纪晓岚对蒲松龄《聊斋》多虚构很不以为然：

> 小说既述见闻，即属叙事，不比戏场关目，随意装点。……今嬿昵之词，媟狎之态，细微曲折，摹绘如生，使出自言，似无此理，使出作者代言，则何从

而见闻，又所未解也。

这位纪文达公（纪晓岚谥号）真是一个迂夫子。他以为小说都得是记实，不能“装点”。照他的看法，“嬿昵之词，媟狎之态”都不能有。如果把这些全去掉，《聊斋》还有什么呢？

不但小说，就是历史，也不能事事有据。《史记》写陈涉称王后，乡人入宫去见他，惊叹道：“夥颐！涉之为王沉沉者！”写得很生动。但是，司马迁从何处听来？项羽要烹了刘邦的老爹，刘邦答话：“吾翁即若翁，必欲烹若翁，则幸分我一杯羹。”刘季的无赖嘴脸如画。但是我颇怀疑，这是历史还是小说？历来的历史家都反对历史里有小说家言，正足以说明这是很难避免的。因为修史的史臣都是文学家，他们是本能地要求把文章写得生动一些的。历史材料总不会那样齐全，凡有缺漏处，史臣总要加以补充。补充，即是有虚构，有想象。这样本纪、列传才较完整，否则，干巴嗤咧，“断烂朝报”。

但是，虚构要有生活根据，要合乎情理，嘉庆二十三年，涪陵冯镇峦远村氏《读〈聊斋〉杂说》云：

> 昔人谓：莫易于说鬼，莫难于说虎。鬼无伦次，虎有性情也。说鬼到说不来处，可以意为补接；若说虎到说不来处，大段著力不得。予谓不然。说鬼亦要

有伦次，说鬼亦要得性情。谚语有之："说谎亦须说得圆"，此即性情伦次之谓也。试观《聊斋》说鬼狐，即以人事之伦次，百物之性情说之。说得极圆，不出情理之外；说来极巧，恰在人人意愿之中。虽其间亦有意为补接，凭空捏造处，亦有大段吃力处，然却喜其不甚露痕迹牵强之形，故所以能令人人首肯也。

这说得不错。

"虚构"即是说谎，但要说得圆。我们曾照江青的指示，写一个戏：八路军派一个干部，进入蒙古草原，发动王府的奴隶，反抗日本侵略者和附逆的王爷（这是没有发生过，不可能发生的事）。这位干部怎样能取得牧民的信任呢？蒙古草原缺盐。盐湖都叫日本人控制起来了。一个蒙奸装一袋盐到了一个"浩特"，要卖给牧民。这盐是下了毒的。正在紧急关头，八路军的干部飞马赶到，说："这盐不能吃！"他把蒙奸带来的盐抓了一把，放在一个碗里，加了水，给一条狗喝了。狗伸伸四条腿，死了。下面的情节可以想象：八路军干部揭露蒙奸的阴谋，并将自己带来的盐分给牧民，牧民感动，高呼"共产党万岁！"这个剧本提纲念给演员听后，一个演员提出"大牲口喂盐，有给狗喝盐水的吗？狗肯喝吗？就是喝，台上怎么表演？哪里去找这样一个狗演员？"这不是虚构，而是胡说八道。

因为，无此情理。

《阿Q正传》整个儿是虚构的。但是阿Q有原型。阿Q在被判刑的供状上画了一个圆圈，竭力想画得圆，这情节于可笑中令人深深悲痛。竭力想把圈画得圆，这当然是虚构，是鲁迅的想象。但是不识字的愚民不会在一切需要画押的文书上画押，只能画一个圆圈（或画一个“十”字）却是千真万确的。这一点，不是任意虚构。因此，真实。

干　净

扬州说书艺人授徒，在家中设高桌（过去扬州说书都是坐在高桌后面），据案教学生，每天只教二十句。学生每天就说这二十句，反复说，要说得“如同刀切水洗的一般”。“刀切水洗”，指的是口齿清楚，同时也包含叙事干净，不拖泥带水。

过去说文章，常说简练。“简练”一词，近年不大有人提，为一些青年作者和评论家所厌闻。他们以为“简练”意味简单、粗略、浅。那么，咱们换一个说法：干净。“干净”不等于不细致。

张岱《陶庵梦忆·柳敬亭说书》：“余听其说‘景阳冈

武松打虎’白文，与本传大异。其描写刻画，微入毫发，然又找截干净，并不唠叨。”说书总要有许多枝杈，北方评书艺人称长篇评书为“蔓子活”，如瓜牵蔓。但不论牵出去多远，最后还能“找”回来，来龙去脉，清清楚楚。扬州王少堂说《水浒》，“武十回”、“宋十回”、“卢十回”，一回是一回，有起有落，有放有收。

因为参加“飞马奖”的评选，我读了一些长篇小说，一些作品给我一个印象，是：芜杂。

芜杂的原因之一，是材料太多，什么都往里搁，以为这样才“丰富”，结果是拥挤不堪，人物、事件、情景，不能从容展开。

第二是作者竭力要表现哲学意蕴。这大概是受了西方现代主义的影响和青年评论家的怂恿（以为这样才“深刻”）。作者对自己要表现的哲学似懂非懂，弄得读者也云苫雾罩。我不相信，中国一下子出了这么多的哲学家。我深感目前的文艺理论家不是在谈文艺，而是在谈他们自己也不太懂的哲学，大家心里都明白，这种“哲学”是抄来的。我不反对文学作品中的哲学，但是文学作品主要是写生活。只能由生活到哲学，不能由哲学到生活。

第三，语言不讲究，啰嗦，拖沓。

重读《丧钟为谁而鸣》，觉得海明威的叙述是非常干净的。他没有想表现什么“思想”，他只是写生活。

我希望更多地看到这样的小说：明明白白，清清楚楚，干干净净。

一九八八年十一月十三日

小说创作随谈

我的讲话，自己可以事先作个评价，八个大字，叫作“空空洞洞，乱七八糟”。从北京来的时候，没有作思想准备，走得很匆忙，到长沙后，编辑部的同志才说要我作个发言，谈谈自己的创作。如果我早知道有这么个节目，准备一下，可能会好一些，现在已没有时间准备了。在创作上，我是个“两栖类动物”，搞搞戏曲，也搞搞小说创作。我写小说的资历应该说是比较长的，一九四〇年就发表小说了。解放以前出了个集子，但是后来中断了很久。解放后，我搞了相当长时间的编辑工作。编过《北京文艺》，编过《说说唱唱》，编过《民间文学》。到六十年代初，才偶尔写几篇小说，之后一直没写，写剧本去了，前后中断

* 初刊于《芙蓉》一九八三年第三期，初收于《晚翠文谈》。

了二十多年。一直到一九七九年，在一些同志，就是北京的几个老朋友，特别是林斤澜、邓友梅他们的鼓励、支持和责怪下，我才又开始写了一些。第三次起步的时间是比较晚的。因为我长期脱离文学工作，而且我现在的职务还是在剧团里，所以对文学方面的情况很不了解，作品也看得很少，不了解情况，我说的话跟当前文学界的情况很可能是脱节的。

首先谈生活问题。文学是反映生活的，所以作者必须有深厚的生活基础。前几年我听到一种我不大理解的理论，说文学不是反映生活，而是表现我对生活的看法。我不大懂其中区别何在。对生活的看法也不能离开生活本身嘛，你不能单独写你对生活的看法呀！我还是认为文学必须反映生活，必须从生活出发。一个作家当然会对生活有看法，但客体不能没有。作为主体，观察生活的人，没有生活本身，那总不行吧？什么叫“创作自由”？我认为这个“创作自由”不只是说政治尺度的宽窄，容许写什么，不容许写什么。我认为要获得创作自由，有一个前提，那就是一个作家对生活要非常熟悉，熟悉得可以随心所欲，可以挥洒自如，那才有了真正的创作自由了。你有那么多生活可以让你想象、虚构、概括集中，这样你也就有了创作自由了。而且你也有了创作自信。我深信我写的东西都是真实的，不是捏造的，生活就是那样。一个作家不但要熟悉你所写的那个题材本身的生活，也要熟悉跟你这个题材有关的生活，还要熟悉与你这次所写的题材无关的生活。一句话，各种生活你都要去熟悉。海明威这句话我很欣赏："冰山之所以雄伟，就因为它露在水面上的只有七分之一。"在构思时，材料比写出来的多得多。你要有可以舍弃的本钱，不能手里只有五百块钱，却要买六百块钱的东西，你起码得有一千块钱，只买五百块钱的东西，你才会感到从容。鲁迅说："宁可把一个短篇小说压缩成一个 Sketch（速写），千万不要把一个 Sketch 拉成一个短篇小说。"有人说我的一些小说，比如《大淖记事》，浪费了材料，你稍微抻一抻就变成中篇了。我说我不抻，我就是这样。拉长了干什么呀？我要表达的东西那一万二千字就够了。作品写短有个好处，就是作品的实际容量比抻长了要大，你没写出的生活并不是浪费，读者是可以感觉得到的。读者感觉到这个作品很饱满，那个作品很单薄，就是因为作者的生活底子不同，反映在作品里的分量也就不同。生活只有那么一点，又要拉得很长，其结果只有一途，就是瞎编。瞎编和虚构不是一回事。瞎编是你根本不知道那个生活。我在《光明日报》上发表过一篇很短的文章，叫做《说短》。我主张宁可把长文章写短了，不可把短文章抻长了。这是上算的事情。因为你作品总的分量还是在那儿，压缩了的文章的感人力量会更强一些。写小说很重要的一点就是要懂得舍弃。

第二谈谈思想问题。一个作家当然要有自己的思想。作家所创作的形象没有一个不是浸透了作家自己的思想的，完全客观的形象是不可能有的。但这个思想必须是你自己的思想，你自己从生活里头直接得到的想法。也就是说你对你所写的那个生活、那个人、那个事件的态度，要具体化为你的感情，不能是个概念的东西。当然我们的思想应该是在马克思主义、毛泽东思想的指导之下，但是你不能把马克思的某一句话，或是某一个政策条文，拿来当作你的思想。那个是引导、指导你思想的东西，而不是你本人的思想。作家写作品，常有最初触发他的东西，有原始的冲动，用文学理论教科书上的话来说，就是创作的契因。这是从哪里来的？是你看了生活以后有所感，有所动，有了些想法的结果。可能你的想法还是朦胧的，但是真切的、真实的。这一点是很重要的。我为什么写《受戒》？我看到那些和尚、那些村姑，感觉到他们的感情是纯洁的、高贵的、健康的，比我生活圈中的人，要更优美些。按现在的话说就是对劳动人民的情操有了理解，因此我想写出它来。最初写时我没打算发表，当时发表这种小说的可能性也不太大。要不是《北京文学》的李清泉同志，根本不可能发表。在一个谈创作思想问题的会上，有人知道我写了这样一篇小说，还把它作为一种文艺动态来汇报。但我就是有这个创作的欲望、冲动，想表现表现这样一些人。我给它取个说法，叫“满足我自己美学感情的需要”。人家说：“你没打算发表，写它干什么？”我说：“我自己想写，我写出来留着自己玩儿。”我把自己对生活的看法表现出来了，我觉得要有这个追求。《大淖记事》是怎样写出来的？我小时候就知道，有一个小锡匠和一个水上保安队的情妇发生恋爱关系，叫水上保安队的兵把他打死过去，后来拿尿碱把他救活了。我那时才十六岁，还没有什么“优美的感情、高尚的情操”这么一些概念，但他们这些人对爱情执着的态度给了我很深的感触，朦朦胧胧地觉得，他为了爱情打死了都干。写巧云的模特儿是另外一个人，不是她，我把她挪到这儿来了，这是常有的事。我们家巷子口是挑夫集中的地方，还有一些轿夫。有一个姓黄的轿夫，他的姓我现在还记得，他突然得了血丝虫病，就是象腿病。腿那么粗，抬轿是靠腿脚吃饭的，腿搞成那个样子，就完了！怎么生活下去呢？他有个老婆，不很起眼，头发黄黄的，衣服也不整齐，也不是很精神的，我每天上学都看见她。过两天，我再看见她时，咦，变了个样儿！头发梳得光光的，衣服也穿得很整齐，她去当挑夫去了。用现在的话说，是勇敢地担负起全家生活的担子。当时我很惊奇，或者说我很佩服。这种最初激动你，刺激你的那个东西很重要。没有那个东西，你写出的东西很可能是从概念出发的。对生活的看法，对人和事的看法，最后要具体化为你对这些人的感情，不能单是概念的，理念的东西。单有那个东西恐怕不行。你的这种感情，这种倾向性，这种思想，是不是要在作品中表现出来？据我了解大概有三种态度。一种是极力把自己的思想、感情说出来。有时候正面地发些议论，作者跳出来说话，表明我对这个事情是什么什么看法。这个也不是不可以。还有一种是不动声色，只是把这个事儿，表面上很平静地说出来，海明威就是这样。海明威写《老人与海》，他并不在里面表态。还有一种，是取前面二者而折衷，是折衷主义。我就是这种态度。我觉得作者的态度、感情是要表现出来的，但是不能自己站出来说，只能在你的叙述之中，在你的描写里面，把你的感情、你的思想溶化进去，在字里行间让读者感觉到你的感情，你的思想。

第三谈谈结构技巧问题。我在大学里跟沈从文先生学了几门课。沈先生不会讲话，加上一口湘西凤凰腔，很不好懂。他没有说出什么大道理，只是讲了些很普通的经验。他讲了一句话，对我的整个写作是很有指导作用的，但当时我们有些同学不理解他的话。他翻来覆去地说要："贴到人物来写"，要"紧紧地贴到人物来写"。有同学说"这是什么意思？"以我的理解，一个是他对人物很重视。我觉得在小说里，人物是主要的，或者是主导的，其他各个部分是次要的，是派生的。当然也有些小说不写人物，有些写动物，但那实际上还是写人物；有些着重写事件；还有的小说甚至也没人物也没事件，就是写一种气氛，那当然也可以，我过去也试验过。但是，我觉得，大量的小说还是以人物为主，其他部分如景物描写等等，都还是从人物中派生出来的。现在谈我的第二点理解。当然，我对沈先生这话的理解，可能是"歪批《三国》"，完全讲错了的。我认为沈先生这句话的第二层意思是指作者和人物的关系问题。作者对人物是站在居高临下的态度，还是和人物站在平等地位的态度？我觉得应该和人物平等。当然，讽刺小说要除外，那一般是居高临下的。因为那种作品的人物是讽刺的对象，不能和他站在平等的地位。但对正面人物是要有感情的。沈先生说他对农民、士兵、手工业者怀着"不可言说的温爱"。我很欣赏"温爱"这两个字。他没有用"热爱"而用"温爱"，表明与人物稍微有点距离。即使写坏人，写批判的人物，也要和他站在比较平等的地位，写坏人也要写得是可以理解的，甚至还可以有一点儿“同情”。这样这个坏人才是一个活人，才是深刻的人物。作家在构思和写作的过程中，大部分时间要和人物溶为一体。我说大部分时间，不是全过程，有时要离开一些，但大部分时间要和人物“贴”得很紧，人物的哀乐就是你的哀乐。不管叙述也好，描写也好，每句话都应从你的肺腑中流出，也就是从人物的肺腑中流出。这样紧紧地“贴”着人物，你才会写得真切，而且才可能在写作中出现“神来之笔”。我的习惯是先打腹稿，腹稿打得很成熟后，再坐下来写。但就是这样，写的时候也还是有些东西是原来没想到的。比如《大淖记事》写十一子被打死了，巧云拿来一碗尿碱汤，在他耳边说：“十一子，十一子，你喝了！”十一子睁开眼，她把尿碱汤灌了进去。我写到这儿，不由自主地加了一句：“不知道为什么，她自己也尝了一口。”我写这一句时是流了眼泪的，就是我“贴”到了人物，我感到了人物的感情，知道她一定会这样做。这个细节是事先没有想到的。当然人物是你创造的，但当人物在你心里活起来之后，你就得随时跟着他。王蒙说小说有两种，一种是贴着人物写，一种是不贴着人物写（他的这篇谈话我没有看到，是听别人说的）。当然不贴着人物写也是可以的。有的小说主要不是在写人物，它是借题发挥，借人物发议论。比如法郎士的小说，他写卖菜的小贩骂警察，就是这么点事。他也没有详细地写小贩怎么着，他拉开发了一大通议论，实际是通过卖菜的小事件发挥对资产阶级虚伪的法制的批判。但大部分小说是写人物的，还是贴着人物写比较好。第三，沈先生所谓“贴到人物写”，我的理解，就是写其他部分都要附丽于人物。比如说写风景也不能与人物无关。风景就是人物活动的环境，同时也是人物对周围环境的感觉。风景是人物眼中的风景，大部分时候要用人物的眼睛去看风景，用人物的耳朵去听声音，用人物的感觉去感觉周围的事件。你写秋天，写一个农民，只能是农民感觉的秋天，不能用写大学生感觉的秋天来写农民眼里的秋天。这种情况是有的，就是游离出去了，环境描写与人物相脱节，相游离。如果贴着人物写景物，那么不直接写人物也是写人物。我曾经有一句没有解释清楚的话，我认为“气氛即人物”，讲明白一点，即是全篇每一个地方都应浸透人物的色彩。叙述语言应该尽量与人物靠近，不能完全是你自已的语言。对话当然必须切合人物的身份，不能让农民讲大学生的话。对话最好平淡一些，简单一些，就是普通人说的日常话，不要企图在对话里赋予很多的诗意，很多哲理。托尔斯泰有句名言：“人是不能用警句交谈的。”有些青年人给我寄来的稿子里，大家都在说警句，生活要真那样，受得了吗？年轻时我也那么干过，我写两个知识分子，自己觉得好像写得很漂亮。可是我的老师沈从文看后却说：“你这不是两个人在对话，是两个聪明脑壳在打架。”我事后想，觉得也有道理，即使是知识分子也不能老是用警句交谈啊。写小说尤其要注意这一点，它与写戏剧不一样。戏剧可以允许人物说一点警句，比如莎士比亚写“活着还是不活，这是个问题……”放在小说里就不行。另外戏剧人物可以长篇大论，生活中的人物却不可能长篇大论。李笠翁有句名言很有道理，他说：“写诗文不可写尽，有十分只能说出二三分。”这个见解很精辟。写戏不行，有十分就得写出十分，因为它不是思索的艺术，不能说我看着看着可以掩卷深思，掩卷深思这场就过去了！我曾经写过一篇很短的小说，写一个孩子，在口外坝上，坐在牛车上，好几里地都是马兰花。这花湖南好像没有，像蝴蝶花似的，淡紫蓝色，花开得很大。我写这个孩子的感觉，也就是我自己的亲身感觉。我曾经坐过这样的牛车，我当时的感觉好像真是到了一个童话的世界。但我写这个孩子就不能用这句话，因为孩子是河北省农村没上过学的孩子，他根本不知道何为童话。如果我写他想“真是在一个童话里”，那就蛮不真实了。我只好写他觉得好像在一个梦里，这还差不多。我在一个作品里写一个放羊的孩子，到农业科学研究所去参观温室。他没见过温室，是个山里的孩子。他很惊奇，很有兴趣，把它叫“暖房”。暖房里冬天也结黄瓜，也结西红柿。我要写他对黄瓜、西红柿是什么感觉。如果我写他觉得黄瓜、西红柿都长得很鲜艳，那完了！山里孩子的嘴里是不会说“鲜艳”两字的。我琢磨他的感觉，黄瓜那样绿，西红柿那样红，“好像上了颜色一样”。我觉得这样的叙述语言跟人物比较“贴”。我发现有些作品写对话时还像个农民，但描写的时候就跟人物脱节了，这就不能说“贴”住了人物。

另外谈谈语言的问题。我的老师沈从文告诉我，语言只有一个标准，就是准确。一句话要找一个最好的说法，用朴素的语言加以表达。当然也有华丽的语言，但我觉得一般地说，特别是现代小说，语言是越来越朴素，越来越简单。比如海明威的小说，都是写的很简单的事情，句子很短。

下面再讲讲结构问题。结构是多种多样的，没有个成法。大体上有两种结构，一种是较严谨的结构，一种是较松散的结构。莫泊桑的结构比较严谨，契诃夫的结构就比较松散。我是倾向于松散的。我主张按照生活本身的形式来结构作品。有的人说中国结构的特点是有头有尾，从头说到尾。我觉得不一定，用比较跳动的手法也完全可以。我很欣赏苏辙（大概是苏辙）对白居易的评价。他说白居易“拙于记事，寸步不离，犹恐失之”。乍听这种说法会很奇怪，白居易是有名的善于写叙事诗的，苏辙却说他“拙于记事”。其实苏辙的话是有道理的，因为白居易“寸步不离”，对事儿一步不敢离开，“犹恐失之”，生怕把事儿写丢了，这样的写法必定是费力不讨好的。苏辙还说杜甫的《丽人行》是高明的杰作。他说《丽人行》同样是写杨贵妃的，然而却“……似百金战马[1]，注坡蓦涧，如履平地”。也就是用打乱了的、跳动的结构。我是主张搞民族形式的，但是说民族形式就是有头有尾，那不一定对。我欣赏中国的一个说法，叫做“文气”，我觉得这是比结构更精微，更内在的一个概念。什么叫文气？我的解释就是内在的节奏。“桐城派”提出，所谓文气就是文章应该怎么起，怎么落，怎么断，怎么连，怎么顿等等这样一些东西，讲究这些东西，文章内在的节奏感就很强。清代的叶燮讲诗讲得很好，说如泰山出云，泰山不会先想好了，我先出哪儿，后出哪儿，没有这套，它是自然冒出来的。这就是说文章有内在的规律，要写得自然。我觉得如果掌握了“文气”，比讲结构更容易形成风格。文章内在的各

1 此处苏辙原文为“如百金战马”。——编者注

部分之间的有机联系是非常重要的。有的文章看起来很死板，有些看起来很活。这个“活”，就是内在的有机联系，不要单纯地讲表面的整齐、对称、呼应。

最后谈谈作者的修养问题。在北京有个年轻同志问我：“你的修养是怎么形成的？”我告诉他：“古今中外、乱七八糟。”我说你应该广泛地汲收。写小说的除了看小说，还要多看点别的东西。要读点民歌，读点戏剧，这里头有很多好东西，值得我们搞小说创作的人学习。我的话说得太多了，瞎说一气，很多地方是我的一家之言！

（本文是在一次青年文学讲习班上的讲话）

小说技巧常谈

成语·乡谈·四字句

春节前与林斤澜同去看沈从文先生。座间谈起一位青年作家的小说，沈先生说："他爱用成语写景，这不行。写景不能用成语。"这真是一针见血的经验之谈。写景是为了写人，不能一般化。必须状难状之景，如在目前，这样才能为人物设置一个特殊的环境，使读者能感触到人物所生存的世界。用成语写景，必然是似是而非，模模糊糊，因而也就是可有可无，衬托不出人物。《西游记》爱写景，常于"但见"之后，写一段骈四俪六的通俗小赋，对仗工整，声调铿锵，但多是"四时不谢之花，八节常春

* 初刊于《钟山》一九八三年第四期，初收于《晚翠文谈》。

之草”一类的陈词套语，读者看到这里大都跳了过去，因为没有特点。

由沈先生的话使我连带想到，不但写景，就是描写人物，也不宜多用成语。旧小说多用成语描写人物的外貌，如“面如重枣”、“面如锅底”、“豹头环眼”、“虎背熊腰”，给人的印象是“差不多”。评书里有许多“赞”，如“美人赞”，无非是“柳叶眉、杏核眼，樱桃小口一点点”。刘金定是这样，樊梨花也是这样。《红楼梦》写凤姐极生动，但多于其口角言谈，声音笑貌中得之，至于写她出场时的“亮相”，说她“两弯柳叶吊梢眉，一双丹凤三角眼”[1]，形象实在不大美，也不准确，就是因为受了评书的“赞”的影响，用了成语。

看来凡属描写，无论写景写人，都不宜用成语。

至于叙述语言，则不妨适当地使用一点成语。盖叙述是交代过程，来龙去脉，读者可能想见，稍用成语，能够节省笔墨。但也不宜多用。满篇都是成语，容易有市井气，有伤文体的庄重。

听说欧阳山同志劝广东的青年作家都到北京住几年，

1 此处应为“一双丹凤三角眼，两弯柳叶吊梢眉”，作者误记。——编者注广东作家都要过语言关。孙犁同志说老舍在语言上得天独厚。这都是实情话。北京的作家在语言上占了很大的便宜。

大概从明朝起，北京话就成了“官话”。中国自有白话小说，用的就是官话。“三言”、“二拍”的编著者，冯梦龙是苏州人，凌濛初是浙江乌程（即吴兴）人，但文中用吴语甚少。冯梦龙偶尔在对话中用一点吴语，如“直待两脚壁立直，那时不关我事得”(《滕大尹鬼断家私》)。凌濛初的叙述语言中偶有吴语词汇，如“不匡”(即苏州话里的“弗壳张”，想不到的意思)。《儒林外史》里有安徽话，《西游记》里淮安土语颇多（如“不当人子”)。但是这些小说大体都是用全国通行的官话写的。《红楼梦》是用地道的北京话写的。《红楼梦》对中国现代文学语言的形成，有着不可估量的影响。

有了官话文学，“白话文”的出现就是水到渠成的事，白话文运动的策源地在北京。“五四”时期许多外省籍的作家都是用普通话即官话写作的。有的是有意识地用北京话写作的。闻一多先生的《飞毛腿》就是用纯粹的北京口语写成的。朱自清先生晚年写的随笔，北京味儿也颇浓。

咱们现在都用普通话写作。普通话是以北方话作为基础方言，吸收别处方言的有用成分，以北京音为标准音的。“北方话”包括的范围很广，但是事实上北京话却是北方话的核心，也就是说是普通话的核心。北京话也是一种方言。普通话也仍然带有方言色彩。张奚若先生在当教育部长时作了一次报告，指出“普通话”是普遍通行的话，不是寻常的普普通通的话。就是说，不是没有个性，没有特点，没有地方色彩的话。普通话不是全国语言的最大公约数，不是把词汇压缩到最低程度，因而是缺乏艺术表现力的蒸馏水式的语言。普通话也有其生长的土壤，它的根扎在北京。要精通一种语言，最好是到那个地方住一阵子。欧阳山同志的忠告，是有道理的。

不能到北京，那就只好从书面语言去学，从作品学，那怎么说也是隔了一层。

吸收别处方言的有用成分，别处方言，首先是作家的家乡话。一个人最熟悉，理解最深，最能懂得其传神妙处的，还是自己的家乡话，即“母舌”。有些地区的作家比较占便宜，比如云、贵、川的作家。云、贵、川的话属西南官话，也算在“北方话”之内。这样他们就可以用家乡话写作，既有乡土气息，又易为外方人所懂，也可以说是“得天独厚”。沙汀、艾芜、何士光、周克芹都是这样。有的名物，各地歧异甚大，我以为不必强求统一。比如何士光的《种包谷的老人》，如果改成《种玉米的老人》，读者就会以为这是写的华北的故事。有些地方语词，只能以声音传情，很难望文生义，就有点麻烦。我的家乡（我的家乡属苏北官话区）把一个人穿衣服干净，整齐，挺括，有样子，叫做“格挣挣的”。我在写《受戒》时想用这个词，踌躇了很久。后来发现山西话里也有这个说法，并在元曲里也发现“格挣”这个词，才放心地用了。有些地方话不属“北方话”，比如吴语、粤语、闽南语、闽北语，就更加麻烦了。有些不得不用，无法代替的语词，最好加一点注解。高晓声小说中用了“投煞青鱼”，我到现在还不知道这究竟是什么意思。

作家最好多懂几种方言。有时为了加强地方色彩，作者不得不刻苦地学习这个地方的话。周立波是湖南益阳人，平常说话，乡音未改，《暴风骤雨》里却用了很多东北土话。旧小说里写一个人聪明伶俐，见多识广，每说他“能打各省乡谈”，比如浪子燕青。能多掌握几种方言，也是作家生活知识比较丰富的标志。

听说有些中青年作家非常反对用四字句，说是一看到四字句就讨厌。这使我有点觉得奇怪。

中国语言里本来就有许多四字句，不妨说四字句多是中国语言的特点之一。

我是主张适当地用一点四字句的。理由是：一、可以使文章有点中国味儿。二、经过锤炼的四字句往往比自然状态的口语更为简洁，更能传神。若干年前，偶读张恨水的一本小说，写几个政客在妓院里磋商政局，其中一人，“闭目抽烟，烟灰自落”。老谋深算，不动声色，只此八字，完全画出。三、连用四字句，可以把句与句之间的连词、介词，甚至主语都省掉，把有转折、多层次的几件事贯在一起，造成一种明快流畅的节奏。如：“乃瞻衡宇，载欣载奔。僮仆欢迎，稚子候门。三径就荒，松菊犹存。携幼入室，有酒盈樽。”（陶渊明《归去来兮辞》）。

反对用四字句，我想有两方面的原因。一方面是作者习惯于用外来的，即“洋”一点的方式叙述，四字句与这种叙述方式格格不入。一方面是觉得滥用四字句，容易使文体滑俗，带评书气。如果是第二种，我觉得可以同情。我并不主张用说评书的语言写小说。如果用一种“别体”，有意地用评书体甚至相声体来写小说，那另当别论。但是评书和相声与现代小说毕竟不是一回事。

呼　应

我曾在一篇谈小说创作的短文中提到章太炎论汪容甫的骈文，“起止自在，无首尾呼应之式”，表示很欣赏。汪容甫能把骈体文写得那样“自在”，行云流水，不讲起承转合那一套，读起来很有生气，不像一般四六文那样呆板，确实很不容易。但这是指行文布局，不是说小说的情节和细节的安排。小说的情节和细节，是要有呼应的。

李笠翁论戏曲讲究“密针线”，讲究照应和埋伏。《闲情偶寄》有一段说得好：

> 编戏有如缝衣，其初则以完全者剪碎，其后又以剪碎者凑成。剪碎易，凑成难。凑成之工，全在针线紧密。一节偶疏，全篇之破绽出矣。每编一折，必须前顾数折，后顾数折。顾前者欲其照映，顾后者便于埋伏。照映、埋伏，不止照映一人，埋伏一事，凡是剧中有名之人，关涉之事，与前此后此所说之话，节节俱要想到。

我是习惯于打好腹稿的。但一篇较长的小说，如超过一万字，总不能从头至尾每一个字都想好，有一个总体构思之后，总得一边写一边想。写的时候要往前想几段，往后想几段，不能写这段只想这段。有埋伏，有呼应，这样才能使各段之间互相沟通，成为一体，否则就成了拼盘或北京人过年吃的杂拌儿。譬如一弯流水，曲折流去，不断向前，又时时回顾，才能生动多姿。一边写一边想，顾前顾后，会写出一些原来没有想到的细节，或使原来想到但还不够鲜明的细节鲜明起来。我写《八千岁》，写了他允许儿子养几只鸽子，他自己有时也去看看鸽子，原来只是想写他也是个人，对生活的兴趣并未泯灭，但他在被八舅太爷敲了一笔竹杠，到赵厨房去参观满汉全席，赵厨房说鸽蛋燕窝里鸽蛋不够，他说了一句："你要鸽子蛋，我那里有"，都是事前没有想到的。只是觉得他的处境又可怜又可笑，才信手拈来，写了这样一笔。他平日自奉甚薄，饮食粗粝，老吃"草炉烧饼"，遭了变故，后来吃得好一点，我是想到的。但让他吃什么，却还没有想好。直到写到快结束时，我才想起在他的儿子把照例的"晚茶"——两个烧饼拿来时，他把烧饼往桌上一拍，大声说："给我去叫一碗三鲜面！"边写边想，前后照顾，可以情文相生，时出新意。

埋伏和照映是要惨淡经营的，但也不能过分地刻意求之。埋伏处要能轻轻一笔，若不经意。照映处要顺理成章，水到渠成。要使读者看不出斧凿痕迹，只觉得自自然然，完完整整，如一丛花，如一棵菜。虽由人力，却似天成。如果使人看出来这里是埋伏，这里是照映，便成死症。

含　藏

“逢人只说三分话，未可全抛一片心”，这是一种庸俗的处世哲学。写小说却必须这样。李笠翁云，作诗文不可说尽，十分只说得二三分。都说出来，就没有意思了。

侯宝林有一个相声小段《买佛龛》。一个老太太买了一个祭灶用的佛龛，一个小伙子问她：“老太太，您这佛龛是哪儿买的？”——“嗨，小伙子，这不能说买，得说‘请’！”——“那您是多少钱‘请’的？”——“嗐！这么个玩意——八毛！”听众都笑了。这就够了。如果侯宝林“评讲”一番，说老太太一提到钱，心疼，就把对佛龛的敬意给忘了，那还有什么意思呢？话全说白了，没个捉摸头了。契诃夫写《万卡》，万卡给爷爷写了一封很长的信，诉说他的悲惨的生活，写完了，写信封，信封上写道：“寄给乡下的爷爷收”。如果契诃夫写出：万卡不知道，这封信爷爷是不会收到的，那这篇小说的感人力量就大大削弱了，契诃夫也就不是契诃夫了。

我写《异秉》，写到大家听到王二的“大小解分清”的异秉后，陈相公不见了，“原来陈相公在厕所里。这是陶先生发现的。他一头走进厕所，发现陈相公已经蹲在那里。本来，这时候都不是他们俩解大手的时候”。一位评论家在一次讨论会上，说他看到这里，过了半天，才大笑出来。如果我说破了他们是想试试自己能不能做到“大小解分清”，就不会有这样的效果。如果再发一通议论，说：“他们竟然把生活的希望寄托在这样的微不足道的，可笑的生理特征上，庸俗而又可悲悯的小市民呀！”那就更完了。

“话到嘴边留半句”，在一点就破的地方，偏偏不要去点。在“裉节儿”上，“七寸三分”的地方，一定要“留”得住。尤三姐有言：“提着影戏人儿上场，好歹别戳破这层纸儿。”把作者的立意点出来，主题倒是清楚了，但也就使主题受到局限，而且意味也就索然了。

小说不宜点题。

一九八三年四月四日

小说的散文化

散文化似乎是世界小说的一种（不是唯一的）趋势。屠格涅夫的《猎人笔记》有些篇近似散文。《白净草原》尤其是这样。都德的《磨坊文札》也如此。他们有意用“日记”、“文札”来作为文集的标题，表示这里面所收的各篇，不是传统的严格意义上的小说。契诃夫有些小说写得很轻松随便。《恐惧》实在不大像小说，像一篇杂记。阿左林的许多小说称之为散文也未尝不可，但他自己是认为那是小说的。——有些完全不能称为小说的东西，则命之为“小品”，比如《阿左林先生是古怪的》。萨洛扬的带有自传色彩的小说，是具有文学性的回忆录。鲁迅的《故乡》写得很不集中。《社戏》是小说么？但是鲁迅并没有把

* 初刊于《八方》丛刊一九八七年第五期，初收于《汪曾祺小品》。

它收在专收散文的《朝花夕拾》里，而是收在小说集里的。废名的《竹林的故事》可以说是具有连续性的散文诗。萧红的《呼兰河传》全无故事。沈从文的《长河》是一部很奇怪的长篇小说。它没有大起大落，大开大阖，没有强烈的戏剧性，没有高峰，没有悬念，只是平平静静，慢慢地向前流着，就像这部小说所写的流水一样。这是一部散文化的长篇小说。大概传统的，严格意义上的小说有一点像山，而散文化的小说则像水。

散文化的小说一般不写重大题材。在散文化小说作者的眼里，题材无所谓大小。他们所关注的往往是小事，生活的一角落，一片段。即使有重大题材，他们也会把它大事化小。散文化的小说不大能容纳过于严肃的，严峻的思想。这一类小说的作者大都是性情温和的人，他们不想对这个世界作陀思妥耶夫斯基式的拷问和卡夫卡式的阴冷的怀疑。许多严酷的现实，经过散文化的处理，就会失去原有的硬度。鲁迅是个性格复杂的人。一方面，他是一个孤独、悲愤的斗士，同时又极富柔情。《故乡》、《社戏》里有一种说不出来的惆怅和凄凉，如同秋水黄昏。沈从文企图在《长河》里“把最近二十年来当地农民性格灵魂被时代大力压扁扭曲失去原有的素朴所表现的式样，加以解剖及描绘”，这是一个十分严肃的，使人痛苦的思想。他

"唯恐作品和读者对面，给读者也只是一个痛苦印象"，所以"特意加上一点牧歌的谐趣"。事实上《长河》的抒情成分大大冲淡了那种痛苦思想。散文化小说的作者大都是抒情诗人。散文化小说是抒情诗，不是史诗。散文化小说的美是阴柔之美，不是阳刚之美。是喜剧的美，不是悲剧的美。散文化小说是清澈的矿泉，不是苦药。它的作用是滋润，不是治疗。这样说，当然是相对的。

散文化的小说不过分地刻划人物。他们不大理解，也不大理会典型论。海明威说：不存在典型，典型是说谎。这话听起来也许有点刺耳，但是在解释得不准确的典型论的影响之下，确实有些作家造出了一批鲜明、突出，然而虚假的人物形象。要求一个人物像一团海绵一样吸进那样多的社会内容，是很困难的。透过一个人物看出一个时代，这只是评论家分析出来的，小说作者事前是没有想到的。事前想到，大概这篇小说也就写不出来了。小说作者只是看到一个人，觉得怪有意思，想写写他，就写了。如此而已。散文化小说作者通常不对人物进行概括。看过一千个医生，才能写出一个医生，这种创作方法恐怕谁也没有当真实行过。散文化小说作者只是画一朵两朵玫瑰花，不想把一堆玫瑰花，放进蒸锅，提出玫瑰香精。当然，他画的玫瑰是经过选择的，要能入画。散文化小说的人物不具有雕塑性，特别不具有米开朗琪罗那样的把精神扩及到肌肉的力度。它也不是伦布朗的油画。它只是一些Sketch，最多是列宾的钢笔淡彩。散文化小说的人像要求神似。轻轻几笔，神完气足。《世说新语》，堪称范本。散文化的小说大都不是心理小说。这样的小说不去挖掘人的心理深层结构，散文化小说的作者不喜欢“挖掘”这个词。人有甚么权利去挖掘人的心呢？人心是封闭的。那就让它封闭着吧。

散文化小说的最明显的外部特征是结构松散。只要比较一下莫泊桑和契诃夫的小说，就可以看出两者在结构上的异趣。莫泊桑，还有欧·亨利，耍了一辈子结构，但是他们显得很笨，他们实际上是被结构耍了。他们的小说人为的痕迹很重。倒是契诃夫，他好像完全不考虑结构，写得轻轻松松，随随便便，潇潇洒洒。他超出了结构，于是结构更多样。章太炎论汪中的骈文“起止自在，无首尾呼应之式”。打破定式，是散文化小说结构的特点。魏叔子论文云：“人知所谓伏应而不知无所谓伏应者，伏应之至也；人知所谓断续而不知无所谓断续者，断续之至也”（《陆悬圃文序》）。古今中外作品的结构，不外是伏应和断续。超出伏应、断续，便在结构上得到大解放。苏东坡所说的“常行于所当行，常止于不可不止”，是散文化小说作者自觉遵循的结构原则。

喔，还有情节。情节，那没有甚么。

有一些散文化的小说所写的常常只是一种意境。《白净草原》写了多少事呢？《竹林的故事》写的只是几个孩子对于他们的小天地的感受，是一篇他们的富有诗意的生活的“流水”（中国的往日的店铺把逐日随手所记账目叫做“流水”，这是一个很好的词汇）。《长河》的《秋（动中有静）》写的只是一群过渡人无目的、无条理的闲话，但是那么亲切，那么富有生活气息。沈从文创造了一种寂寞和凄凉的意境，一片秋光。某些散文化小说也许可称之为“安静的艺术”。《白净草原》、《秋（动中有静）》，这从题目上就可以看得出来。阿左林所写的修道院是静静的。声音、颜色、气味，都是静静的。日光和影子是静静的。人的动作、神情是静静的。墙上的长春藤也是静静的。散文化小说往往都有点怀旧的调子。甚至有点隐逸的意味。这有甚么不好呢？我不认为这样一些小说所产生的影响是消极的。这样的小说的作者是爱生活的，他们对生活的态度是执着的。他们没有忘记窗外的喧嚣而躁动的尘世。

散文化小说的作者十分潜心于语言。他们深知，除了语言，小说就不存在。他们希望自己的语言雅致、精确、平易。他们让他们对于生活的态度于字里行间自自然然的流出，照现在西方所流行的一种说法是：注意语言对于主题的暗示性。他们不把倾向性“特别地说出”。散文化小说的作者不是先知，不是圣哲，不是无所不知的上帝，不是富于煽动性的演说家。他们是读者的朋友。因此，他们自己不拘束，也希望读者不受拘束。

散文化的小说曾给小说的观念带来一点新的变化。

一九八六年十一月十七日

说　短

短，是现代小说的特征之一。

短，是出于对读者的尊重。

现代小说是忙书，不是闲书。现代小说不是在花园里读的，不是在书斋里读的。现代小说的读者不是有钱的老妇人，躺在樱桃花的阴影里，由陪伴女郎读给她听。不是文人雅士，明窗净几，竹韵茶烟。现代小说的读者是工人、学生、干部。他们读小说都是抓空儿。他们在码头上、候车室里、集体宿舍、小饭馆里读小说，一面读小说，一面抓起一个芝麻烧饼或者汉堡包（看也不看）送进嘴里，同时思索着生活。现代小说要符合现代生活方式，现代生活的节奏。现代小说是快餐，是芝麻烧饼或汉堡

* 初刊于一九八二年七月一日《光明日报》，初收于《晚翠文谈》。

包。当然，要做得好吃一些。

小说写得长，主要原因是情节过于曲折。现代小说不要太多的情节。

以前人读小说是想知道一些他不知道的生活，或者世界上根本不存在的生活。他要读的不是生活，而是故事，或者还加上作者华丽的文笔。现代的读者是严肃的。他们有时也要读读大仲马的小说，但是只是看看玩玩，谁也不相信他编造的那一套。现代读者要求的是真实，想读的是生活，生活本身。现代读者不能容忍编造。一个作者的责任只是把你看到的、想过的一点生活诚实地告诉读者。你相信，这一点生活读者也是知道的，并且他也是完全可以写出来的。作者的责任只是用你自己的方式，尽量把这一点生活说得有意思一些。现代小说的作者和读者之间的界线逐渐在泯除。作者和读者的地位是平等的。最好不要想到我写小说，你看。而是，咱们来谈谈生活。生活，是没有多少情节的。

小说长，另一个原因是描写过多。

屠格涅夫的风景描写很优美。但那是屠格涅夫式的风景，屠格涅夫眼中的风景，不是人物所感受到的风景。屠格涅夫所写的是没落的俄罗斯贵族，他们的感觉和屠格涅夫有相通之处，所以把这些人物放在屠格涅夫式的风景之中还不“格生”。写现代人，现代的中国人，就不能用这种写景方式，不能脱离人物来写景。小说中的景最好是人物眼中之景，心中之景。至少景与人要协调。现代小说写景，只要是：“天黑下来了……”，“雾很大……”，“树叶都落光了……”，就够了。

巴尔扎克长于刻画人物，画了很多人物肖像，作了许多很长很生动的人物性格描写。这种方式不适用于现代小说。这种方式对读者带有很大的强迫性，逼得人只能按照巴尔扎克的方式观察生活。现代读者是自由的，他不愿听人驱使，他要用自己的眼睛看生活，你只要扼要地跟他谈一个人，一件事，不要过多地描写。作者最好客观一点，尽量闪在一边，让人物自己去行动，让读者自己接近人物。

我不大喜欢“性格”这个词。一说“性格”就总意味着一个奇异独特的人。现代小说写的只是平常的“人”。

小说长，还有一个原因是对话多。

有些小说让人物作长篇对话，有思想、有学问，成了坐而论道或相对谈诗，而且所用的语言都很规整，这在生活里是没有的。生活里有谁这样地谈话，别人将会回过头来看着他们，心想：这几位是怎么了？

对话要少，要自然。对话只是平常的说话，只是于平常中却有韵味。对话，要像一串结得很好的果子。

对话要和叙述语言衔接，就像果子在树叶里。

长，还因为议论和抒情太多。

我并不一般地反对在小说里发议论，但议论必须很富于机智。带有讽刺性的小说常有议论，所谓嬉笑怒骂，皆成文章。

抒情，不要流于感伤。一篇短篇小说，有一句抒情诗就足够了。抒情就像菜里的味精一样，不能多放。

长还有一个原因是句子长，句子太规整。写小说要像说话，要有语态。说话，不可能每一个句子都很规整，主语、谓语、附加语全都齐备，像教科书上的语言。教科书的语言是呆板的语言。要使语言生动，要把句子尽量写得短，能切开就切开，这样的语言才明确。平常说话没有说挺老长的句子的。能省略的部分都省掉。我在《异秉》中写陈相公一天的生活，碾药就写“碾药”。裁纸就写“裁纸”，两个字就算一句。因为生活里叙述一件事就是这样叙述的。如果把句子写齐全了，就会成为：“他生活里的另一个项目是碾药”，“他生活里的又一个项目是裁纸”，那多噜嗦！——而且，让人感到你这个人说话像做文章（你和读者的距离立刻就拉远了）。写小说决不能做文章，所用的语言必须是活的，就像聊天说话一样。

现代小说的语言大都是很简短的。从这个意义来说，我觉得海明威比曹雪芹离我更近一些。

鲁迅的教导是非常有益的：竭力将可有可无的字句删去。

我写《徙》，原来是这样开头的：

“世界上曾经有过很多歌，都已经消失了。”

我出去散了一会步，改成了：

“很多歌消失了。”

我牺牲了一些字，赢得的是文体的峻洁。

短，才有风格。现代小说的风格，几乎就等于：短。

短，也是为了自己。

西窗雨

很多中国作家是吃狼的奶长大的。没有外国文学的影响，中国文学不会像现在这个样子，很多作家也许不会成为作家。即使有人从来不看任何外国文学作品，即使他一辈子住在连一条公路也没有的山沟里，他也是会受外国文学的影响的，尽管是间接又间接的。没有一个作家是真正的“土著”，尽管他以此自豪，以此标榜。

高中三年级的时候，我为避战乱，住在乡下的一个小庵里，身边所带的书，除为了考大学用的物理化学教科书外，只有一本《沈从文选集》，一本屠格涅夫的《猎人日记》。可以说，是这两本书引我走上文学道路的。屠格涅

* 初刊于《外国文学评论》一九九二年第二期，初收于北师大版《汪曾祺全集》第五卷。

夫对人的同情，对自然的细致的观察给我很深的影响。

我在大学里读的是中文系，但是课外所看的，主要是翻译的外国文学作品。

我喜欢在气质上比较接近我的作家。不喜欢托尔斯泰。一直到一九五八年我被划成右派下放劳动，为了找一部耐看的作品，我才带了两大本《战争与和平》，费了好大的劲才看完。不喜欢陀思妥耶夫斯基那样沉重阴郁的小说。非常喜欢契诃夫。托尔斯泰说契诃夫是一个很怪的作家，他好像把文字随便丢来丢去，就成了一篇作品。我喜欢他的松散、自由、随便、起止自在的文体；喜欢他对生活的痛苦的思索和一片温情。我认为契诃夫是一个真正的现代作家。从契诃夫后，俄罗斯文学才进入一个新的时期。

苏联文学里，我喜欢安东诺夫。他是继承契诃夫传统的。他比契诃夫更现代一些，更西方一些。我看了他的《在电车上》，有一次在文联大楼开完会出来，在大门台阶上遇到萧乾同志，我问他："这是不是意识流？"萧乾说："是。但是我不敢说！"五十年代，在中国提起意识流都好像是犯法的。

我喜欢苏克申，他也是继承契诃夫的。苏克申对人生的感悟比安东诺夫要深，因为这时的苏联作家已经摆脱了斯大林的控制，可以更自由地思索了。

法国文学里，最使当时的大学生着迷的是A.纪德。在茶馆里，随时可以看到一个大学生捧着一本纪德的书在读，从优雅的、抒情诗一样的情节里思索其中哲学的底蕴。影响最大的是《纳蕤思解说》、《田园交响乐》。《窄门》、《伪币制造者》比较枯燥。在《地粮》的文体影响下，不少人写起散文诗日记。

波特莱尔的《恶之花》、《巴黎之烦恼》是一些人的袋中书——这两本书的开本都比较小。

我不喜欢莫泊桑，因为他做作，是个“职业小说家”。我喜欢都德，因为他自然。

我始终没有受过《约翰·克里斯多夫》的诱惑，我宁可听法郎士的怀疑主义的长篇大论。

英国文学里，我喜欢弗·伍尔夫。她的《到灯塔去》、《浪》写得很美。我读过她的一本很薄的小说《狒拉西》，是通过一只小狗的眼睛叙述伯朗宁和伯朗宁夫人的恋爱过程，角度非常别致。《狒拉西》似乎不是用意识流方法写的。

我很喜欢西班牙的阿左林。阿左林的意识流是覆盖着阴影的，清凉的，安静透亮的溪流。

意识流有什么可非议的呢？人类的认识发展到一定阶

段，就会发现人的意识是流动的，不是那样理性，那样规整，那样可以分切的。意识流改变了作者和人物的关系。作者对人物不再是旁观，俯视，为所欲为。作者的意识和人物的意识同时流动。这样，作者就更接近人物，也更接近生活，更真实了。意识流不是理论问题，是自然产生的。林徽因显然就是受了弗·伍尔夫的影响。废名原来并没有看过伍尔夫的作品，但是他的作品却与伍尔夫十分相似。这怎么解释？

意识流造成传统叙述方法的解体。

我年轻时是受过现代主义、意识流方法的影响的。

太阳晒着港口，把盐味敷到坞边的杨树的叶片上。

海是绿的，腥的。

一只不知名的大果子，有头颅那样大，正在腐烂。

贝壳在沙粒里逐渐变成石灰。

浪花的白沫上飞着一只鸟，仅仅一只。太阳落下去了。

黄昏的光映在多少人的额头上，在他们的额头上涂了一半金。

多少人逼向三角洲的尖端。又转身，分散。

人看远处如烟。

自在烟里，看帆篷远去。

来了一船瓜，一船颜色和欲望。

一船是石头，比赛着棱角。也许——

一船鸟，一船百合花。

深巷卖杏花。骆驼。

骆驼的铃声在柳烟中摇荡。鸭子叫，一只通红的蜻蜓。

惨绿的雨前的磷火。

一城灯！

——《复仇》

这是什么？大概是意识流。

我的文艺思想后来有所发展。八十年代初，我宣布过“回到现实主义，回到民族传统”。但是立即补充了一句：我所说的现实主义是能容纳各种流派的现实主义，我所说的民族传统是能吸收任何外来影响的民族传统。

抗日战争时期。昆明小西门外。

米市，菜市，肉市。柴驮子，炭驮子。马粪。粗细瓷碗，沙锅铁锅。焖鸡米线，烧饵块。金钱片腿，牛干巴。炒菜的油烟，炸辣子呛人的气味。红黄蓝白黑，酸甜苦辣咸。

每个人带着一生的历史，半个月的哀乐，在街上走。

……

——《钓人的孩子》

这大概不能算是纯粹的民族传统。中国虽然也有“鸡声茅店月，人迹板桥霜”，有“古道西风瘦马，枯藤老树昏鸦”，但是堆砌了一连串的名词，无主语，无动词，是少见的。这也可以说是意识流。有人说这是意象主义，也可以吧。总之，这样的写法是外来的。

有一种说法：越是民族的，就越是世界的。这话我不知道是什么意思。如果说越写出民族的特点，就越有世界意义，可以同意。如果用来作为拒绝外来影响的借口，以为越土越好，越土越洋，我觉得这会害了自己，也害了别人。

我想对《外国文学评论》提几点看法。

希望能研究一下外国文学研究的最终目的是什么？我以为应该是推动、影响、刺激中国的当代创作。要考虑刊物的读者是什么人，我以为应是中国作家、中国的文学爱好者，当然，也包括中国的外国文学研究者。不要为了研究而研究，不要脱离中国文学的实际，要有的放矢，顾及社会的和文学界的效应。

评论要和鉴赏结合起来，要更多介绍一点外国作家和作品，不要空谈理论。现在发表的文章多是从理论到理论。评介外国的作家和作品，得是一个中国的研究者的带独创性的意见，不宜照搬外国人的意见。

可以考虑开一个栏目：外国作家对中国作家的影响，比如魏尔兰之于艾青，T.S. 艾略特、奥登之于九叶派诗人……这似乎有点跨进了比较文学的范围。但是我觉得一个外国文学研究者多多少少得是一个比较文学研究者，否则易于架空。

最后，希望文章不要全是理论语言，得有点文学语言。要有点幽默感。完全没有幽默感的文章是很烦人的。

一九九二年二月九日

随笔写生活

新笔记小说是近年出现的文学现象。以前不是没有过，但是写的人不是那样多，刊物上也不似现在这样频繁的出现，没有成为风气。这种现象产生的背景是什么？这说明什么“问题”？

我是写过一些这样的小说的，有些篇自己就加了总题或副题：笔记小说。但究竟什么是新笔记小说，我也说不上来。

要问新笔记小说是什么，不如先问问：小说是什么？这个问题问之小说家，大概十个有八个答不出。勉强地

---

* 初刊于一九九二年二月二十二日《文汇读书周报》，是为《新笔记小说选》（张曰凯编，作家出版社一九九二年版）所作序言，初收于北师大版《汪曾祺全集》第五卷。

说，依我看，小说是一种生活的样式或生命的样式。那么新笔记小说可以说是随笔写下来的一种生活，一种生活或生命的样式。

中国古代的小说，大致有两个传统：唐人传奇和宋人笔记。唐人传奇本是“行卷”，是应试的举子投给当道看的，这样可以博取声名，“扩大影响”，使试官在阅卷前已经有个印象。因为要当道看得有趣，故情节曲折，引人入胜。又欲使当道欣赏其文才，故辞句多华丽丰赡。是有意为文。宋人笔记无此功利的目的，只是写给朋友看看，甚至是写给自己看的。《梦溪笔谈》云“所与谈者，唯笔砚耳”。是无意为文。故文笔多平实朴素，然而自有情致。假如用西方的文学概念来套，则唐人传奇是比较浪漫主义的，而宋人笔记则是比较现实主义的。新笔记小说所继承的，是宋人笔记的传统。

新笔记小说的作者大都有较多的生活阅历，经过几番折腾，见过严霜烈日，便于人生有所解悟，不复有那样炽热的激情了。相当多的新笔记小说的感情是平静的，如秋天，如秋水，叙事雍容温雅，渊渊汩汩，孙犁同志可为代表。孙犁同志有些小说几乎淡到没有什么东西，但是语简而情深，比如《亡人逸事》。这样的小说，是不会使人痛哭的，但是你的眼睛会有点潮湿。但也有些笔记小说的感情是相当强烈的，如张石山的《淘井》、王润滋的《三个渔人》。有不少笔记小说是写得滑稽突梯的，使读者读后哭笑不得。写“文化大革命”的笔记小说，被称为“新世说”者多如此。恽敬新的《刘校长游街》写得很真实，——同时又那样的荒谬。写“文化大革命”小景的小说，多如实，少夸张，然而这样的如实又显得好像极其夸张。这样的感情是所谓“冷隽”。这样，有些笔记小说就接近讽刺文学，带杂文意味。这在新笔记中占相当大的比重。这也是无可奈何的事。因为那是“无可奈何之日”。

笔记小说一般较少抒情，然而何立伟的《小城无故事》却是一首抒情诗。然而，你不能说这不是新笔记小说。阿成的《年关六赋》是风俗画。贾平凹的《游寺耳记》是小说么？是“笔记小说”么？这是一篇游记，一篇散文。然而“笔记”和“散文”从来就是“撕掳不开”的，笔记小说多半有点散文化。孙犁同志的小说在发表前有编辑问过他“您这是小说还是散文”？孙犁答曰“小说！小说！”我们要不要把《游寺耳记》从“新笔记小说”中开除出去？不一定吧。高晓声的《摆渡》是寓言。矫健的《圆环》可以说是一篇哲学论文。

如此说来，“新笔记小说”从内到外，初无定质，五花八门，无所不包了？

好像是这样。这也是“新笔记小说”的特点。“新笔记”的天地是非常广阔的。

“新笔记小说”很难界定。这是一个宽泛的、含混的概念。但是又不是“宽大无边”。作者和编者读者心目中有那么一种东西，有人愿意写，写就是了。有人愿意看，看就是了。

有一个也许叫人困惑的问题：新笔记小说和“主旋律”的关系。一般说来，大部分新笔记小说大概不能算是主旋律吧？不是主旋律，那么是什么？次旋律？亚旋律？它和主旋律的关系是什么？也不必管它吧。有人愿意写，写就是了。有人愿意看，看就是了。

谈散文
——《午夜散文随笔书系》总序

中国散文，浩如烟海。

先秦诸子，都能文章。《子路曾皙冉有公西华侍坐章》从容潇洒。孟子滔滔不绝。庄子汪洋恣肆。都足为后人取法。

中国自来文史不分。史书也都是文学。司马迁叙事写文，清楚生动。他的作品是孤愤之书，有感而发，为了得到同情，故写得朴朴实实。六朝重人物品藻，寥寥数语，皆具风神。《史记》、《世说新语》影响深远，唐宋人大都不能出其樊篱。姚鼐推崇归有光，归文实本《史记》。

---

*初刊于一九九七年九月二十一日《中国青年报》，是为“午夜散文随笔书系”（河北人民出版社一九九七年版）所作总序，初收于北师大版《汪曾祺全集》第六卷。

中国游记能状难写之情如在目前。郦道元《水经注》写三峡，将一大境界纳为数语，真是大手笔。柳宗元《至小丘西小石潭记》以鱼之动态写水之清幽，此法为后之写游记者所沿用，例不胜举。

韩愈文章，誉毁不一，我也不喜欢他的文章所讲的道理，但是他的文章有一特点：注重文学的耳感，即音乐性。“国子先生，晨入太学，招诸生，立馆下，诲之曰……”读来朗朗上口。“上口”是中国散文的一个特点。过去学文章都要打起调子来半吟半唱，这样才能将声音深入记忆，是很有道理的。

中国文化有断裂。有人以为“五四”是一个断裂，有人不同意，以为“五四”虽是提倡白话文，而文章之道未断，真正的断裂是四十年代。自四十年代至七十年代几乎没有“美文”，只有政论。偶有散文，大都剑拔弩张，盛气凌人，或过度抒情，顾影自怜。这和中国散文的平静冲和的传统是不相合的。

“五四”以后有不多的翻译过来的外国散文，法国的蒙田、挪威的别伦·别尔生……影响最大的大概要算泰戈尔。但我对泰戈尔和纪伯伦不喜欢。一个人把自己扮成圣人总是叫人讨厌的。我倒喜欢弗吉尼亚·吴尔芙，喜欢那种如云如水，东一句西一句的，既叫人不好捉摸，又不脱离人世生活的意识流的散文。生活本是散散漫漫的，文章也该是散散漫漫的。

文章的雅俗文白一向颇有争议。有人以为越白越好，越俗越好。张奚若先生在当文化部长时曾讲过推广普通话问题，说“普通话”并不是普普通通的话。话犹如此，文章就得经过加工，“散文”总是散文，不是说出来的话就是散文，那样就像莫里哀戏中的人物一样，“说了一辈子散文”了。宋人提出以俗为雅。近年有人提出大雅若俗。这主要都是说的文学语言。文学语言总得要把文言和口语糅合起来，浓淡适度，不留痕迹，才有嚼头，不“水”。当代散文是当代人写，写给当代人看的，口语不妨稍多，但是过多的使用口语，甚至大量地掺入市井语言，就会显得油嘴滑舌，如北京人所说的：“贫”。我以为语言最好是俗不伤雅，既不掉书袋，也有文化气息。

我和这套文丛的作者都不熟，据闻大都是中青年文艺理论家，他们的文章较有深度，有文化气息。他们是可能成为当代散文的中坚的，希望他们既能继承中国散文的悠久传统，并能接受外国散文的影响，占一代风流，掮百年余韵。是为序。

传　神

看过一则杂记，唐朝有两个大画家，一个好像是韩干，另外一个我忘了，二人齐名，难分高下。有一次，皇帝——应该是玄宗了——命令他们俩同时给一个皇子画像。画成了，皇帝拿到宫里请皇后看，问哪一张画得像。皇后说："都像。这一张更像。——那一张只画出皇子的外貌，这一张画出了皇子的潇洒从容的神情。"于是二人之优劣遂定。哪一张更像呢？好像是韩干以外的那一位的一张。这个故事，对于写小说是很有启发的。

小说是写人的。写人，有时免不了要给人物画像。但是写小说不比画画，用语言文字描绘人物的形貌，不如用线条颜色表现得那样真切。十九世纪的小说流行摹写人物

＊初刊于《江城》一九八四年第三期，初收于《晚翠文谈》。

的肖像，写得很细致，但是不易使读者留下深刻的印象。但是用语言文字捕捉人物的神情——传神，是比较容易办到的，有时能比用颜色线条表现得更鲜明。中国画讲究“形神兼备”，对于写小说来说，传神比写形象更为重要。

我的老师沈从文写《边城》里的翠翠乖觉明慧，并没有过多地刻画其外形，只是捕捉住了翠翠的神气：

> 翠翠在风日里长养着，把皮肤变得黑黑的，触目为青山绿水，一对眸子清明如水晶。自然既长养她且教育她，为人天真活泼，处处俨然如一只小兽物。人又那么乖，如山头黄麂一样，从不想到残忍事情，从不发愁，从不动气。平时在渡船上遇陌生人对她有所注意时，便把光光的眼睛瞅着那陌生人，作成随时皆可举步逃入深山的神气，但明白了人无机心后，就又从从容容地在水边玩耍了。

鲁迅先生曾说过：有人说，画一个人最好是画他的眼睛。传神，离不开画眼睛。

《祝福》两次写到祥林嫂的眼睛：

> 她不是鲁镇人。有一年的冬初，四叔家里要换女工，做中人的卫老婆子带她进来了，头上系着白头绳，乌裙，蓝夹袄，月白背心，年纪大约二十六七，脸色青黄，但两颊却还是红的。卫老婆子叫她祥林

嫂，说是自己母家的邻舍，死了当家人，所以出来做工了。四叔皱了皱眉，四婶已经知道了他的意思，是在讨厌她是一个寡妇。但看她模样还周正，手脚都壮大，又只是顺着眼，不开一句口，很像一个安分耐劳的人，便不管四叔的皱眉，将她留下了。

我这回在鲁镇所见的人们中，改变之大，可以说无过于她的了：五年前的花白的头发，即今已经全白，全不像四十上下的人；脸上瘦削不堪，黄中带黑，而且消尽了先前悲哀的神色，仿佛是木刻似的；只有那眼珠间或一轮，还可以表示她是一个活物。

“顺着眼”，大概是绍兴方言；“间或一轮”，现在也不大用了，但意思是可以懂得的，神情可以想见。这“顺”着的眼和间或一轮的眼珠，写出了祥林嫂的神情和她的悲惨的遭遇。

我在几篇小说里用过画眼睛的方法：

两个女儿，长得跟她娘像一个模子里脱出来的。眼睛长得尤其像，白眼珠鸭蛋青，黑眼珠棋子黑，定神时如清水，闪动时像星星。浑身上下，头是头，脚是脚。头发滑滴滴的，衣服格挣挣的。——这里的风俗，十五六岁的姑娘就都梳上头了。这两个丫头，这一头的好头发！通红的发根，雪白的簪子！娘女三个

去赶集，一集的人都朝她们望。(《受戒》)

巧云十五岁，长成了一朵花。身材、脸盘都像妈。瓜子脸，一边有一个很深的酒窝。眉毛黑如鸦翅，长入鬓角。眼角有点吊，是一双凤眼。睫毛很长，因此显得眼睛经常眯睎着；忽然回头，睁得大大的，带点吃惊而专注的神情，好像听到远处有人叫她似的。(《大淖记事》)

对于异常漂亮的女人，有时从正面，直接地描写很困难；或者已经写了，还嫌不足，中国的和外国的古代的诗人，便不约而同地想出另外一种聪明的办法，即换一个角度，不是描写她本人，而是间接地，描写看到她的别人的反映，从别人的欣赏、倾慕来反衬出她的美。希腊史诗《伊里亚特》里的海伦皇后是一个绝世的美人，但是荷马在描写她的美时，没有形容她的面貌肢体，只是用相当篇幅描写了看到她的几位老人的惊愕。汉代乐府《陌上桑》描写罗敷，也是用的这种方法：

行者见罗敷，下担捋髭须。
少者[1]见罗敷，脱帽著帩头。
耕者忘其犁，锄者忘其锄。
来归相怨怒，但坐观罗敷。

1 “少者”应为“少年”。——编者注

这种方法，不能使人产生具体的印象，但却可以唤起读者无边的想象。他没有看到这个美人是如何的美，但是他想得出她一定非常的美。这样的写法是虚的，但是读者的感受是实的。

这种方法，至少已经有了两千多年的历史了，但是现代的作家还在用着。赵树理《小二黑结婚》写小芹，就用过这种方法（我手边无树理同志这篇小说，不能具引）。我在《大淖记事》里写巧云，也用了这种方法：

> ……她在门外的两棵树杈之间结网，在淖边平地上织席，就有一些少年人装着有事的样子来来去去。她上街买东西，甭管是买肉，买菜，打油，打酒，撕布，量头绳，买梳头油、雪花膏，买石碱、浆块，同样的钱，她买回来，分量都比别人多，东西都比别人的好。这个奥秘早被大娘、大婶们发现，她们就托她买东西。只要巧云一上街，都挎了好几个竹篮，回来时压得两个胳臂酸疼酸疼。泰山庙唱戏，人家都是自己扛了板凳去，巧云散着手就去了。一去了，总有人给她找一个得看的好座。台上的戏唱得正热闹，但是没有多少人叫好。因为好些人不是在看戏，是看她。

前引《受戒》里的“娘女三个去赶集，一集的人都朝她们望”，用的也是这方法，只是繁简不同。

这些方法古已有之，应该说是陈旧的方法了，但是运用得好，却可以使之有新意，使人产生新鲜感。方法是不难理解的，也是不难掌握的，但是运用起来，却有不同。运用得好，使人觉得自自然然，很妥贴，很舒服，不露痕迹。虽然有法，恰似无法，用了技巧，却显不出技巧，好像是天生的一段文字，本来就该像这样写。用得不好，就会显得卖弄做作，笨拙生硬，使人像吃馒头时嚼出一块没有蒸熟的生面疙瘩。

这些写神情、画眼睛，从观赏者的角度反映出人的姿媚，都只是方法，是“用”，而不是“体”。“体”，是生活。没有丰富的生活积累，只是知道这些方法，还是写不出好作品的。反之，生活丰富了，对于这些方法，也就容易掌握，容易运用自如。

不过，作为初学写作者，知道这些方法，并且有意识地作一些练习，学习用几句话捉住一个人的神情，描绘若干双眼睛，尝试从别人的反映来写人，是有好处的。这可以锻炼自己的艺术感觉，并且这也是积累生活的验方。生活和艺术感是互相渗透，互为影响的。

说 “怪”

我写过一篇小说《金冬心》，对这位公认为扬州八怪里的一号人物颇有微辞。我觉得这是一个装模作样，矫情欺世，似放达而实精明的人。这大概有一点受了周作人的影响。我认为他的清高实际上是卖给盐商的古彝器上的铜绿，这一点大概也不错。我不喜欢他的卢仝体的怪诗。但那篇《金冬心》只是小说，不是对金冬心的全面评价。我对金冬心的另一面是非常喜欢的。我对他的从“天发神谶碑”变出来的美术字式的四方的楷字和横宽竖细的漆书是很喜欢的。对他的“疏能走马，密不容针”的梅花，也是

* 一九八六年十月，作者与林斤澜等访扬州，并和当地作家座谈，青年作家杜海以小说《碧珍》请作者指导，作者写此文回应。初收于人民文学版《汪曾祺全集》第九卷。

很喜欢的。我在故宫博物院见过他画的一个扇面，万顷荷花，只是用笔横点了数不清的绿色的点子，竖点了数不清的漆红的点子，荷叶荷花，皆不成形，而境界阔大，印象真切。我当时叹服：这真是一个绝顶聪明的人！

我不想评定金冬心，只是想说说什么叫“怪”。很简单，怪就是充分表现个性，别出心裁，有独创性。

我希望扬州的写小说的同志能够继承八怪传统的这一方面，尽量和别人不一样。

扬州有一位大文体家，汪中。对汪容甫的文章，有不少人有极精到的见解。我很欣赏章太炎的评语，他说汪容甫的骈文“起止自在，无首尾呼应之式”（大意）。呼应，是小说的起码的要求。打破呼应，是更高的要求。小说不应有“式”——模式。

一九八六年十月二十八日　扬州

我是一个中国人
——散步随想

我实在不想说话，因为没有什么话可说。我对文艺界的情况很不了解。这几年精力渐减，很少读作品，中国的，和外国的。我对自己也不大了解。我究竟算是哪一“档”的作家？什么样的人在读我的作品？这些全都心中无数。我一直还在摸索着，有一点孤独，有时又颇为自得其乐地摸索着。

在山东菏泽讲话，下面递上来一个条子：“汪曾祺同志：你近年写了一些无主题小说，请你就这方面谈谈看法。”因为时间关系，我当时没有来得及回答。到了平原，

* 初刊于《北京师范学院学报》（哲社版）一九八三年第三期，初收于《晚翠文谈》。

又讲话，顺便谈了谈这个问题。写条子的这位青年同志（我相信是青年）大概对“无主题小说”很感兴趣，可是我对这方面实在无所知。我不知道有没有这个提法，这提法是从哪里来的。我只听说过“无主调音乐”，没有听说过“无主题小说”。我说：我没有写过“无主题小说”。我的小说都是有主题的。一定要我说，我也能说得出来。这位递条子的同志所称“无主题小说”，我想大概指的我近年发表的一些短小作品，如在《海燕》上发表的《钓人的孩子》，《十月》上发表的一组小说《晚饭花》里的《珠子灯》。这两篇小说都是有主题的。《钓人的孩子》的主题是：货币使人变成魔鬼。《珠子灯》的主题是：封建贞操观念的零落。

不过主题最好不要让人一眼就看出来。

李笠翁论传奇，讲“立主脑”。郭绍虞解释主脑即主题，我是同意郭先生的解释的。我以为李笠翁所说“主脑”，即风筝的脑线。风筝没有脑线，是放不上去的。作品没有主题，是飞不起来的。但是你只要看风筝就行了，何必一定非瞅清楚风筝的脑线不可呢？

脑线使风筝飞起，同时也是对于风筝的限制。脑线断了，风筝就会不知道飞到哪里去了。主题对作品也是一种限制。一个作者应该自觉地使自己受到限制。人的思想不能汗漫无际。我们不能往一片玻璃上为人斟酒。

鸟飞在天上，

影子落在地下。[1]

任何高超缥缈的思想都是有迹可求的。

捉摸捉摸一个作品的主题，捉摸捉摸作者想说的究竟是什么，对读者来说，不也是一种乐趣么？“好读书，不求甚解；每有会意，便欣然忘食”，这是一种很惬意的读书方法。读小说，正当如此。

不要把主题讲得太死，太实，太窄。

也许我前面所说的主题，在许多人看来不是主题（因此他们称我的小说为“无主题小说”）。在有些同志看来，主题得是几句具有鼓动性的、有教诲意义的箴言。这样的主题，我诚然是没有。

我是一个中国人。

中国人必须会接受中国传统思想和文化的影响。我接受了什么影响？道家？中国化了的佛家——禅宗？都很少。比较起来，我还是接受儒家的思想多一些。

我不是从道理上，而是从感情上接受儒家思想的。我认为儒家是讲人情的，是一种富于人情味的思想。《论语》

1　蒙古族民歌。

里的孔夫子是一个活人。他可以骂人，可以生气着急，赌咒发誓。

我很喜欢《论语·子路曾皙冉有公西华侍坐章》。“暮春者，春服既成，冠者五六人，童子六七人，浴乎沂，风乎舞雩，咏而归。”我以为这是一种很美的生活态度。

我欣赏孟子的“大人者，不失其赤子之心”。

我认为陶渊明是一个纯正的儒家。“暧暧远人村，依依墟里烟。狗吠深巷中，鸡鸣桑树颠。”我很熟悉这样的充满人的气息的“人境”，我觉得很亲切。

我喜欢这样的诗：“万物静观皆自得，四时佳兴与人同”，“顿觉眼前生意满，须知世上苦人多”。这是蔼然仁者之言。这样的诗人总是想到别人。

有人让我用一句话概括出我的思想，我想了想说：我大概是一个中国式的抒情的人道主义者。

我不了解前些时报上关于人道主义的争论的实质和背景。我愿意看看这样的文章，但是我没有力量去作哲学上的论辩。我的人道主义不带任何理论色彩，很朴素，就是对人的关心，对人的尊重和欣赏。

讲一点人道主义有什么不好呢？说老实话，不是十年“文化大革命”的惨痛教训，不是经过三中全会的拨乱反正，我是不会产生对于人道主义的追求，不会用充满温情的眼睛看人，去发掘普通人身上的美和诗意的。不会感觉到周围生活生意盎然，不会有碧绿透明的幽默感，不会有我近几年的作品。

我当然反对利用“人道主义”来诋毁社会主义，诋毁我们伟大的祖国。

关于现代派。

我的意见很简单：在民族传统的基础上接受外来影响，在现实主义的基础上吸收现代派的某些表现手法。

最新的现代派我不了解。我知道一点的是老一代的现代派。我曾经很爱读弗·吴尔芙和阿左林的作品（通过翻译）。我觉得在社会主义现实主义的旗帜下的某些苏联作家是吸收了现代派的表现手法的。比如安东诺夫的《在电车上》，显然是用意识流的手法写出来的。意识流是可以表现社会主义内容的，意识流和社会主义内容不是不相容，而是可以给社会主义文学带来一股清新的气息的。

我的一些颇带土气的作品偶尔也吸取了一点现代派手法。比如《大淖记事》里写巧云被奸污后第二天早上的乱糟糟的，断断续续，飘飘忽忽的思想，就是意识流。我在《钓人的孩子》一开头写抗日战争时期昆明大西门外的忙乱纷杂的气氛，用了一系列静态的，只有名词，而无主语、无动词的短句，后面才说出“每个人带着他一生的历史和半个月的哀乐在街上走”，这颇有点现代派的味道。我写过一篇《求雨》，写栽秧时节不下雨，望儿的爸爸和妈妈一天抬头看天好多次，天蓝得要命，望儿的爸爸和妈妈的眼睛是蓝的。望儿看着爸爸和妈妈，望儿的眼睛也是蓝的。望儿和一群孩子上街求雨，路上的行人看着这支幼弱、褴褛、有些污脏而又神圣的小小的队伍，行人的眼睛也是蓝的。这也颇有点现代派的味道（把人的眼睛画蓝了，这是后期印象派的办法）。我觉得这没有什么不可以。而且我觉得只有这样写才能达到预期的效果。也可以说，这样写是为了主题的需要。

我觉得现实主义是可以、应该，甚至是必须吸收一点现代派的手法的，为了使现实主义返老还童。

但是我不赞成把现代派作为一个思想体系原封不动地搬到中国来。

爱护祖国的语言。一个作家应该精通语言。一个作家，如果是用很讲究的中国话写作，即使他吸收了外来的影响，他的作品仍然会具有鲜明的民族风格。外来影响和民族风格不是对立的矛盾。民族风格的决定因素是语言。“五四”以后不少着力学习西方文学的格律和方法的作家，同时也在着力运用中国味儿的语言。徐志摩（他是浙江硖石人）、闻一多（湖北浠水人），都努力地用北京话写作。中国第一个有意识地运用意识流方法，作品很像弗·吴尔芙的女作家林徽因（福州人），她写的《窗子以外》、《九十九度中》，所用的语言是很漂亮的地道的京片子。这样的作品带洋味儿，可是一看就是中国人写的。

外国的现代派作家，我想也是精通他自己的国家的语言的。

用一种不合语法，不符合中国的语言习惯的，不中不西、不伦不类的语言写作，以为这可以造成一种特殊的风格，恐怕是不行的。

我的作品和我的某些意见，大概不怎么招人喜欢。姥姥不疼，舅舅不爱。也许我有一天会像齐白石似的“衰年变法”，但目前还没有这意思。我仍将沿着这条路走下去。有点孤独，也不赖。

一九八三年六月七日

却顾所来径，苍苍横翠微

我一九四〇年开始发表小说，那年我二十岁。屈指算来，已经有半个世纪了。最初的小说是沈从文先生《各体文习作》和《创作实习》课上所交的课卷，经沈先生寄给报刊发表的。四十年代写的小说曾结为《邂逅集》，一九四八年由文化生活出版社出版，以后是一段空白。一九四九年到六十年代，我没有写小说。一九六二年写了三个短篇，在中国少年儿童出版社出了一个小集子《羊舍的夜晚》。以后又是一段空白。到八十年代初，我忽然连续发表了不少小说，一直到现在。

我家的后园有一棵藤本植物，家里人都不知道是什么东西，因为它从来不开花。有一年夏天，它忽然暴发似的

---

* 初刊于一九九三年六月二十六日《光明日报》，初收于《塔上随笔》。

一下子开了很多很多白色的、黄色的花。原来这是一棵金银花。我八十年代初忽然写了不少小说，有点像那棵金银花。

为什么我写小说时作时辍，当中有那样长的两大空白呢？

我的小说《受戒》发表后引起一点震动。一个青年作家睁大了眼睛问：“小说也是可以这样写的？”他以为小说只能“那样”写，这样写的小说他没有见过。那样写的小说是哪样的呢？要写好人好事，写可以作为大家学习的榜样的先进人物、模范、英雄，要有思想性，有明确的主题……总之，得“为政治服务”。我写不了“那样”的小说，于是就不写。

八十年代为什么又写起来了呢？因为气候比较好。当时强调要解放思想，允许有较多的创作自由。“这样写”似乎也是可以的，于是我又写了。

北京市作家协会举行过我的作品的讨论会，我作了一次简短的发言，题目是《回到现实主义，回到民族传统》。为什么说“回到”？因为我的小说有一个时期是脱离现实的，受西方文学的影响比较大。

我年轻时写小说，除了师承沈从文，常读契诃夫，还看了一些西方现代派的作品，如阿索林、弗·伍尔芙，受了一些影响。我是较早的，也是有意识地运用意识流方法写作的中国作家之一。

有一次，我和一个同学从西南联大新校舍大门走出来。对面的小树林里躺着一个奄奄一息的士兵。他就要死了，像奥登诗所说，就要“离开身上的虱子和他的将军”了。但还有一口气。他的头缓缓地向两边转动着。我的同学对我说：“对于这种现象，你们作家要负责！”我当时想起一句里尔克的诗：“他眼睛里有些东西，决非天空。”

以后我的作品里表现了较多的对人的关怀。我曾自称为“中国式的抒情的人道主义者”。

我是一个中国人。一个人是不能脱离自己的民族的。“民族”最重要的东西是它的文化。一个中国人，即使没有读过什么书，也是在文化传统里生活着的。有评论家说我受了道家思想的影响，有可能，我年轻时很爱读《庄子》。但我觉得我受儒家思想影响更大一些。我所说的“儒家”是曾点式的儒家，一种顺乎自然，超功利的潇洒的人生态度。因为我写的人物身上有传统文化的印迹，有的评论家便封我为“寻根文学”的始作俑者。看起来这顶帽子我暂时只得戴着。

小说里最重要的是什么？我以为是思想。是作家自己的思想，不是别人的思想。是作家用自己的眼睛对生活的观察（我称之为“凝视”），自己的感受，自己的思索，自己对人生的独特的感悟。思索是非常重要的。接触到生活，往往不能即刻理解这个生活片段的全部意义。得经过反复的，一次比一次深入的思索，才能汲出生活的底蕴。作家和常人的不同，无非是对生活想得更多一点，看得更深一点。我有的小说重写过三四次。重写一次，就是一次更深的思索。

与此有关的是文学的社会功能问题。作家的使命感、社会责任或艺术良心，这些还要不要？有一些青年作家对这一套是很腻味的。我以为还是要的。作品写出来了，放在抽屉里，是作家自己的事。拿出去发表了，就是社会的事。一个作品对读者总会产生这样那样的影响，这事不能当儿戏。但是我觉得作品的社会影响不能看得太直接，要求立竿见影。应该看得更宽一点。我以为一个作家的作品是引起读者对生活的关心、对人的关心，对生活、对人持欣赏的态度，这样读者的心胸就会比较宽厚，比较多情，从而使自己变得较有文化修养，远离鄙俗，变得高尚一点、雅一点，自觉地提高自己的人品。

我六十岁写的小说抒情味较浓，写得比较美，七十岁后就越写越平实了。这种变化，不知道读者是怎么看的。

一九九三年六月十九日

关于《受戒》

我没有当过和尚。

我的家乡有很多大大小小的庙。我的家乡没有多少名胜风景。我们小时候经常去玩的地方，便是这些庙。我们去看佛像。看释迦牟尼，和他两旁的侍者（有一个侍者岁数很大了，还老那么站着，我常为他不平）。看降龙罗汉、伏虎罗汉、长眉罗汉。看释迦牟尼的背后塑在墙壁上的“海水观音”。观音站在一个鳌鱼的头上，四周都是卷着漩涡的海水。我没有见过海，却从这一壁泥塑上听到了大海的声音。一个中小城市的寺庙，实际上就是一个美术馆。它同时又是一所公园。庙里大都有广庭、大树、高楼。我到现在还记得走上吱吱作响的楼梯，踏着尘土上印着清晰

* 初刊于《小说选刊》一九八一年第二期，初收于《晚翠文谈》。

的黄鼠狼足迹的楼板时心里的轻微的紧张，记得凭栏一望后的畅快。

我写的那个善因寺是有的。我读初中时，天天从寺边经过。寺里放戒，一天去看几回。

我小时就认识一些和尚。我曾到一个人迹罕到的小庵里，去看过一个戒行严苦的老和尚。他年轻时曾在香炉里烧掉自己的两个指头，自号八指头陀。我见过一些阔和尚，那些大庙里的方丈。他们大都衣履讲究（讲究到令人难以相信），相貌堂堂，谈吐不俗，比县里的许多绅士还显得更有文化。事实上他们就是这个县的文化人。我写的那个石桥是有那么一个人的（名字我给他改了）。他能写能画，画法任伯年，书学吴昌硕，都很有可观。我们还常常走过门外，去看他那个小老婆。长得像一穗兰花。

我也认识一些以念经为职业的普通的和尚。我们家常做法事。我因为是长子，常在法事的开头和当中被叫去磕头；法事完了，在他们脱下袈裟，互道辛苦之后（头一次听见他们互相道“辛苦”，我颇为感动，原来和尚之间也很讲人情，不是那样冷淡），陪他们一起喝粥或者吃挂面。这样我就有机会看怎样布置道场，翻看他们的经卷，听他们敲击法器。对着经本一句一句地听正座唱“叹骷髅”（据说这一段唱词是苏东坡写的）。

我认为和尚也是一种人，他们的生活也是一种生活。凡作为人的七情六欲，他们皆不缺少，只是表现方式不同而已。

一个偶然的机会，我在一个乡下的小庵里住了几个月，就住在小说里所写的“一花一世界”那几间小屋里。庵名我已经忘记了，反正不叫菩提庵。菩提庵是我因为小门上有那样一副对联而给它起的。“一花一世界”，我并不大懂，只是朦朦胧胧地感到一种哲学的美。我那时也就是明海那样的年龄，十七八岁，能懂什么呢。

庵里的人，和他们的日常生活，也就是我所写的那样。明海是没有的。倒是有一个小和尚，人相当蠢，和明海不一样。至于当家和尚拍着板教小和尚念经，则是我亲眼得见。

这个庄是叫庵赵庄。小英子的一家，如我所写的那样。这一家，人特别的勤劳，房屋、用具特别的整齐干净，小英子眉眼的明秀，性格的开放爽朗，身体姿态的优美和健康，都使我留下难忘的印象，和我在城里所见的女孩子不一样。她的全身，都发散着一种青春的气息。

我一直想写写在这小庵里所见到的生活，一直没有写。

怎么会在四十三年之后，在我已经六十岁的时候，忽然会写出这样一篇东西来呢？这是说不明白的。要说明一个作者怎样孕育一篇作品，就像要说明一棵树是怎样开出花来的一样的困难。

理智地想一下，因由也是有一些的。

一是在这以前，我曾经忽然心血来潮，想起我在三十二年前写的，久已遗失的一篇旧作《异秉》，提笔重写了一遍。写后，想：是谁规定过，解放前的生活不能反映呢？既然历史小说都可以写，为什么写写旧社会就不行呢？今天的人，对于今天的生活所从来的那个旧的生活，就不需要再认识认识吗？旧社会的悲哀和苦趣，以及旧社会也不是没有的欢乐，不能给今天的人一点什么吗？这样，我就渐渐回忆起四十三年前的一些旧梦。当然，今天来写旧生活，和我当时的感情不一样，正如同我重写过的《异秉》和三十二年前所写的感情也一定不会一样。四十多年前的事，我是用一个八十年代的人的感情来写的。《受戒》的产生，是我这样一个八十年代的中国人的各种感情的一个总和。

二是，前几个月，因为我的老师沈从文要编他的小说集，我又一次比较集中，比较系统的读了他的小说。我认为，他的小说，他的小说里的人物，特别是他笔下的那些农村的少女，三三、夭夭、翠翠，是推动我产生小英子这样一个形象的一种很潜在的因素。这一点，是我后来才意识到的。在写作过程中，一点也没有察觉。大概是有关系的。我是沈先生的学生。我曾问过自己：这篇小说像什么？我觉得，有点像《边城》。

第三，是受了百花齐放的气候的感召。

试想一想：不用说十年浩劫，就是“十七年”，我会写出这样一篇东西么？写出了，会有地方发表么？发表了，会有人没有顾虑地表示他喜欢这篇作品么？都不可能的。那么，我就觉得，我们的文艺的情况真是好了，人们的思想比前一阵解放得多了。百花齐放，蔚然成风，使人感到温暖。虽然风的形成是曲曲折折的（这种曲折的过程我不大了解），也许还会乍暖还寒，但是我想不会。我为此，为我们这个国家，感到高兴。

这篇小说写的是什么？我在大体上有了一个设想之后，曾和个别同志谈过。“你为什么要写这样一篇东西呢？”当时我没有回答，只是带着一点激动说：“我要写！我一定要把它写得很美，很健康，很有诗意！”写成后，我说：我写的是美，是健康的人性。美，人性，是任何时候都需要的。

人们都说，文艺有三种作用：教育作用、美感作用和认识作用。是的。我承认有的作品有更深刻或更明显的教育意义。但是我希望不要把美感作用和教育作用截然分开甚至对立起来，不要把教育作用看得太狭窄（我历来不赞成单纯娱乐性的文艺这种提法），那样就会导致题材的单调。美感作用同时也是一种教育作用。美育嘛。这二年重提美育，我认为是很有必要的。这是医治民族的创伤，提高青年品德的一个很重要的措施。我们的青年应该生活得更充实，更优美，更高尚。我甚至相信，一个真正能欣赏齐白石和柴可夫斯基的青年，不大会成为一个打砸抢分子。

我的作品的内在的情绪是欢乐的。我们有过各种创伤，但是我们今天应该快乐。一个作家，有责任给予人们一分快乐，尤其是今天（请不要误会，我并不反对写悲惨的故事）。我在写出这个作品之后，原本也是有顾虑的。我说过：发表这样的作品是需要勇气的。但是我到底还是拿出来了，我还有一点自信。我相信我的作品是健康的，是引人向上的，是可以增加人对于生活的信心的，这至少是我的希望。

也许会适得其反。

我们当然是需要有战斗性的、描写具有丰富的人性的现代英雄的、深刻而尖锐地揭示社会的病痛，引起疗救的注意的、悲壮、闳伟的作品。悲剧总要比喜剧更高一些。

我的作品不是，也不可能成为主流。

我从来没有说过关于自己作品的话。一个不长的短篇，也没有多少可说的话。《小说选刊》的编者要我写几句关于《受戒》的话，我就写了这样一些。写得不短，而且那样的直率，大概我的性格在变。

很多人的性格都在变。这好。

《大淖记事》是怎样写出来的

一个作品写出来了，作者要说的话都说了。为什么要写这个作品，这个作品是怎么写出来的，都在里面。再说，也无非是重复，或者说些题外之言。但是有些读者愿意看作者谈自己的作品的文章，——回想一下，我年轻时也喜欢读这样的文章，以为比读评论更有意思，也更实惠，因此，我还是来写一点。

大淖是有那么一个地方的。不过，我敢说，这个地方是由我给它正了名的。去年我回到阔别了四十余年的家乡，见到一位初中时期教过我国文的张老师，他还问我："你这个淖字是怎样考证出来的？"我们小时做作文、记日记，常常要提到这个地方，而苦于不知道该怎样写。一般

---

* 初刊于《读书》一九八二年第八期，初收于《晚翠文谈》。

都写作“大脑”，我怀疑之久矣。这地方跟人的大脑有什么关系呢？后来到了张家口坝上，才恍然大悟：这个字原来应该这样写！坝上把大大小小的一片水都叫做“淖儿”。这是蒙古话。坝上蒙古人多，很多地名都是蒙古话。后来到内蒙走过不少叫做“淖儿”的地方，越发证实了我的发现。我的家乡话没有儿化字，所以径称之为淖。至于“大”，是状语。“大淖”是一半汉语，一半蒙语，两结合。我为什么念念不忘地要去考证这个字；为什么在知道淖字应该怎么写的时候，心里觉得很高兴呢？是因为我很久以前就想写写大淖这地方的事。如果写成“大脑”，在感情是很不舒服的。——三十多年前我写的一篇小说里提到大淖这个地方，为了躲开这个“脑”字，只好另外改变了一个说法。

我去年回乡，当然要到大淖去看看。我一个人去走了几次。大淖已经几乎完全变样了。一个造纸厂把废水排到这里，淖里是一片铁锈颜色的浊流。我的家人告诉我，我写的那个沙洲现在是一个种鸭场。我对着一片红砖的建筑（我的家乡过去不用红砖，都是青砖），看了一会。不过我走过一些依河而筑的不整齐的矮小房屋，一些才可通人的曲巷，觉得还能看到一些当年的痕迹。甚至某一家门前的空气特别清凉，这感觉，和我四十年前走过时也还是一样。

我的一些写旧日家乡的小说发表后，我的乡人问过我的弟弟："你大哥是不是从小带一个本本，到处记？——要不他为什么能记得那么清楚呢？"我当然没有一个小本本。我那时才十几岁，根本没有想到过我日后会写小说。便是现在，我也没有记笔记的习惯。我的笔记本上除了随手抄录一些所看杂书的片断材料外，只偶尔记下一两句只有我自己看得懂的话，——一点印象，有时只有一个单独的词。

小时候记得的事是不容易忘记的。

我从小喜欢到处走，东看看，西看看（这一点和我的老师沈从文有点像）。放学回来，一路上有很多东西可看。路过银匠店，我走进去看老银匠在模子上敲打半天，敲出一个用来钉在小孩的虎头帽上的小罗汉。路过画匠店，我歪着脑袋看他们画"家神菩萨"或玻璃油画福禄寿三星。路过竹厂，看竹匠把竹子一头劈成几杈，在火上烤弯，做成一张一张草筢子……多少年来，我还记得从我的家到小学的一路每家店铺、人家的样子。去年回乡，一个亲戚请我喝酒，我还能清清楚楚把他家原来的布店的店堂里的格局描绘出来，背得出白色的屏门上用蓝漆写的一付对子。这使他大为惊奇，连说："是的是的"。也许是这种东看看西看看的习惯，使我后来成了一个"作家"。

我经常去“看”的地方之一，是大淖。

大淖的景物，大体就是像我所写的那样。居住在大淖附近的人，看了我的小说，都说“写得很像”。当然，我多少把它美化了一点。比如大淖的东边有许多粪缸（巧云家的门外就有一口很大的粪缸），我写它干什么呢？我这样美化一下，我的家乡人是同意的。我并没有有闻必录，是有所选择的。大淖岸上有一块比通常的碾盘还要大得多的扁圆石头，人们说是“星”——陨石，以与故事无关，我也割爱了（去年回乡，这个“星”已经不知搬到哪里去了）。如果写这个星，就必然要生出好些文章。因为它目标很大，引人注目，结果又与人事毫不相干，岂非“冤”了读者一下？

小锡匠那回事是有的。像我这个年龄的人都还记得。我那时还在上小学，听说一个小锡匠因为和一个保安队的兵的“人”要好，被保安队打死了，后来用尿碱救过来了。我跑到出事地点去看，只看见几只尿桶。这地方是平常日子也总有几只尿桶放在那里的，为了集尿，也为了方便行人。我去看了那个“巧云”（我不知道她的真名叫什么），门半掩着，里面很黑，床上坐着一个年轻女人，我没有看清她的模样，只是无端地觉得她很美。过了两天，就看见锡匠们在大街上游行。这些，都给我留下很深的印象，使我很向往。我当时还很小，但我的向往是真实的。我当时还不懂高尚的品质、优美的情操这一套，我有的只是一点向往。这点向往是朦胧的，但也是强烈的。这点向往在我的心里存留了四十多年，终于促使我写了这篇小说。

大淖的东头不大像我所写的一样。真实生活里的巧云的父亲也不是挑夫。挑夫聚居的地方不在大淖而在越塘。越塘就在我家的巷子的尽头。我上小学、初中时每天早晨、傍晚都要经过那里。星期天，去钓鱼。暑假时，挟了一个画夹子去写生。这地方我非常熟。挑夫的生活就像我所写的那样。街里的人对挑夫是看不起的，称之为“挑箩把担”的。便是现在，也还有这个说法。但是我真的从小没有对他们轻视过。

越塘边有一个姓戴的轿夫，得了血丝虫病，——象腿病。抬轿子的得了这种最不该得的病，就算完了，往后的日子还怎么过呢？他的老婆，我每天都看见，原来是个有点邋遢的女人，头发黄黄的，很少有梳得整齐的时候，她大概身体不太好，总不大有精神。丈夫得了这种病，她怎么办呢？有一天我看见她，真是焕然一新！她完全变成了另外一个人，头发梳得光光的，衣服很整齐，显得很挺拔，很精神。尤其使我惊奇的，是她原来还挺好看。她当了挑夫了！一百五十斤的担子挑起来嚓嚓地走，和别的男女挑夫走在一列，比谁也不弱。

这个女人使我很惊奇。经过四十多年，神差鬼使，终于使我把她的品行性格移到我原来所知甚少的巧云身上(挑夫们因此也就搬了家)。这样，原来比较模糊的巧云的形象就比较充实，比较丰满了。

这样，一篇小说就酝酿成熟了。我的向往和惊奇也就有了着落。至于这篇小说是怎样写出来的，那真是说不清，只能说是神差鬼使，像鲁迅所说“思想中有了鬼似的”。我只是坐在沙发里东想想，西想想，想了几天，一切就比较明确起来了，所需用的语言、节奏也就自然形成了。一篇小说已经有在那里，我只要把它抄出来就行了。但是写出来的契因，还是那点向往和那点惊奇。我以为没有那么一点东西是不行的。

各人的写作习惯不一样。有人是一边写一边想，几经改削，然后成篇。我是想得相当成熟了，一气写成。当然在写的过程中对原来所想的还会有所取舍，如刘彦和所说：“殆乎篇成，半折心始”。也还会写到那里，涌出一些原来没有想到的细节，所谓“神来之笔”，比如我写到：“十一子微微听见一点声音，他睁了睁眼。巧云把一碗尿碱汤灌进了十一子的喉咙”之后，忽然写了一句：

不知道为什么，她自己也尝了一口。

这是我原来没有想到的。只是写到那里，出于感情的需要，我迫切地要写出这一句（写这一句时，我流了眼泪）。我的老师沈从文教我们写作，常说“要贴到人物来写”，很多人不懂他这句话。我的这一个细节也许可以给沈先生的话作一注脚。在写作过程要随时紧紧贴着人物，用自己的心，自己的全部感情。什么时候自己的感情贴不住人物，大概人物也就会“走”了，飘了，不具体了。

几个评论家都说我是一个风俗画作家。我自己原来没有想过。我是很爱看风俗画。十六七世纪的荷兰画派的画，日本的浮世绘，中国的货郎图、踏歌图……我都爱看。讲风俗的书，《荆楚岁时记》、《东京梦华录》、《一岁货声》……我都爱看。我也爱读竹枝词。我以为风俗是一个民族集体创作的生活抒情诗。我的小说里有些风俗画成分，是很自然的。但是不能为写风俗而写风俗。作为小说，写风俗是为了写人。有些风俗，与人的关系不大，尽管它本身很美，也不宜多写。比如大淖这地方放过荷灯，那是很美的。纸制的荷花，当中安一段浸了桐油的纸捻，点着了，七月十五的夜晚，放到水里，慢慢地漂着，经久不熄，又凄凉又热闹，看的人疑似离开真实生活而进入一种飘渺的梦境。但是我没有把它写入《记事》，——除非我换一个写法，把巧云和十一子的悲喜和放荷灯结合起来，成为故事不可缺少的部分，像沈先生在《边城》里所写的划龙船一样。这本是不待言的事，但我看了一些青年作家写风俗的小说，往往与人物关系不大，所以在这里说一句。

对这篇小说的结构，有两种不同的意见。一种以为前面（不是直接写人物的部分）写得太多，有比例失重之感。另一种意见，以为这篇小说的特点正在其结构，前面写了三节，都是记风土人情，第四节才出现人物。我于此有说焉。我这样写，自己是意识到的。所以一开头着重写环境，是因为"这里的一切和街里不一样"，"这里的人也不一样。他们的生活，他们的风俗，他们的是非标准、伦理道德观念和街里的穿长衣念过'子曰'的人完全不同"。只有在这样的环境里，才有可能出现这样的人和事。有个青年作家说："题目是《大淖记事》，不是《巧云和十一子的故事》，可以这样写。"我倾向同意她的意见。

我的小说的结构并不都是这样的。比如《岁寒三友》，开门见山，上来就写人。我以为短篇小说的结构可以是各式各样的。如果结构都差不多，那也就不成其为结构了。

一九八二年五月二十六日

关于《虐猫》

关于《虐猫》，本来没有多少话好说。小说才那么一点儿，可以印在一张明信片上。

小说是写“文化大革命”的，是寄给“文化大革命”的一张生日卡。

这篇小说大概写于一九八六年，其时离“文化大革命”结束已经十年了。但是人们没有忘记“文化大革命”。“文化大革命”的许多事值得我们不断反思。这篇小说可以说是“反思文学”。

“文化大革命”最大的损失是人的毁坏，人性的毁坏。人怎么会变得这样自私，这样怯懦，并从极端的自私、怯

* 初刊于《中学生阅读》一九九二年第三期，初收于人民文学版《汪曾祺全集》第十卷。

懦之中滋生出那么多的野蛮、邪恶和人类最坏的品德——残忍呢？为什么在我们的民族心理上会发生那样大面积的坏死？这次浩劫是民族劣根性的大暴露。整个民族都发了疯，中了邪。只有极少数人还能保存他们的良知。我们是“文化大革命”过来人，对这场浩劫的前因后果到现在还不能有深层的认识。后来者，比如现在的中学生，就更会觉得完全不可思议。

我没有正面写“文化大革命”，我只是从一个很小的侧面，并在几度折射下反映了一点浩劫小景，写“文化大革命”对孩子心灵的毒害，写他们本来是纯洁无瑕的性格怎样被扭曲，被摧毁。

孩子如此，大人可知。

几个孩子到处捉猫，把猫从六楼扔下来，是真事，就发生在我原来的宿舍楼里。我亲眼看见过他们用绳子把猫拉回来。他们用各种方法“玩”猫，有的是从别处移借来的。用乳胶把猫的爪子粘在药瓶的盖子里，这种恶作剧倒不是孩子想出来的，是一个大人，一个年轻的干部，并且我听到他的“发明”是在“文化大革命”之后。“桀之恶，不如是其甚也。”写小说，总要有所虚构，有所集中。

他们毕竟是孩子。孩子是无辜的。责任在大人。我即使在写这些孩子的邪恶行径时，也还在字里行间写了他们一点可爱之处，一点“童趣”。

我原来的宿舍楼是有人跳过楼（这在“文化大革命”中是极普通的事），但不是小说中所写的李小斌的父亲。把他写成李小斌的父亲是为了刺激李小斌和这几个孩子的觉醒。

“李小斌、顾小勤、张小涌、徐小进没有把大花猫从六楼上往下扔，他们把猫放了。”他们在罪恶里陷得还不是那样深，他们的人性回归得比较早。他们是有希望的。

我们这个民族是有希望的。

希望，是这篇小说的“内思想”。因此，它不同于一般意义上的“伤痕文学”。

这篇小说篇幅很小。要使小说写得很“小”，一是能不说的话，就不说；二是作者要控制自己的感情，在叙述语言上要尽量冷静，不要带很多感情色彩，尽量说得平平淡淡，好像作者完全无动于衷。越是好像无动于衷，才能使读者感觉出作家其实是有很深的感触的。

一九九一年十月二十二日

《职业》自赏

作家在谈到自己的作品时总要谦虚一番，很少称为“自赏”的。这又何必。庄子云：“如鱼饮水，冷暖自知”[1]，一个人写作时有过什么激动，在作品里倾注了什么样的感情，是不是表达了想要表达的东西，是不是恰到好处，可以“提刀却立，四顾踌躇”，这只有作家自己感受最深。那么“自赏”一下，有何不可？

有不少人问我：“你自己最满意的小说是哪几篇？”这倒很难回答。我只能老实说：大部分都比较满意。“哪一篇最满意？”一般都以为《受戒》、《大淖记事》是我的“代表作”，似乎已有定评，但我的回答出乎一些人的意外：

---

*初刊于《文友》一九九四年第八期，初收于人民文学版《汪曾祺全集》第十卷。

1 此句语出宋代岳珂《桯史》，并非庄子语，作者误记。——编者注

《职业》。

山西的评论家兼小说家李国涛，说我最好的小说是《职业》。有一位在新疆教古典文学的教授说他每读《职业》的结尾都要流泪。这使我觉得很欣慰。

《职业》是一篇旧作，近半个世纪中，我曾经把它改写过三次，直至八十年代，又写了一次，才算定稿。

为什么我要把这篇短短的小说（我很反对“小小说”这种提法）不厌其烦地一再改写呢？

第四稿交给《人民文学》后，刘心武说：“为什么这样短的小说用这样大的题目？”他读了原稿，说：“是得用这样大的题目。”

职业是对人的框定，是对人的生活无限可能的限制，是对自由的取消。一个人从事某种职业，就会死在这个职业里，他的衣食住行，他的思想，全都是职业化了的。

小说中那个卖“椒盐饼子西洋糕”的孩子是一个真人。我在昆明的文林街每天可以看到他。我最初只是对他有点怜悯：一个十一二岁的孩子，“学龄儿童”，却过早地从事职业，为了养家。他的童年是没有童年的童年，他在暂时摆脱他的职业时高喊了一声街上的孩子摹仿他的叫卖声，是一种自我调侃，一种浸透苦趣的自我调侃。同时，这也是对于被限制的生活的抗议。

第四稿我增写了一些别的叫卖，作为这个卖椒盐饼子西洋糕的叫卖声音的背景。有的脆亮、有的苍老，也有卖杨梅和玉麦粑粑的苗族女孩子的娇嫩的声音。这样是为了注入更多的生活气息。这样，小说的主题就比原来拓宽了，也深化了。从童年的失去，扩展成为：

人世多苦辛。

漫评《烟壶》

叫我来评介邓友梅的《烟壶》，其实是不合适的。我很少写评论。记得好像是柯罗连科对高尔基说过，一个作家在谈到别人的作品时，只要说：这一篇写得不错，就够了，不需要更多的话。评论家可不能这样。一个评论家，要能一眼就看出一篇作品的历史地位。而我只能就小说论小说，谈一点读后的印象和感想。

友梅最初跟我谈起他要写一个关于鼻烟壶的小说的时候，我只是听着，没有表示什么。说老实话，我对鼻烟壶是没有什么好感的。这大概是受了鲁迅先生反对小摆设和“象牙微雕”的影响。我对内画尤其不感兴趣，特别是内画戏装人物，我觉得这是一种恶劣的趣味。读了《烟壶》，

* 初刊于《文艺报》一九八四年第四期，初收于《晚翠文谈》。

我的看法有些改变。友梅这篇小说的写法有点特别，开头一节是发了一大篇议论。他的那一番鼻烟优越论我是不相信的。闻鼻烟代替不了抽烟。蒙古人是现在还闻鼻烟的，但是他们同时也还要抽关东烟。这只能是游戏笔墨。但是他对作为工艺品的鼻烟壶的论赞，我却是拟同意的，因为这说的是真话，正经话。友梅好奇，到一个地方，总喜欢到处闲遛，收集一些具有民族特色、地方特色的工艺品。这表现了一个作家对于生活的广博的兴趣，对精美的工艺的赏悦，和对于制造工艺的匠师的敬爱。我想这是友梅写作《烟壶》的动机。他写这样的题材并不是找什么冷门。即使是找冷门，如果不是平日就有对于工艺美术的嗜爱，这样的冷门也是找不到的。

《烟壶》里的聂小轩师傅有一段关于他所从事的行业的具有哲理性的谈话：

> 打个比方，这世界好比个客店，人生如同过客。我们吃的用的多是以前的客人留下的，要从咱们这儿起，你也住我也住，谁都取点什么，谁也不添什么，久而久之，我们留给后人的不就成了一堆瓦砾了？反之，来往客商，不论多少，每人都留点什么，您栽棵树。我种棵草，这店可就越来越兴旺，越过越富裕。后来的人也不枉称我们一声先辈。辈辈人如此，这世

界不就更有个恋头了？

乍一听，这一番话的境界似乎太高了。一个手艺人，能说得出来么？然而这却是真实的，可信的。手工艺人我不太熟悉。我比较熟悉戏曲演员。戏曲演员到了晚年，往往十分热衷于授徒传艺。他们常说："我不能把我从前辈人学到的这点玩艺带走，我得留下点东西。""文化大革命"中冤死了一些艺人，同行们也总是叹惜："他身上有东西呀！"

"给后人留下点东西"，这是朴素的哲理，是他们的职业道德，也是他们立身做人的准则。从这种朴素的思想可能通向社会主义，通向爱国主义。许多艺人，往往是由于爱本行的那点"玩艺"，爱"中国人勤劳才智的结晶"，因而更爱咱们这个国的。聂小轩的这一思想是贯串全篇的思想。内画也好，古月轩也好，这是咱们中国的玩艺，不能叫他从我这儿绝了。这才引出一大篇曲曲折折的故事。我想，这篇小说真正的爱国主义的"核"，应该在这里。

《烟壶》写的是庚子年间的事，距现在已经八十多年，邓友梅今年五十多岁，当然没有赶上。友梅不是北京人。然而他竟然写出一篇反映八十年前北京生活的小说，这简直有点不可思议！这还不比写历史小说（《烟壶》虽写历史，但在一般概念里是不把它划在历史小说范围里的）。

历史小说，写唐朝、汉朝的事，死无对证，谁也不能指出这写得对还是不对。庚子年的事，说近不近，说远也不远。这最不好写。八十多岁的人现在还有健在的，七十多岁的也赶上那个时期的后尾。笔下稍稍粗疏，就会有人说：“不像”。然而友梅竟写了那个时期的那样多的生活场景，写得详尽而真切，使人如同身临其境。友梅小说的材料，是靠平时积累的，不是临时现抓的。临时现抓的小说也有，看得出来，不会有这样厚实。友梅有个特点，喜欢听人谈掌故，聊闲篇。三十多年前，我认识友梅时，他是从部队上下来的革命干部、党员，年纪轻轻的，可是却和一些八旗子弟、没落王孙厮混在一起。当时是有人颇不以为然的。然而友梅我行我素。友梅对他们不鄙视，不歧视，也不存什么功利主义。他和所有人的关系都是平等的。也正因为这样，许多老北京才乐于把他所知的掌故轶闻、人情方俗毫无保留地说给他听。他把听来的材料和童年印象相印证，再加之以灵活的想象，于是八十多年前的旧北京就在他心里活了起来。

《烟壶》是中篇小说，中篇总得有曲折的、富于戏剧性的情节、故事。情节，总要编。世界上没有一块天生就富于情节的生活的矿石。我相信《烟壶》的情节大部分也是编出来的。编和编不一样。有的离奇怪诞，破绽百出；有的顺理成章，若有其事。友梅能把一堆零散的生活素材，团巴团巴，编成一个完完整整的故事，虽然还不能说是天衣无缝，无可挑剔，但是不使人觉得如北京人所说的："老虎闻鼻烟——没有那八宗事。"这真是一宗本事。我是不会编故事的，也不赞成编故事。但是故事编圆了，我也佩服。因此，我认为友梅的《烟壶》是一篇"力作"。

友梅写人物，我以为好处是能掌握分寸。乌世保知道聂小轩轧断了手，"他望着聂小轩那血淋淋的衣袖和没有血色的、微闭双眼的面容惊呆了，吓傻了。从屋里走到院子，从院子又回到屋里。想做什么又不知该做什么。想说话又找不到话可说。"这写得非常真实。这就是乌世保，一个由"它撒勒哈番"转成手工艺人的心地善良而又窝窝囊囊的八旗子弟活生生的写照。乌世保蒙冤出狱，家破人亡，走投无路，朋友寿明给他谋划了生计，建议他画内画烟壶，给他找了蒜市口小客店安身，给他办了铺盖，还给他留下几两银子先垫补用，可谓周到之至。乌世保过意不去，连忙拦着说："这就够麻烦您的了，这银子可万万不敢收。"寿明说："您别拦，听我说。这银子连同我给您办铺盖，都不是我白给您的，我给不起。咱们不是搭伙作生意吗？我替您买材料卖烟壶，照理有我一份回扣，这份回扣我是要拿的。替您办铺盖、留零花，这算垫本，我以后也是要从您卖货的款子里收回来的，不光收回，还要收息，这是规矩。交朋友是交朋友，作生意是作生意，送人情是送人情，放垫本是放垫本，都要分清。您刚作这行生意，多有不懂的地方，我不能不点拨明白了。”好！这真是一个靠为人长眼跑合为生的穷旗人的口吻，不是一个为朋友两肋插刀的侠客。他也仗义，也爱财。既重友情，也深明世故。这一番话真是小葱拌豆腐，如刀切，如水洗，清楚明白，嘎嘣爽脆。这才叫通过对话写人物。邓友梅有两下子！

友梅很会写妇女。他的几篇写北京市井的小说里总有一个出身卑微，不是旗人，却支撑了一个败落的旗人家庭的劳动妇女。她们刚强正直，善良明理，坦荡磊落。《那五》里那位庶母、《烟壶》里的刘奶妈，都是这样。《烟壶》写得最成功的人物，我以为是柳娘（我这样说友梅也许会觉得伤心），她俊俏而不俗气，能干而不咋唬，光彩照人，英气勃勃，有心胸，有作为，有决断，拿得起，放得下，掰得开，踢得动，不论遇到什么事都能沉着镇定，头脑清醒，方寸不乱，举措从容。这真是市井中难得的一方碧玉，挺立在水边的一株雪白雪白的马蹄莲，她的出场就不凡：

……这时外边大门响了两声，脆脆朗朗响起女人的声音：“爹，我买了蒿子回来了。”寿明和乌世保知道是柳娘回来，忙站起身。聂小轩掀开竹帘说道：“快来见客人，乌大爷和寿爷来了。”柳娘应了一声，把买的蒿子、线香、嫩藕等东西送进西间，整理一下衣服，进到南屋，向寿明和乌世保道了万福说：“我爹打回来就打听乌大爷来过没有，今儿可算到了。寿爷您坐！哟，我们老爷子这是怎么了？大热的天让客人干着，连茶也没沏呀！您说话，我沏茶去！”这柳娘干嘣楞脆说完一串话，提起提梁宜兴大壶，挑帘走了出去。乌世保只觉着泛着光彩，散着香气的一个人影像阵清清爽爽的小旋风在屋内打了个旋又转了出去，使他耳目繁忙，应接不暇，竟没看仔细是什么模样。

寿明为乌世保做媒，聂小轩征求柳娘的意见，问她“咱们还按祖上的规矩，连收徒带择婿一起办好不好呢？”柳娘的回答是：“哟，住了一场牢我们老爷子学开通了！可是晚了，这话该在乌大爷搬咱们家来以前问我。如今人已经住进来，饭已经同桌吃了，活儿已经挨肩做了，我要说不愿意，您这台阶怎么下？我这风言风语怎么听呢？唉！”

这里柳娘有点“放刁”了，当初把师哥接到家里来住，是谁的主意呀？你可事前也没跟老爷子商量过就说出口了！

友梅这篇小说基本上用的是叙述，极少描写。偶尔描写，也是插在叙述之间，不把叙述停顿下来，作静止的描写。这是史笔，这是自有《史记》以来中国文学的悠久的传统。但是不完全是直叙，时有补叙、倒叙，这也是《史记》笔法。因为叙述方法多变化，故质朴而不呆板，流畅而不浮滑，舒卷自如，起止自在。有时洋洋洒洒，下笔千言；有时戛然收住，多一句也不说。友梅是很注意语言的。近年功力大见长进。他的语言所以生动，除了下字准确，词达意显，我觉得还因为起落多姿，富于“语态”。“语态”的来源，我想是，一、作者把自己摆了进去了，在描述人物事件时带着叙述者的感情色彩，如梁任公所说：“笔锋常带感情”；同时作者又置身事外，保持冷静和客观，不跳出来抒愤懑，发感慨。二、是作者在叙述时随时不忘记对面有个读者，随时要观察读者的反应，他是不是感兴趣，有没有厌烦？有的时候还要征求读者的意见，问问他对斯人斯事有何感想。写小说，是跟人聊天，而且得相信听你聊天的人是个聪明解事，通情达理，欣赏趣味很高的人，而且，他自己就会写小说，写小说的人要诚恳，谦虚，不矜持，不卖弄，对读者十分地尊重。否则，读者会觉得你侮辱了他！

这篇小说的不足之处，我觉得有这些：

一、对聂小轩以及乌世保、柳娘对古月轩的感情写得不够。小说较多写了古月轩烧制之难，而较少写这种瓷器之美。如果聂小轩的爱国主义感情是由对于这门工艺的深爱出发的，那么，应该花一点笔墨写一写他们烧制出一批成品之后的如醉如痴的喜悦，他们应该欣赏、兴奋、爱不释手，笑，流泪，相对如梦寐，忘乎所以。这篇小说一般只描叙人物的外部动作，不作心理描写。但是在写聂小轩想要砍去自己的右手时，应该写一写他的“广陵散从此绝矣”的悲怆沉痛的心情。因为聂小轩的这一行动不是正面描写的，而是通过柳娘和乌世保的眼睛来写的，不能直接写他的心理活动，但是事后如果有一两句揪肝抉胆、血泪交加的话也好。

二、乌世保应该写得更聪明，更有才气一些。这个人百无一用，但是应该聪明过人。他在旗人所玩的玩艺中，应该是不玩则已，一玩则精绝。这个人应该琴棋书画什么都能来两下。否则聂小轩就不会相中他当徒弟，柳娘也不会无缘无故地爱这样一个比棒槌多两个耳朵的凡庸的人了。柳娘爱他什么呢？无非是他身上这点才吧。

三、九爷写得有点漫画化。

一九八四年二月七日

林斤澜的矮凳桥

林斤澜回温州住了一段，回到北京，写出了一系列关于矮凳桥的小说。他回温州，回北京，都是回。这些小说陆续发表后，有些篇我读过。读得漫不经心。我觉得不大看得明白，也没有读出好来。去年十月，我下决心，推开别的事，集中精力，读斤澜的小说，读了四天。苏东坡说他读贾岛的诗，“初如食小鱼，所得不偿劳”。读斤澜的小说，有点像这样：费事。读到第四天，我好像有点明白了。而且也读出好来了。不过叫我写评论，还是没有把握。我很佩服评论家，觉得他们都是胆子很大的人。他们能把一个作家的作品分析得头头是道，说得作家自己目瞪口呆。我有时有点怀疑。子非鱼，安知鱼之乐。你没有

---

* 初刊于一九八七年一月三十一日《文艺报》，初收于《晚翠文谈》。

钻到人家肚子里去，怎么知道人家的作品就是怎么怎么回事呢？我看只能抓到一点，就说一点。言谈微中，就算不错。

林斤澜的桥

矮凳桥到底是什么样子？搞不清楚。苏南有些地方把小板凳叫做矮凳。我的家乡有烧火凳，是简陋的长凳而矮脚的。我觉得矮凳桥大概像烧火凳。然而是砖桥还是石桥，不清楚。——不会是木板桥，因为桥旁可以刻字。这都没有关系。

舍渥德·安德生写了一系列关于温涅斯堡的小说。据说温涅斯堡是没有的，这是安德生自己想出来的，造出来的。林斤澜的矮凳桥也有点是这样。矮凳桥可能有这么一个地方，有一点影子，但未必像斤澜所写的一样。斤澜把他自己的生活阅历倾入了这个地方，造了一座桥，一个小镇。斤澜在北京住了三十多年，对北京，特别是北京郊区相当熟悉。“文化大革命”以前他写过不少表现“社会主义新人”的小说，红了一阵。但是我总觉得那个时候，相当多的作家，都有点像是说着别人的话，用别人也用的方法写作。斤澜只是写得新鲜一点，聪明一点，俏皮一点。我们都好像在“为人作客”。这回，我觉得斤澜找到了老家。林斤澜有了自己的思想，自己的感情，自己的语言，自己的叙述方式，于是有了真正的林斤澜的小说。每一个作家都应当找到自己的老家，有自己的矮凳桥。

斤澜的老家在温州，他写的是温州。但是他写的不是乡土文学。乡土文学是一个恍恍惚惚的概念。但是目前某些标榜乡土文学的同志，他们在心目中排斥的实际上是两种东西，一是哲学意蕴，一是现代意识。林斤澜不是这样。

林斤澜对他想出来的矮凳桥是很熟悉的。过去、现在都很熟悉。他没有写一部矮凳桥的编年史。他把矮凳桥零切了。这样的写法有它的方便处。他可以从不同角度来审视。横写、竖写都行。他对矮凳桥的男女老少可以呼之即来，挥之则去。需要有人写几个字，随时拉出了袁相舟；需要来一碗鱼丸面，就把溪鳗提了出来。而且这个矮凳桥是活的。矮凳桥还会存在下去，笑翼、笑耳、笑杉都会有她们的未来。官不知会“娶”进一个什么样的后生。这样，林斤澜的矮凳桥可以源源不竭地写下去。这是个巧法子。

幔

“世界好比叫幔幔着，千奇百怪，你当是看清了，其实雾腾腾……”(《小贩们》)。

幔就是雾。温州人叫“幔”，贵州人叫“罩子”，——“今天下罩子”，意思都差不多。北京人说人说话东一句西一句，摸不清头绪，云里雾里的，写成文章，说是“云山雾沼”。照我看，其实应该写成“云苫雾罩”。林斤澜的小说正是这样：云苫雾罩。看不明白。

看不明白有两方面的原因。

一个是作者自己就不明白。斤澜在南京曾说：“我自己都不明白，怎么能让你明白呢？”斤澜说：“比如李地，她的一生，她一生的意义，我就不明白。”我当时在旁边，说：“我倒明白。这就是一个人不明白的一生。”有的作家自以为对生活已经吃透，什么事都明白，他可以把一个人的一生，来龙去脉，前因后果，源源本本地告诉读者，而且还能清清楚楚地告诉你一大篇生活的道理。其实人为什么活着，是怎么活过来的，真不是那样容易明白的。“君子于其所不知，盖阙如也”，只能是这样。这是老实态度。不明白，想弄明白。作者在想，读者也随之而在想。这个作品就有点想头。

另一方面，是作者故意不让读者明白。作者写的是什么，他心里是明白的，但是说得闪烁其辞，含糊其辞，扑朔迷离，云苫雾罩。比如《溪鳗》，还有《李地》里的《爱》，到底说的是什么？

在林斤澜作品讨论会上，有两位青年评论家指出：这里写的是性。我完全同意他们的说法。

写性，有几种方法。一种是赤裸裸地描写性行为，往丑里写。一种办法是避开正面描写，用隐喻，目的是引起读者对于性行为的诗意的、美的联想。孙犁写的一个碧绿的蝈蝈爬在白色的瓠子花上，就用的是这种办法。还有一种办法，就是林斤澜所用的办法，是把性象征化起来。他写得好像全然与性无关，但是读起来又会引起读者隐隐约约的生理感觉。

林斤澜屡次写鱼。鳗、泥鳅。闻一多先生曾著文指出：中国从《诗经》到现代民歌里的“鱼”都是“廋辞”。“鱼水交欢”嘛。不但是鱼，水，也是性的廋辞。

“袁相舟端着杯子，转脸去看窗外，那汪汪溪水漾漾流过晒烫了的石头滩，好像抚摸亲人的热身子。到了吊脚楼下边，再过去一点，进了桥洞。在桥洞那里不老实起来，撒点娇，抱点怨，发点梦呓似的呜噜呜噜……”（《溪鳗》。这写的是什么？

《爱》写得更为露骨：

“三更半夜糊里糊涂，有一个什么——说不清是什么压到身上，想叫，叫不出声音。觉得滑溜溜的在身上又扭又袅袅的，手脚也动不得。仿佛‘袅’到自己身体里去了。自己的身体也滑溜了，接着，软瘫热化了。”

《溪鳗》最后写那个男人瘫痪了，这说的是什么？这说的是性的枯萎。

《溪鳗》的情况更复杂一些。这篇小说同时存在两个主题，性主题和道德主题。溪鳗最后把一个瘫痪男人养在家里，伺候他，这是一种心甘情愿也心安理得的牺牲，一种东方式的道德的自我完成。既是高贵的，又是悲剧性的。这两个主题交织在一起。性和道德的关系，这是一个既复杂而又深邃的问题。这个问题还很少有作家碰过。

这个问题林斤澜也还没有弄明白，他也还在想。弄明白了，就没有什么意思了。有意思的不是明白，是想。弄明白，是心理学家的事；想，是作家的事。

斤澜的小说一下子看不明白，让人觉得陌生。这是他有意为之的。他就是要叫读者陌生，不希望似曾相识。这种作法不但是出于苦心，而且确实是“孤诣”。

使读者陌生，很大程度上和他的叙述方法有关系。有些篇写得比较平实，近乎常规；有些篇则是反众人之道而行之。他常常是虚则实之，实则虚之；无话则长，有话则短。一般该实写的地方，只是虚虚写过；似该虚写处，又往往写得很翔实。人都是有话则长，无话则短。斤澜常于无话处死乞白咧地说，说了许多闲篇，许多废话；而到了有话（有事，有情节）的地方，三言两语。比如《溪鳗》，"有话"处只在溪鳗收留照料了一个瘫子，但是着墨不多，连溪鳗和这个男人究竟有过什么事都不让人明白(其实稍想一下还不明白么)；但是前面好几页说了鳗鱼的种类，鱼丸面的做法，袁相舟的诗兴大发，怎么想出"鱼非鱼小酒家"的店名……比如《小贩们》，"事儿"只是几个孩子比别的纽扣小贩抢先了一步，在船不靠码头的情况下跳到水里上岸，赶到电镀厂去镀了纽扣；但是前面写了一大堆这几个小贩子和女舵工之间的漫谈，写了幔，写了"火雾"(对于火雾的描写来自斤澜和我们同到吐鲁番看火焰山的印象，这一点我知道)，写了三兄弟往北走的故事，写了北方撒尿用棍子敲、打豆浆往绳子上一浇就拎回家去了……这么写，不是喧宾夺主么？不。读完全篇，再回过头来看看，就会觉得前面的闲文都是必要的，有用的。《溪鳗》没有那些云苫雾罩的，不着边际的闲文，就无法知道这篇小说究竟说的是什么。花非花，鱼非鱼，人非人，性非性。或者可以反过来，人是人，性是性。袁相舟的诗："今日春梦非春时"，实在是点了这篇小说的题。《小贩们》如果不写这几个孩子的闲谈，不写出他们的活跃的想象，他们对于生活的充满青春气息的情趣，就无法了解他们脱了鞋袜跳到冰冷的水里的劲儿是从哪里来的，他们就成了心灵手快的名副其实的小商贩，他们就俗了，不可爱了。

"无话则长，有话则短"，这个话我当面跟斤澜说过。他承认了。拆穿了西洋景，有点煞风景，他倒还没有不高兴。他说："有话的地方，大家都可以说，我就少说一点；没有话的地方，别人不说，我就多说说。"

斤澜是很讲究结构的。我曾在一篇文章里写过：小说结构的特点是"随便"。斤澜很不以为然。后来我在前面加了一句状语：苦心经营的随便，他算是拟予同意了。其实林斤澜的小说结构的精义，我看也只有一句：打破结构的常规。

斤澜近年小说还有一个特点，是搞文字游戏。"文字游戏"大家都以为是一个贬辞。为什么是贬辞呢？没有道理。斤澜常常凭借语言来构思。一句什么好的话，在他琢磨一团生活的时候，老是在他的思维里闪动，这句话推动着他，怂恿着他，蛊惑着他，他就由着这句话把自己飘浮起来，一篇小说终于受孕、成形了。蚱蜢舟、蚱蜢周、做蚱蜢舟的木匠姓周、老蚱蜢周、小蚱蜢周、李清照的“只恐双溪蚱蜢舟，载不动许多愁”……这许多音同形似的字儿老是在他面前晃，于是这篇小说就有了一种特殊的音响和色调。他构思的契机，我看很可能就是李清照的词。《溪鳗》的契机大概就是白居易的诗：花非花，鱼非鱼。这篇小说写得特别迷离，整个调子就是受了白居易的诗的暗示。白居易的“花非花，雾非雾”是一个到现在还没有解破的谜，《溪鳗》也好像是一个谜。

林斤澜把小说语言的作用提到很多人所未意识到的高度。写小说，就是写语言。

人

我这样说，不是说林斤澜是一个形式主义者。矮凳桥系列小说有没有一个贯串性的主题？我以为是有的。那就是：“人”。或者：人的价值。这其实是一个大家都用的，并不新鲜的主题。不过林斤澜把它具体到一点：“皮实”。什么是“皮实”？斤澜解释得清楚，就是生命的韧性。

“石头缝里钻出一点绿来，那里有土吗？只能说落下点灰尘。有水吗？下雨湿一湿，风吹吹就干了。谁也不相信，谁也不知觉，这样的不幸，怎么会钻出一片两片绿叶，又钻出紫色的又朴素又新鲜的花朵。人惊叫道：‘皮实’。单单活着不算数，还活出花朵叫世界看看，这是‘皮实’的极致。”——《蚱蜢舟》。

他们当中有人意识到，并且努力要实证自己的存在的价值的。车钻冒着危险“破”掉矮凳桥下“碧沃”两个字，“什么也不为，就为叫大家晓得晓得我。”笑杉在坎肩上钉了大家都没有的古式的铜扣子，徜徉过市，又要一锤砸毁了，也是“我什么也不为，就为叫你们晓得晓得我。”有些人并不那样意识到自己的价值，但是她们各各儿用自己的所作所为证实了自己的价值，如溪鳗，如李地。

李地是一位母亲的形象。《惊》是一篇带有寓言性质的小说。很平淡，但是发人深思。当一群人因为莫须有的尾巴无故自惊，炸了营的时候，李地能够比较镇静。她并没有泰然自若，极其理智，但是她慌乱得不那么厉害，清醒得比较早。她所以能这样，是因为她经历的忧患较多，有一点曾经沧海了。这点相对的镇静是美丽的。长期的动乱，造就了这样一位沉着的母亲。李地到供销社卖了一个鸡蛋，六分钱。她胸有成竹地花了这六分钱：两分盐；两分线——一分黑线一分白线；一分石笔；一分冰糖（冰糖是给笑翼买的）。这本是很悲惨的事（林斤澜在小说一开头就提明这是六十年代初期的故事，我们都是从六十年代初期活过来的人，知道那年代是怎么回事），但是林斤澜没有把这件事写得很悲惨，李地也没有觉得悲惨。她计划着这六分钱，似乎觉得很有意思。这一分冰糖让她快乐。这就是“皮实”。能够度过困苦的、卑微的生活，这还不算，能于困苦卑微的生活觉得快乐，在没有意思的生活中觉出生活的意思，这才是真真的“皮实”，这才是生命的韧性。矮凳桥是不幸的。中国是不幸的。但是林斤澜并没有用一种悲怆的或是嘲弄的感情来看矮凳桥，我们时时从林斤澜的眼睛里看到一点温暖的微笑。林斤澜你笑什么？因为他看到绿叶，看到一朵一朵朴素的紫色的小花，看到了“皮实”，看到了生命的韧性。“皮实”是我们这个民族的普遍的品德。林斤澜对我们的民族是肯定的，有信心的。因此我说：《矮凳桥》是爱国主义的作品。——爱国主义不等于就是打鬼子！

林斤澜写人，已经超越了“性格”。他不大写一般意义上的、外部的性格。他甚至连人的外貌都写得很少，几笔。他写的是人的内在的东西，人的气质，人的“品”。得其精而遗其粗。他不是写人，写的是一首一首的诗。溪鳗、李地、笑翼、笑耳、笑杉……都是诗。朴素无华的，淡紫色的诗。

涩

斤澜的语言原来并不是这样的。他的语言原来以北京话为基础（写的是京郊），流畅，轻快，跳跃，有点法国式的俏皮。我觉得他不但受了老舍，还受了李健吾的影响。后来他改了，变得涩起来，大概是觉得北京话用得太多，有点“贫”。《矮凳桥》则是基本上用了温州方言。这是很自然的，因为写的是温州的事。斤澜有一个很大的优势，他一直能说很地道的温州话。一个人的“母舌”总会或多或少地存在在他的作品里的。在方言的基础上调理自己的文学语言，是八十年代相当多的作家清楚地意识到的。语言是一种文化现象。语言的背景是文化。一个作家对传统文化和某一特定地区的文化了解得愈深切，他的语言便愈有特点。所谓语言有味、无味，其实是说这种语言有没有文化（这跟读书多少没有直接的关系。有人读书甚多，条理清楚，仍然一辈子语言无味）。每一种方言都有特殊的表现力，特殊的美。这种美不是另一种方言所能代替，更不是“普通话”所能代替的。“普通话”是语言的最大公约数，是没有性格的。斤澜不但能说温州话，且能深知温州话的美。他把温州话熔入文学语言，我以为是成功的。但也带来一定的麻烦，即一般读者读起来费事。斤澜的语言越来越涩了。我觉得斤澜不妨把他的语言稍为往回拉一点，更顺一点。这样会使读者觉得更亲切。顺和涩我觉得是可以统一起来的。斤澜有意使读者陌生，但还不是拒人于千里之外。陌生与亲切也是可以统一起来的。让读者觉得更亲切一些，不好么?

董解元云："冷淡清虚最难做。"斤澜珍重!

一九八七年一月九日

人之所以为人
——读《棋王》笔记

脑袋在肩上，

文章靠自己。

——阿城：《孩子王》

读了阿城的小说，我觉得：这样的小说我写不出来。我相信，不但是我，很多人都写不出来。这样就很好。这样就增加了一篇新的小说，给小说这个概念带进了一点新的东西。否则，多写一篇，少写一篇；写，或不写，差不多。

提笔想写一点读了阿城小说之后的感想，煞费踌躇。

---

*初刊于一九八五年三月二十一日《光明日报》，初收于《晚翠文谈》。

因为我不认识他。我很少写评论。我评论过的极少的作家都是我很熟的人。这样我说起话来心里才比较有底。我认为写评论最好联系到所评的作家这个人，不能只是就作品谈作品。就作品谈作品，只论文，不论人，我认为这是目前文学评论的一个缺点。我不认识阿城，没有见过。他的父亲我是见过的。那是他倒了楣的时候，似乎还在生着病。我无端地觉得阿城像他的父亲。这很好。

阿城曾是“知青”。现有的辞书里还没有“知青”这个词条。这一条很难写。绝不能简单地解释为“有知识的青年”。这是一个特定的历史时期的产物，一个很特殊的社会现象，一个经历坎坷、别具风貌的阶层。

知青并不都是一样。正如阿城在《一些话》中所说：“知青上山下乡是一种特殊的情况下的扭曲现象，它使有的人狂妄，有的人消沉，有的人投机，有的人安静。”这样的知青我大都见过。但是大多数知青，都有一个共同的特点，如阿城所说：“老老实实地面对人生，在中国诚实地生活。”大多数知青看问题比我们这一代现实得多。他们是很清醒的现实主义者。

大多数知青是从温情脉脉的纱幕中被放逐到中国的干硬的土地上去的。我小的时候唱过一支带有感伤主义色彩的歌："离开父，离开母，离开兄弟姊妹们，独自行千里……"知青正是这样。他们不再是老师的学生，父母的儿女，姊妹的兄弟，赤条条地被掷到"广阔天地"之中去了。他们要用自己的双手谋食。于是，他们开始用自己的眼睛去看世界。棋呆子王一生说："你们这些人好日子过惯了，世上不明白的事儿多着呢！"多数知青从"好日子"里被甩出来了，于是他们明白许多他们原来不明白的事。

我发现，知青和我们年轻时不同。他们不软弱，较少不着边际的幻想，几乎没有感伤主义。他们的心不是水蜜桃，不是香白杏。他们的心是坚果，是山核桃。

知青和老一代的最大的不同，是他们较少教条主义。我们这一代，多多少少都带有教条主义色彩。

我很庆幸地看到（也从阿城的小说里）这一代没有被生活打倒。知青里自杀的极少、极少。他们大都不怨天尤人。彷徨、幻灭，都已经过去了。他们怀疑过，但是通过怀疑得到了信念。他们没有流于愤世嫉俗，玩世不恭。他们是看透了许多东西，但是也看到了一些东西。这就是中国，和人。中国人。他们的眼睛从自己的脚下移向远方的地平线。他们是一些悲壮的乐观主义者。有了他们，地球就可以修理得较为整齐，历史就可以源源不绝地默默地延伸。

他们是有希望的一代，有作为的一代。阿城的小说给我们传达了一个非常可喜的信息。我想，这是阿城的小说赢得广大的读者，在青年的心灵中产生共鸣的原因。

《棋王》写的是什么？我以为写的就是关于吃和下棋的故事。先说吃，再说下棋。

文学作品描写吃的很少（茀琴尼尔沃尔夫曾提出过为什么小说里写宴会，很少描写那些食物的）。大概古今中外的作家都有点清高，认为吃是很俗的事。其实吃是人生第一需要。阿城是一个认识吃的意义，并且把吃当作小说的重要情节的作家。（陆文夫的《美食家》写的是一个馋人的故事，不是关于吃的）他对吃的态度是虔诚的。《棋王》有两处写吃，都很精彩。一处是王一生在火车上吃饭，一处是吃蛇。一处写对吃的需求，一处写吃的快乐——一种神圣的快乐。写得那样精细深刻，不厌其烦，以至读了之后，会引起读者肠胃的生理感觉。正面写吃，我以为是阿城对生活的极其现实的态度。对于吃的这样的刻画，非经身受，不能道出。这使阿城的小说显得非常真实，不假。《棋王》的情节按说是很奇，但是奇而不假。

我不会下棋，不解棋道，但我相信有像王一生那样的棋呆子。我欣赏王一生对下棋的看法："我迷象棋。一下棋，就什么都忘了。呆在棋里舒服。"人总要呆在一种什么东西里，沉溺其中。苟有所得，才能实证自己的存在，切实地掂出自己的价值。王一生一个人和几个人赛棋，连环大战，在胜利后，呜呜地哭着说："妈，儿今天明白事儿了。人还要有点儿东西，才叫活着。"是的，人总要有点东西，活着才有意义。人总要把自己生命的精华都调动出来，倾力一搏，像干将、莫邪一样，把自己炼进自己的剑里，这，才叫活着。

"不有博弈者乎？为之犹贤乎已"。弈虽小道，可以喻大。"用志不分，乃凝于神"，古今成事业者都需要有这么一点精神。这是我们这个时代需要的精神。

我这样说，阿城也许不高兴。作者的立意，不宜说破。说破便煞风景。说得太实，尤其令人扫兴。

阿城的小说结尾都是胜利。人的胜利。《棋王》的结尾，王一生胜了。《孩子王》的结尾，"我"被解除了职务，重回生产队劳动去了。但是他胜利了。他教的学生王福写出了这样的好文章："……早上出的白太阳，父亲在山上走，走进白太阳里去。我想，父亲有力气啦。"教的学生写出这样的好文章，这是胜利，是对一切陈规的胜利。

《树王》的结尾，萧疙瘩死了，但是他死得很悲壮。

因此，我说阿城是一个乐观主义者。

有人告诉我，阿城把道家思想揉进了小说。《棋王》里的确有一些道家的话。但那是拣烂纸的老头的思想，甚至也可以说是王一生的思想，不一定就是阿城的思想。阿城大概是看过一些道家的书。他的思想难免受到一些影响。《树王》好像就涉及一点“天”和“人”的关系（这篇东西我还没太看懂，捉不准他究竟想说什么，容我再看看，再想想）。但是我不希望把阿城和道家纠在一起。他最近的小说《孩子王》，我就看不出有什么道家的痕迹。我不希望阿城一头扎进道家里出不来。

阿城是有师承的。他看过不少古今中外的书。外国的，我觉得他大概受过海明威的影响，还有陀思妥也夫斯基。中国的，他受鲁迅的影响是很明显的。他似乎还受过废名的影响。他有些造句光秃秃的，不求规整，有点像《莫须有先生传》。但这都是瞎猜。他的叙述方法和语言是他自己的。司空图《二十四诗品》云：“俯拾即是，不取诸邻。俱道适往，着手成春。”说得很好。阿城的文体的可贵处正在：“不取诸邻”，“脑袋在肩上，文章靠自己”。

阿城是敏感的。他对生活的观察很精细，能够从平常的生活现象中看出别人视若无睹的特殊的情趣。他的观察是伴随了思索的。否则他就不会在生活中看到生活的底蕴。这样，他才能积蓄了各样的生活的印象，可以俯拾，形成作品。

然而在摄取到生活印象的当时，即在“十年动乱”期间，在他下放劳动的时候，没有写出小说。这是可以理解的，正常的。

只有在今天，现在，阿城才能更清晰地回顾那一段极不正常时期的生活，那个时期的人，写下来。因为他有了成熟的、冷静的、理直气壮的、不必左顾右盼的思想。一下笔，就都对了。

他的信心和笔力来自党的十一届三中全会以后中国生活的现实。十一届三中全会救了中国，救了一代青年人，也救了现实主义。

阿城业已成为有自己独特风格的青年作家，循此而进，精益求精，如王一生之于棋艺，必将成为中国小说的大家。

一九八五年三月三日

从哀愁到沉郁
——何立伟小说集《小城无故事》序

我最初读到的何立伟的小说是《小城无故事》。发表在《人民文学》上的。当时就觉得很新鲜。这样的小说我好像曾经很熟悉，但又似乎生疏了多年了。接着就有点担心。担心作者会受到批评，也担心《人民文学》因为发表这样的作品而受到批评。我担心某些读者和评论家会看不惯这样的小说，担心他们对看不惯的小说会提出非议。然而我的担心是多余了。看来我的思想还是相当保守的，对读者和评论家的估计过低了。何立伟和《人民文学》全都太平无事。——也许有一点“事”，但是我不知道。我放心了。何立伟接着发表了不少小说，有的小说还得了奖。我听到一些关于何立伟小说的议论，都是称赞的，都说何

---

* 初刊于《文学自由谈》一九八六年第一期，初收于《晚翠文谈》。

立伟是一个值得注意的、有自己的特点的青年作家。何立伟得到社会的承认，他在文艺界站住脚了，我很高兴。为立伟本人高兴，也为中国多了一个真正的作家而高兴。何立伟现在的情况可以说是“崭露头角”，他的作品也预示出他会有很远大的前程。从何立伟以及其他一些破土而出，显露不同的才华的青年作家身上，我们看到中国文学的一片勃勃的生机，这真是太好了。

但是我以前看过立伟的小说很少，——我近年来不大看小说，好像只有《小城无故事》这一篇。

蒋子丹告诉我，何立伟要出小说集，要我写序。有一次见到王蒙，我告诉他何立伟要我写序（我知道立伟的小说有一些是经他的手发出去的）。王蒙说：“你写吧！”我说我看过他的小说很少，王蒙说：“看看吧，你会喜欢的。”我心想：好吧。

何立伟把他的小说的复印件寄来给我了，写序就由一句话变成了真事。复印件寄到时，我在香港。回来后知道他的小说集发稿在即，就连日看他的小说。这样突击式地看小说，囫囵吞枣，能够品出多少滋味来呢？我于是感到为人写序是一件冒险的事。如果序里所说的话，全无是处，是会叫作者很难过的。但是我还是愿意来写这篇序。理由就是：我愿意。

子丹后来曾陪了立伟和另外一位湖南青年作家徐晓鹤到我在北京的住处来看过我。他们全都才华熠熠，挥斥方遒，都很快活。我很喜欢他们的年轻气盛的谈吐。因为时间匆促，未暇深谈。谈了些什么，我已经不记得了。只记得我大概谈起过废名。为什么谈起废名，大概是我觉得立伟的小说与废名有某些相似处。

立伟最近来信，说："上回在北京您同我谈起废名，我回来后找到他的书细细读，发觉我与他有很多内在的东西颇接近，便极喜欢。"

那么何立伟过去是没有细读过废名的小说的，然而他又发觉他与废名有很多内在的东西颇接近，这是很耐人深思的。正如废名，有人告诉他，他的小说与英国女作家弗金亚·沃尔芙很相似，废名说："我没有看过她的小说"，后来找了弗金亚·沃尔芙的小说来看了，说："果然很相似"。一个作家，没有读过另一作家的作品，却彼此相似，这是很奇怪的。

但是何立伟是何立伟，废名是废名。我看了立伟的全部小说，特别是后来的几篇，觉得立伟和废名很不一样。我的这篇序恐怕将写成一篇何立伟、废名异同论，这真是始料所不及。

废名是一位被忽视的作家。在中国被忽视，在世界上也被忽视了。废名作品数量不多，但是影响很大，很深，很远。我的老师沈从文承认他受过废名的影响。他曾写评论，把自己的几篇小说和废名的几篇对比。沈先生当时已经成名。一个成名的作家这样坦率而谦逊的态度是令人感动的。虽然沈先生对废名后期的小说十分不以为然。何其芳在《给艾青先生的一封信》提到刘西渭（李健吾）非常认真地读了《画梦录》，但“主要地只看出了我受了废名影响的那一点”。那么受了废名影响的这一点，何其芳是承认的。我还可以开出一系列受过废名影响的作家的名单，只是因为本人没有公开表态，我也只好为尊者讳了。“但开风气不为师”，废名是开了一代文学风气的，至少在北方。这样一个影响深远的作家，生前死后都很寂寞，令人怃然。

我读过废名的小说，《桃园》、《竹林的故事》、《桥》、《枣》……都很喜欢。在昆明（也许在上海）读过周作人写的《怀废名》。他说废名的小说的一个特点是注重文章之美。说他的小说如一湾溪水，遇到一片草叶都要抚摸一下，然后再汩汩地向前滚去（大意），这其实就是意识流，只是当时在中国，“意识流”的理论和小说介绍进来的还不多。这也是很有意思的事。西方的意识流的理论和小说还没有介绍进来，中国已经有用意识流的方法写的小说，并且比之西方毫无逊色，说明意识流并非是外来的。人类生活发展到一定阶段，对意识的认识发展到一定阶段，就会产生意识流的作品。这是不能反对，无法反对的。废名也许并不知道“意识流”，正像他以前不知道弗金亚·沃尔芙。他只是想真切地反映生活，他发现生活，意识是流动的，于是找到了一种新的对于生活的写法，于是开了一代风气。这种写法没有什么奥秘，只是追求：更像生活。

周作人的文章还说废名之貌奇古，其额如螳螂。一九四八年我住在北京大学红楼，时常可以看到废名，他其时已经写了《莫须有先生坐飞机以后》，潜心于佛学。我只是看到他穿了灰色的长衫，在北大的路上缓缓地独行，面色平静，推了一个平头。我注意了他的相貌，没有发现其额如螳螂，也不见有什么奇古。——一个人额如螳螂，是什么样子呢？实在想象不出。

何立伟与废名的相似处是哀愁。

立伟一部分小说所写的生活是湖南小城镇的封闭的生活，一种古铜色的生活。他的小说有一些写的是长沙，但仍是封闭着的长沙的一个角隅。这种古铜有如宣德炉，因为镕入了椎碎了的乌斯藏佛之类的贵重金属，所以呈现出斑斓的光泽。有些小说写了封闭生活中的古朴的人情。《小城无故事》里的吴婆婆每次看到癫姑娘，总要摸两个冷了的荷叶粑粑走出凉棚喊拢来那癫子。“莫发癫！快快同我吃了！”萧七罗锅侧边喊：“癫子，癫子，你拢来！”“癫子，癫子，把碗葱花米豆腐你吃！”霍霍霍霍喝下肚，将那蓝花瓷碗往地上一摞，啪地碗碎了。萧七罗锅也不发火，只摇着他精光的脑壳蹲身下去一片一片拣碎瓷。还有用，回去拿它做得甑片子，刨得芋头同南瓜。这实在写得非常好。拣了碎瓷，回去做得甑片子，刨得芋头同南瓜，这是一种非常美的感情，很真实的感情。

但是这种封闭的古铜色的生活是存留不住的，它正在被打破，被铃木牌摩托车，被邓丽君的歌唱所打破。姚笃正老裁缝终于不得不学着做喇叭裤、牛仔裤（《砚坪那个地方》）。这是有点可笑的。然而，有什么办法呢？

面对这种行将消逝的古朴的生活，何立伟的感情是复杂的。这种感情大体上可以名之为“哀愁”。鲁迅在评论废名的小说时说：“……在一九二五年出版的《竹林的故事》里，才见以冲淡为衣，而如著者所说，仍能‘从他们当中理出我的哀愁’的作品。”从立伟的一些前期的小说中，我们都可觉察到这种哀愁。如《荷灯》，如《好清好清的杉木河》……。这种哀愁出于对生存于古朴世界的人的关心。这种哀愁像《小城无故事》里癫子姑娘手捏的栀子花，“香得并不酽，只淡淡有些幽远”。“满街满巷都是那栀子花淡远的香。然而用力一闻，竟又并没有。”何立伟的不少篇小说都散发着栀子花的香味，栀子花一样的哀愁。

鲁迅论废名文中说：“可惜的是大约作者过于珍惜他有限的‘哀愁’，不久就不欲像先前一般的闪露，于是从率直的读者看来，就只见其有意低徊，顾影自怜之态了。”老实说，看了一些立伟的短篇，我是有点担心的。一个作者如果停留在自己的哀愁中，是很容易流于有意低徊的。

立伟是珍惜自己的哀愁的。他有意把作品写得很淡。他凝眸看世界，但把自己的深情掩藏着，不露声色。他像一个坐在发紫发黑的小竹凳上看风景的人，虽然在他的心上流过很多东西。有些小说在最易使人动情的节骨眼上往往轻轻带过，甚至写得模模糊糊的，使人得捉摸一下才明白是怎么回事。如《搬家》，如《雪霁》。但是他后来的作品，感情的色彩就渐渐强烈了起来。他对那种封闭的生活表现了一种忧愤。他的两个中篇，《苍狗》和《花非花》都是这样。像《花非花》那样窒息生机的生活，是叫人会喊叫出来的。但是何立伟并没有喊叫，他竭力控制着自己的激情，他的忧愤是没有成焰的火，于是便形为沉郁。也仍然是不动声色的，但这样的不动声色而写出的貌似平淡的生活却有了强烈的现实感。

我很高兴何立伟在小说里写了希望。谁是改造这个封闭世界的力量？像刘虹（《花非花》）这样追求美好，爱生活的纯净的人（刘虹写得一点都不概念化，是很难得的）。“那世界，正一天天地、无可抗拒地新鲜起来，富于活力与弹性”，是这样！

对立伟的这种变化，有人有不同意见，但我以为是好的。也许因为立伟所走过来的路和我有点像。

废名说过：“我写小说同唐人写绝句一样”，立伟很欣赏他这句话。立伟的一些小说也是用绝句的方法写的，他和废名不谋而合。所谓唐人绝句，其实主要指中晚唐的绝句，尤其是晚唐绝句。晚唐绝句的特点，说穿了，就是重感觉，重意境。“小城无故事”，立伟的小说不重故事，有些篇简直无故事可言，他追求的是一种诗的境界，一种淡雅的，有些朦胧的可以意会的气氛，“烟笼寒水月笼沙”。与其说他用写诗的方法写小说，不如说他用小说的形式写诗。这是何立伟赢得读者，受到好评的主要原因。我也是喜欢晚唐绝句的。最近看到一本书，说是诗以五古为最难写，一个诗人不善于写五古，是不能算做大诗人的。我想想，这有道理。诗至五古，堂庑始大，才厚重。杜甫的《北征》，我是到中年以后才感到其中的苍凉悲壮的。我觉得，立伟的《苍狗》和《花非花》，其实已经不是绝句，而是接近五古了。何立伟正在成熟。

何立伟的语言是有特色的。他写直觉，没有经过理智筛滤的，或者超越理智的直觉，故多奇句。这一点和日本的新感觉派相似，和废名也很相似。废名的名句：“万寿宫丁丁响”，即略去万寿宫有铃铛，风吹铃铛，直接写万寿宫丁丁响。这在一群孩子的感觉中是非常真切的。立伟的造句奇峭似废名，甚至一些虚词也相似，如爱用“遂”、“乃”。立伟还爱用“抑且”，这也有废名的味道。立伟以前没有细读过废名的作品，相似乃尔，真是奇怪！我觉得文章不可无奇句，但不宜多。龚定庵论人：“某公端端，酒后露轻狂，乃真狂。”奇句和狂态一样，偶露，才可爱。立伟初期的小说，我就觉得奇句过多。奇句如江瑶柱，多吃，是会使人“发风动气”的。立伟后来的小说，语言渐多平实，偶有奇句。我以为这也是好的。

立伟要我写序，尽两日之功写成，可能说了一些煞风景的话，不知道立伟会不会难过。

一九八五年十一月一日

《到黑夜我想你没办法》读后

这几篇小说我是在一个讨论会开始的时候抓时间看的。一口气看完了，脱口说："好！"

这是非常真实的生活。这种生活是荒谬的，但又是真实的。曹乃谦说："我写的都是真事儿。"我相信。荒谬得可信。

这是苦寒、封闭、吃莜面的雁北农村的生活。只有这样的地方，才有这样的生活。这样的苦寒，形成人的价值观念，明明白白，毫无遮掩的价值观念。"人家少要一千块，就顶把个女儿白给了咱儿"，黑旦就同意把老婆送到亲家家里"做那个啥"，而且"横竖一年才一个月"，觉得

---

*初刊于《北京文学》一九八八年第六期，初收于北师大版《汪曾祺全集》第四卷。

公平合理。温孩在女人身上做那个啥的时候，就说：“日你妈你当爷闹你呢，爷是闹爷那两千块钱儿。”温孩女人也认为应该叫他闹。丑哥的情人就要嫁给别人了，她说“丑哥保险可恨我”，丑哥说“不恨”，理由是“窑黑子比我有钱”。由于有这种明明白白的，十分肯定的价值观念，温家窑的人有自己的牢不可破的道德标准。黑旦的女人不想跟亲家去，而且“真的来了”，黑旦说：“那能行？中国人说话得算话。”他把女人送走，就走就想，还要重复一遍他的信条：“中国人说话得算话。”丑哥的情人提出：“要不今儿我就先跟你做那个啥吧”，丑哥不同意，说：“这样是不可以的。咱温家窑的姑娘是不可以这样的。”为什么不可以？温家窑的人就这样被自己的观念钉实、封死在这一片苦寒苦寒小小天地里，封了几千年，无法冲破，也不想冲破。

但是温家窑的人终究也还是人。他们不是木石。黑旦送走了女人，忍不住扭头再瞭瞭，瞭见女人那两只萝卜脚吊在驴肚下，一悠一悠的打悠悠，他的心也一悠一悠的打悠悠。《莜麦秸窝里》是一首很美的，极其独特的抒情诗。这种爱情真是特别：

“有钱我也不花，悄悄儿攒上给丑哥娶女人。”

“我不要。”

"我要攒。"

"我不要。"

"你要要。"

这真是金子一样的心。最后他们还是归结到这是命。她哭了，黑旦听她真的哭了，他也滚下热的泪蛋蛋，"'扑腾扑腾'滴在她的脸蛋蛋上。"也许，他们的眼泪能把那些陈年的习俗浇湿了，浇破了，把这片苦寒苦寒的土地浇得温暖一点。

作者的态度是极其冷静的，好像完全无动于衷。当然不是的。曹乃谦在会上问："我写东西常常自己激动得不行，这样好不好？"我说：要激动。但是，想的时候激动，写的时候要很冷静。曹乃谦做到了这一点。他的小说看来不动声色，只是当一些平平常常的事情叙述一回，但是他是经过痛苦的思索的。他的小说贯串了一个痛苦的思想：无可奈何。对这样的生活真是"没办法"。曹乃谦说：问题是他们觉得这样的生活很好。他们不觉得这样的生活是可悲的。然而我们从曹乃谦对这样的荒谬的生活作平平常常的叙述时，听到一声沉闷的喊叫：不行！不能这样生活！作者对这样的生活既未作为奇风异俗来着意渲染，没有作轻浮的调侃，也没有粉饰，只是恰如其分地作如实的叙述，而如实地叙述中抑制着悲痛。这种悲痛来自对这样的生活、这里的人的严重的关切。我想这是这一组作品的深层内涵，也是作品所以动人之处。

小说的形式已经不是一般意义上的朴素，一般意义上的单纯，简直就是简单。像北方过年夜会上卖的泥人一样的简单。形体不成比例，着色不均匀，但在似乎草草率率画出的眉眼间自有一种天真的意趣，比无锡的制作得过于精致的泥人要强，比塑料制成的花仙子更要强得多。我想这不是作者有意追求一种稚拙的美，他只是照生活那样写生活。作品的形式就是生活的形式。天生浑成，并非“返朴”。小说不乏幽默感，比如黑旦陪亲家喝酒时说：“下个月你还给送过来，我这儿借不出毛驴。”读到这里，不禁使人失声一笑。但作者丝毫没有逗笑的意思，这对黑旦实在是极其现实的问题。

语言很好。好处在用老百姓的话说老百姓的事。这才是善于学习群众语言。学习群众语言不在吸收一些词汇，首先在学会群众的“叙述方式”。群众的叙述方式是很有意思的，和知识分子绝对不一样。他们的叙述方式本身是情致的，有感情色彩，有幽默感的。赵树理的语言并不过多地用农民字眼，但是他很能掌握农民的叙述方式，所以他的基本上是用普通话的语言中有特殊的韵味。曹乃谦的语言带有莜麦味，因为他用的是雁北人的叙述方式。这种叙述方式是简练的，但是有时运用重复的句子，或近似的句式，这种重复、近似造成一种重叠的音律，增加叙述的力度。比如：

温孩女人不跟好好儿过，把红裤带绾成死疙瘩硬是不给解，还一个劲儿哭，哭了整整一黑夜。

……温孩从地里受回来，她硬是不给做饭，还是一个劲儿哭，哭了整整儿一白天。(《女人》)

比如：

愣二妈跨在锅台边瞪着愣二出神地想。想一会撩起大襟揉揉眼，想一会撩起大襟揉揉眼。

……愣二妈跨在锅台边就看愣二裱炕席就想。想一会儿撩起大襟揉揉眼，想一会儿撩起大襟揉揉眼。(《愣二疯了》)

对话也写得好。短得不能再短，简单到不能再简单，但是非常有味道：

“丑哥。”

“嗯。”

“这是命。”

“命。”

“咱俩命不好。”

“我不好，你好。”

“不好。”

“好。”

“不好。”

“好。”

“就不好。”

我觉得有些土话最好加点注解。比如“不揳扁她要她挠”，这个“挠”字可能是古汉语的“那”。

曹乃谦说他还有很多这样的题材，他准备写两年。我觉得照这样，最多写两年。一个人不能老是照一种模式写。曹乃谦已经意识到自己的写法，别人又指出了一些，他是很可能重复一种写法的。写两年吧，以后得换换别样的题材，别样的写法。

一九八八年四月廿二日急就

《年关六赋》序

“家贫难办蔬食，忙中不及作草。”我很想杜门谢客，排除杂事，花十天半个月时间，好好地读读阿成的小说，写一篇读后记。但是办不到。岁尾年关，索稿人不断。刚把材料摊开，就有人敲门。好容易想到一点什么，只好打断。杨德华同志已经把阿成的小说编好，等着我这篇序。看来我到明年第一季度也不会消停。只好想到一点说一点。

我是很愿意给阿成写一篇序的。我不觉得这是一件苦事。这是一种享受。并且，我觉得这也是我的一种责任。

我这几年很少看小说。

---

* 初刊于一九九一年七月五日《文汇报》，题为《忙中不及作草》，有删节；初收于《独坐小品》。

阿成的小说我没有看过。我听说有个阿成。连他的名噪一时的获奖作品《年关六赋》我也没有看过。我偶然看到的他的第一篇作品是《活树》(和另外两个短篇)。我大吃一惊。这篇小说的生活太真实了！接着我就很担心，为阿成担心，也为出版社担心。现在，这样的小说能出版么？我知道有那么一些人，对于真实是痛恨的。

我把阿成的小说选稿通读了一遍（有些篇重读过），慨然叹曰：他有扎扎实实的生活！我很羡慕。

我曾经在哈尔滨待过几天。我只知道哈尔滨有条松花江，有一些俄式住宅、东正教的教堂，有个秋林公司，哈尔滨人非常能喝啤酒，爱吃冰棍……。

看了阿成的小说，我才知道圈儿里，漂漂女，灰菜屯……我才知道哈尔滨一带是怎么回事。阿成所写的哈尔滨是那样的真实，真实到近乎离奇，好像这是奇风异俗。然而这才是真实的哈尔滨。可以这样说：自有阿成，而后世人始识哈尔滨。——至少对我说来是这样。

一个小说家第一应该有生活，第二是敢写生活，第三是会写生活。

阿成的小说里屡次出现一个人物：作家阿成。这个阿成就是阿成自己。这在别人的小说里是没有见过的。为什么要自称“作家阿成”？这说明阿成是十分意识到自己是一个作家，意识到自己作为一个作家的责任的：要告诉人真实的生活，不说谎。这是一种严肃的，痛苦入骨的责任感。阿成说作家阿成作得很苦，我相信。

《年关六赋》赢得声誉是应该的。这篇小说写得很完整，很匀称，起止自在，顾盼生姿，几乎无懈可击。这标志着作者的写作技巧已经很成熟，不止是崭露头角而已了。现在的青年作家不但起步高，而且成熟得很快。这是五十年代的作家所不能及的。

但是这一集里我最喜欢的两篇是《良娼》和《空坟》。这两篇小说写得很美，是两首抒情诗，读了使人觉得十分温暖（冰天雪地里的温暖）。这是两个多美的女性呀。这是中国的，北国的名姝，是我们这个民族的无价的珠玉。这两个妇女的生活遭遇很不相同，但其心地的光明澄澈则一。

这两篇小说都是散发着浪漫主义的芳香的。关于浪漫主义有一种分切法，叫作积极的浪漫主义和消极的浪漫主义，这种分切法很怪。还有一种说法，叫做“革命的浪漫主义”。那么，是不是还有“不革命的浪漫主义”？“不革命的浪漫主义”是有的。沈从文的《边城》，在有些人看来就是“不革命”的。其实我看浪漫主义只有“为政治的”和“为人的”两种。或者，说谎的浪漫主义和不说谎的浪漫主义。有没有说谎的浪漫主义？我的《羊舍一夕》，《寂寞和温暖》就多多少少说了一点谎。一个人说了谎还是没有说谎，以及为什么要说谎，自己还能不知道么？阿成的小说是有浪漫主义的，因为他对这两个妇女以及其他一些人物怀着很深的爱，他看到她们身上全部的诗意，全部的美，但是阿成没有说谎。这些诗意，这些美，是她们本来有的，不是阿成外加到她们身上的。这是人物的素质，不是作者的愿望。

一个作家能不能算是一个作家，能不能在作家之林中立足，首先决定于他有没有自己的语言，能不能找到一种只属于他自己，和别人迥不相同的语言。阿成追求自己的语言的意识是十分强烈的。

阿成的句子出奇的短。他是我所见到的中国作家里最爱用短句子的，句子短，影响到分段也比较短。这样，就会形成文体的干净，无拖泥带水之病，且能跳荡活泼，富律动，有生气。

谁都看得出来，阿成的语言杂糅了普通话、哈尔滨方言、古语。他在作品中大量地穿插了旧诗词、古文和民歌。有一个问题我还没有捉摸清楚：阿成写的是东北平原，这里有些人唱的却是西北民歌，晋北的、陕北的，阿成大概很喜欢《走西口》这样的西北民歌，读过很多西北民歌。让西北民歌在东北平原上唱，似乎没有不合适。民歌是地域性很强的，但是又有超地域性。这很值得捉摸。

阿成有点“语不惊人死不休”，他用了一些不常见的奇特的字句。这在年轻人是不可避免的，无可厚非。但有一种意见值得参考。宋人范晞文《对床夜语》云：

> 诗用生字，自是一病。苟欲用之，要使一句之意，尽于此字上见工，方为稳帖。

他举出一些唐人诗句中的用字，说：……皆生字也，自下得不觉。

诗文可用奇字生字，但要使人不觉得这是奇字生字，好像这是常见的熟字一样。

阿成的叙述态度可以说是冷峻。他尽量控制自己的感情，不动声色。但有时会喷发出遏止不住的热情。如：

> 宋孝慈上了船，隔着雨，俩人都摆着手。
>
> 母亲想喊：我怀孕了——汽笛一鸣，雨也颤，江也颤，泪就下来了。

冷和热错综交替，在阿成的很多小说中都能见到。这使他的小说和一些西方现代作家（如海明威）的彻底冷静有所不同。这形成一种特殊的感人力量。这使他的小说具有北方文学的雄劲之气。我觉得这和阿成的热爱民歌是有关系的。

阿成很有幽默感。

《年关六赋》老三的父亲年轻时曾和一个日本少女相爱。

> 解放后若干年，这事被红色造反派们知道了。说老三的父亲是民族的败类，是狗操的日本翻译，一定是日本潜伏特务。来调查老三的母亲时，母亲说：“怎么，干了日本娘们不行？我看干日本娘们是革命的，大方向是正确的。”

看到这里，没有人不哈哈大笑的。

老三是诗人，爱谈性，以为“无性与中性，阴性与阳性，阳性与阴性，阴阳二者构成宇宙，宇宇宙宙，阴阴阳阳，公公母母，雄雄雌雌，如此而已”。老三的阴性，在机关工作，是党员，极讨厌老三把业余作家引到家里大谈其性。骂他没出息，不要脸，是流氓教唆犯：“准有一天被公安局抓了去，送到玉泉采石场，活活累死你！看你还性不性！操你个妈的！”

这句“操你个妈的”实在太绝了！

我最近读了几位青年作家（阿成我估计大概四十上下，也还算青年作家），包括我带的三个鲁迅文学院的研究生的作品。他们的作品的写法有的我是熟悉的，有的比较新，我还不大习惯。这提醒我：我已经老了。我渴望再年轻一次。

有一种说法："十年文学"或"新时期文学"已经结束了，从一九八九年开始了另外一个时期。这个时期好像还没有定名。读了几位青年作家的作品，我觉得"新时期文学"并没有结束。虽然由于大家都知道的原因，文学创作有些沉寂，但是并未中断。我相信文学是要发展的，并且这种发展还是十一届三中全会后的"新时期文学"的延续，不会横插进一个尚未定名的什么时期。

我对青年作家的评价也许常常会溢美。前年我为一个初露头角的青年作家的小说写了一篇读后感，有一位老作家就说："有这么好么？"老了，就是老了。文学的希望难道不在青年作家的身上，倒在六七十岁的老人身上么？"君有奇才我不贫"，老作家对年轻人的态度不止是应该爱护，首先应该是折服。有人不是这样。

在读着阿成和另几位青年作家的作品的过程中，一天清晨，迷迷糊糊地做了一个梦，梦见一头骆驼在吃一大堆玫瑰花。

一个荒唐的梦。

一九九〇年十二月二十四日

人之相知之难也
——为《撕碎，撕碎，撕碎了是拼接》而写

文如其人也好，人如其文也好，文和人是有关系的，布封说过一句名言：风格即人。我们可以进一步说：作品的形式是作者人格的外化。“颂其诗，读其书，不知其人，可乎？”读者是希望较多地知道作者其人，以便更多地增加对作品的理解的。

大部分作家是希望被人理解的。“人不知，而不愠，不亦君子乎？”这是不很容易达到的境界。人不知，不愠；为人所知呢？是很快慰的事。“莫愁前路无知己，天下谁人不识君”，这样的旅行是愉快的旅行。“人生得一知己足

* 初刊于《读书》一九九一年第二期，是为《中国当代作家面面观：撕碎，撕碎，撕碎了是拼接》（林建法、王景涛编，时代文艺出版社一九九一年版）所作序言，初收于北师大版《汪曾祺全集》第五卷。

矣”，一人已足，多了更好。

在读者和作家之间搭起一道桥梁，这大概是《撕碎，撕碎，撕碎了是拼接》这本书编者最初的用意。这是善良的用意。但是这道桥是不很好搭的。

书分三部分：作家自白，作家谈作家，评论家谈作家，内容我想也只能是这些了。然而，难。

作家自白按说是会写得比较真切的。“我与我周旋久，宁作我”，一个人和自己混了一辈子，总应该能说出个幺二三。然而，人贵有自知之明，亦难得有自知之明。自画像能像梵高一样画出那样深邃的内在的东西的，不多。有个女同志，别人说她的女儿走路很像她，她注意看看女儿走路的样子，说：我走路就是那样难看呀！人总难免照照镜子。我怕头发支楞着，在洗脸梳发之后有时也要照一照。然而，看一眼，只见一个脑袋，加上我家的镜子是一面老镜子，昏昏暗暗，我不知道我究竟是什么样子。一般人家很少会有芭蕾舞练功厅里能照出全身的那样大的镜子。直到有一次，北京电视大学录了我讲课的像，我看了录像，才知道我是这样的。那样长时间的被“曝光”，我实在有点坐不住：我原来已经老成这样了，而且，很俗气。我曾经被加上了各种各样的称谓。“前卫”（这是台湾说法，相当于新潮）、“乡土”、“寻根”、“京味”，都和我有点什么关系。我是个什么作家，连我自己也糊涂了。有人说过我受了老庄的、禅宗的影响，我说我受了儒家思想的影响更大一些，曾自称是一个“中国式的抒情的人道主义者”。说这个话的时候似乎很有点底气，而且有点挑战的味道。但是近二年我对自己手制的帽子有点恍惚，照北京人的话说是“二乎”了：我是受过儒家思想的影响么？我是一个中国式的抒情的人道主义者么？

作家写作家比新闻记者写作家要好一些。记者写专访，大都只是晤谈一两个小时，求其详尽而准确，是强人所难的事。作家写作家，所写的是作家的朋友，至少是熟人。但是即使熟到每天看见，有时也未必准确，有一老爷，见一仆人走过，叫住他，问：“你是谁？什么时候到我这里来的？”——“小的伺候老爷已经好几年了。”——“那我怎么没有见过你？”原来此人是一轿夫，老爷逐日所见者唯其背耳。作家写作家，大概还不至于写了被写人的背，但是恐怕也难于全面。中国文学不大重视人物肖像，这跟中国画里的肖像画不发达大概有些关系。《世说新语》品藻人物大都重其神韵，忽其形骸，往往用比喻：水、山、松、石，空灵则空灵矣，但是不好捉摸。“叔度汪汪”，我始终想象不出是什么样子。作家写作家，能够做到像任伯年画桂馥一样的形神兼备者几希。周作人的《怀废名》写得淡远而亲切，但是他说废名之貌奇古，其额如螳螂，我就想象不出是什么样子。我后来在沙滩北大的路上不止一次看见过废名，注意过他的额头，实在不觉得有什么地方像螳螂。而且也并不很奇古。要说“奇古”，倒是俞平伯有一点。画兽难画狗，画人难画手，习见故耳，作家写作家，也许正因为熟，反而觉得有点难于下笔。下笔了，也不能细致。中国作家还没有细心地观察朋友，描写朋友的习惯，没有那样的耐心，也没有那样的时间。中国作家写作家能够像高尔基写托尔斯泰、写柯罗连科、写契诃夫那样的，可以说没有一个人。作家写作家，参考系数究竟有多大，颇可存疑。读者也只好听一半，不听一半。

评论家写作家可能是会比较客观的，往往也说得很中肯，但也不能做到句句都中肯。昔有人制一谜语：上面上面，下面下面，左边左边，右边右边，不是不是，是了是了！谜底是搔痒。郑板桥曾写过一副对子：“搔痒不着赞何益，入木三分骂亦精。”评论家是会搔到作家的痒处的，但是不容易一下子就搔到。总要说了好多句，其中有一两句“说着”了。我有时看评论家写我的文章，很佩服：我原来是这样的，哪些哪些地方连我自己也没有想到过；但随即也会疑惑：我是这样的么？评论家的主体意识也是很强的。法郎士在《文学生活》第一卷的序言里说过：“为了真诚坦白，批评家应该说：‘先生们，关于莎士比亚，关于拉辛，我所讲的就是我自己’。”评论家写作家，有时像上海人所说的，是“自说自话”，拿作家来“说事”，表现的其实是评论家自己。有人告诉林斤澜：汪曾祺写了一篇关于你的文章，斤澜说：“他是说我么？他是说他自己吧。”评论家写作家，我们反过来倒会看到评论家自己，这是很有趣的。于是从评论家的文章中能看到的作家的影子就不很多了。通过评论，理解作家，是有限的。

甚矣人之相知之难也。

我相信，读者读了这本书是不会满足的。但也许由于不满足，激起了他们希望更多的了解作家的愿望。这是这本书的最终的和最好的效果。

一九九〇年十月十日

红豆相思

——读陈寅恪《柳如是别传·缘起》

陈寅恪先生学贯中西，才兼文史，是现代的大学问家，何以别出心裁，撰写《柳如是别传》？其缘起乃在常熟白峁港钱氏故园中红豆一粒，则其用意可知矣。

寅恪先生对于钱谦益的态度不苛刻，不是简单的用“汉奸”二字将其骂倒，而是去理解他的以著书修史自解的情事。而对柳如是则推崇有加。先生感赋之诗有句“谁使英雄休入彀”，注云“明南都倾覆，牧斋随例北迁，河东君独留金陵。未几牧斋南归，然则河东君之志可以推知也。”是以为柳如是的品格在钱谦益之上的，钱谦益身上

* 初刊于一九九三年四月九日《光明日报》，初收于《汪曾祺文集·文论卷》。

的污泥，沾不到柳如是的身上。

寅恪先生淹博绝伦，而极谦虚，自谓“匪独牧翁之高文雅什，多不得其解，即河东君之清词丽句，亦有瞠目结舌，不知所云者”。怀笺释钱柳因缘诗之意，后二十年，始克属草。爬梳史实，寻绎诗意，貌其神韵，探得心源，又不知历若干寒暑。寅恪先生之于柳如是，可谓一往情深。《别传》是传记，又是一个长篇的抒情散文，既是真实的，又是诗意的。至于文章的潇洒从容，姿态横生，尤其余事。

一九九三年三月六日

阿索林是古怪的

——读阿索林《塞万提斯的未婚妻》

阿索林是我终生膜拜的作家。

阿索林是古怪的。

《塞万提斯的未婚妻》是一篇古怪的散文，一篇完全不按常规写作的、结构极不匀称的散文。

这是一篇游记么?

就说是吧。

文章分为一、二两截。

一用颇为滑稽的笔调写我——一个肥胖、快乐、做父亲了的小资产阶级的“我”，在乘火车旅行的途中的满足、快活、安逸的心情。这个“我”难道会是阿索林本人?

---

* 初刊于一九九三年四月三十日《光明日报》，初收于《汪曾祺文集·文论卷》。

二写阿索林在古色古香的西班牙——塞万提斯的故乡爱斯基维阿斯的见闻。充满了回忆、怀旧，甚至有点感伤的调子。这里到处是塞万提斯的痕迹，塞万提斯的气息。塞万提斯每天在他的睡眠中听过的悦耳的钟声。“塞万提斯广场”。一个小小的狭窄的厅，有一条小走廊通到一个铁栏杆，塞万提斯曾经倚在那里眺望那辽阔、孤独、静默、单调、幽暗的田野。最后是塞万提斯的未婚妻。一个俏丽而温文的少女。一只手拿着一盘糕饼，一只手拿着一个小盘子，上面放着一只斟满爱斯基维阿斯美酒的杯子，羞容满面，柔目低垂。这个活生生的现实中的少女使阿索林从她的身上看出费尔襄多·沙拉若莱思的女儿、米古爱尔特·塞万提斯的未婚妻本人。夜来临了，阿索林想起了在黄昏时分，在忧郁的平原间，那位讽刺家对他的爱人所说的话——简单的话，平凡的话，比他的书中一切的话更伟大的话。这就是塞万提斯，真正的塞万提斯。

我们见过许多堂·吉诃德的画像，钢笔画、铜版蚀刻、毕加索的墨笔画。这些画惊人地相似。我们把塞万提斯和堂·吉诃德混同起来，以为塞万提斯就是这个样子。可笑的误会。阿索林笔下的塞万提斯才是真正的塞万提斯，一个和他的未婚妻说着简单、平凡、比他的书中一切话更伟大的话的温柔的诗人。

于是我们可以说《塞万提斯的未婚妻》是一篇对塞万提斯的小小的研究。只是阿索林所采取的角度和一般塞万提斯的研究者完全不同。

三月七日

精辟的常谈
——读朱自清《论雅俗共赏》

朱先生这篇文章的好处，一是通，二是常。

朱先生以为“雅俗共赏”这句成语，“从语气看来，似乎雅人多少得理会到甚至迁就着俗人的样子，这大概是在宋朝或者更后罢。”这说出了“雅俗共赏”的实质，抓住了中国文学发展的一个关键。

朱先生首先找出“雅俗共赏”的社会原因，那就是从唐朝安史之乱之后，“门第迅速地垮了台，社会的等级不像先前那样固定了，‘士’和‘民’这两个等级的分界不像先前的严格和清楚了，彼此的分子在流通着，上下着。而上去的比下来的多”，上来的士人“多少保留着民间的生

* 初刊于一九九三年四月十六日《光明日报》，初收于《汪曾祺文集·文论卷》。

活方式和生活态度”，他们“要重新估定价值，至少也得调整那旧来的标准与尺度。‘雅俗共赏’似乎就是新提出的尺度或标准”。这是非常精辟的唯物主义的分析。

朱先生提出语录、笔记对“雅俗共赏”所起的作用。

朱先生对文体的由雅入俗作了简明的历史回顾，从韩愈、欧阳修、苏东坡到黄山谷，是一脉相承的。黄山谷提出“以俗为雅”，可以说是纲领性的理论。

从诗到词，从词到曲，到杂剧、诸宫调，到平话、章回小说，到皮黄戏，文学一步比一步更加俗化了。我们还可以举出“打枣竿”、“挂枝儿”之类的俗曲。这是文学发展的必然趋势，任何人也奈何不得。

这样，“有了白话正宗的新文学”就是水到渠成、顺理成章的事。

其后便有“通俗化”和“大众化”。

朱先生把好几百年的纷纭混杂的文学现象捋出了一个头绪，清清楚楚，一目了然。一通百通。朱先生把一部文学史真正读通了。

朱先生写过一本《经典常谈》。“常谈”是“老生常谈”的意思。这是朱先生客气，但也符合实际情况：深入浅出，把很大的问题，很深的道理，用不多的篇幅，浅近的话说出来。“常谈”，谈何容易！朱先生早年写抒情散文，笔致清秀，中年以后写谈人生、谈文学的散文，渐归简淡，朴素无华，显出阅历、学问都已成熟。用口语化的语言写学术文章，并世似无第二人。

《论雅俗共赏》是一篇标准的“学者散文”，一篇地地道道的Essay。

要面子
——读威廉·科贝特《射手》

律师威廉·伊文爱打猎，是个神枪手。有一次科贝特和伊文结伴去打鹧鸪。打了一天，到天黑之前伊文打的鹧鸪已经有九十九只，他还要再打第一百只，凑个整数。被惊散的鹧鸪在四周叫唤着，一只鹧鸪从伊文脚下飞起，伊文立即开枪，没有打中。伊文说："好了"，边说边跑，像是要拾起那只鹧鸪。科贝特说："那只鹧鸪不但没有死，还在叫呢，就在树林子里。"伊文一口咬定说是打中了，而且是亲眼看见它落地的。伊文一定要找到这只鹧鸪，难道可以放弃百发百中，名垂不朽的大好机会吗？这可是太严重了。科贝特只好陪他找，在不到二十平米的地方，眼

* 初刊于一九九三年四月三十日《大连日报》，初收于《汪曾祺文集·文论卷》。

睛看着地，走了许多个来回，寻找他们彼此都心里明白是根本不存在的东西。有一次科贝特走到伊文前面，恰好回头一看，只见伊文伸手从背后的袋里拿出一只鹧鸪，扔在地上。科贝特不愿戳穿他，装作没看见，装作还在到处寻找。果然，伊文回到他刚扔鹧鸪的地方，异常得意的大叫："这儿！这儿！快看！"伊文指着鹧鸪，说："这是我对你的忠告，以后不要太任性！"他们到了一家农舍里，伊文把事情的经过告诉大家，还拿科贝特取笑了半天。

我看过一篇保加利亚的短篇小说《兔子》。三位先生下乡打兔子，一只也没有打着，不免有点沮丧，在一个乡下小酒馆里喝酒解闷。这时候进来另一位先生，手里提着三只兔子，往桌上一掼："拿酒！"那三位先生很羡慕，说："你运气好！"——"'运气'？不，是本事！"于是讲开了猎兔经，正讲得得意洋洋，进来一个农民，提着一只兔子，对这位先生说："先生，您把这只也买去吧，我少算点钱。"

《钓鱼》是高英培常说的相声段子。这是相声里的精品。有一个人见人家钓鱼，瞧着眼馋，他也想钓，——干嘛老拿钱买鱼吃！他跟老婆说："二他妈，给我烙一个糖饼，我钓鱼去。"钓了一天，一条没钓着。第二天还去钓："二他妈，给我烙两个糖饼，我钓鱼去。"还是没钓着。老婆说："没钓着？"——"去晚了。今天这一拨过去了。明儿还来一拨。——这拨都是咸带鱼。”街坊有个老太太，爱多嘴，说：“大哥，人家钓鱼，人家会呀，你啦——”——“大妈，你这是怎么说话？人家会，我不会？明儿我钓几条，你啦瞧瞧！”第三天，“二他妈，给我烙三个糖饼！”——“二他爸，你这鱼没钓着，饭量可见长呀！”第三天，回来了，进门就嚷嚷：“二他妈，拿盆！装鱼！”二他妈把盆拿出来，把鱼倒在盆里：“啊呀，真不少哇！”街坊老太太又过来了，看看这鱼：“大哥呀人家钓的鱼，大的大，小的小，你啦这鱼怎么都是一般大呀，别是买的吧？”——“这怎么是买的呢？这怎么是买的呢？你啦是怎么说话呢！”他老婆瞧瞧鱼，说“真不老少，横有三斤多！”——“嘛？三斤多，四斤还高高儿的！”

这三个故事很相似。三个人物的共同处是死要面子，输心不输嘴。《射手》写得较为尖锐。《兔子》和《钓鱼》则较温和，有喜剧色彩。科贝特文章的结尾说：“我一直不忍心让他知道：我完全明白一个通情达理的高尚的人怎样在可笑的虚荣心的勾引下，干出了骗人的下流事情。”这说得也过于严重，这种小伎俩很难说是“下流”。这种事与人无害，而且这是很多人共有的弱点，不妨以善意的幽默对待之。

一九九三年四月五日

我和民间文学

前年在兰州听一位青年诗人告诉我，他有一次去参加“花儿”会，和婆媳二人同坐在一条船上。这婆媳二人一路交谈，她们说的话没有一句是不押韵的！这媳妇走进一个奶奶庙去求子，她跪下来祷告。那祷告词是：

今年来了，我是跟您要着哩，
明年来了，我是手里抱着哩，
咯咯嘎嘎地笑着哩！

这使得青年诗人大为惊奇了。我听了，也大为惊奇。这样的祷词是我听到过的最美的祷词。群众的创造才能真是不可想象！生活中的语言精美如此，这就难怪西北的“花儿”押韵押得那样巧妙了。

---

*初刊于《民间文学》一九八五年第四期，初收于《晚翠文谈》。

去年在湖南桑植听（看）了一些民歌。有一首土家族情歌：

姐的帕子白又白，
你给小郎分一截。
小郎拿到走夜路，
如同天上娥眉月。

我认为这是我看到的一本民歌集的压卷之作。不知道为什么，我立刻想起王昌龄的《长信秋词》："玉颜不及寒鸦色，犹带昭阳日影来。"二者所写的感情完全不同，但是设想的奇特有其相通处。帕子和月光，妙在似与不似之间。民歌里有一些是很空灵的，并不都是质实的。

一个作家读一点民间文学有什么好处？我以为首先是涵泳其中，从群众那里吸取诗的乳汁，取得美感经验，接受民族的审美教育。

我曾经编过大约四年的《民间文学》期刊，后来写了短篇小说。要问我从民间文学得到什么具体的益处，这不好回答。这不能像《阿诗玛》里所说的那样：吃饭，饭进到肉里；喝水，水进了血里。要指出我的哪篇小说受了哪几篇民间文学的影响，是不可能的。不过有两点可以说一说。一是语言的朴素、简洁和明快。民歌和民间故事的语言没有含糊费解的。我的语言当然是书面语言，但包含一定的口头性。如果我的语言还有一点口语的神情，跟我读过上万篇民间文学作品是有关系的。其次是结构上的平易自然，在叙述方法上致力于内在的节奏感。民间故事和叙事诗较少描写。偶尔也有，便极精彩，如孙剑冰同志所记内蒙故事中的“鱼哭了，流出长长的眼泪”。一般故事和民间叙事诗多侧重于叙述。但是叙述的节奏感很强。“三度重叠”便是民间文学的一种常见的美学法则。重叙述，轻描写，已经成为现代小说的一个显著特点。在这一点上，小说需要向民间文学学习的地方很多。

我认为，一个作家要想使自己的作品具有鲜明的民族风格、民族特点，离开学习民间文学是绝对不行的。

我的话说得很直率，但确是由衷之言，肺腑之言。

读民歌札记

奇特的想象

汉代的民歌里，有一首，很特别：

枯鱼过河泣，何时悔复及？

作书与鲂鱮，相教慎出入。

枯鱼，怎么能写信呢？两千多年来，凡读过这首民歌的人，都觉得很惊奇。[1]这样奇特的想象，在书面文学里没有，在口头文学里也少见。似乎这是中国文学里的一个绝无仅有的孤例。

并不是这样。

---

* 初刊于《民间文学》一九八〇年四月号，初收于《晚翠文谈》。

1 黄节《汉魏乐府风笺》引陈胤倩曰："作意甚新"。

偶读民歌选集，发现这样一首广西民歌：

石榴开花朵朵红，蝴蝶寄信给蜜蜂：
蜘蛛结网拦了路，水泡阳桥路不通。

枯鱼作书，蝴蝶寄信，真是无独有偶。

两首民歌的感情不一样。前一首很沉痛。这是一个落难人的沉重的叹息，是从苦痛的津液中分泌出来的奇想。短短二十个字，概括了世途的险恶。后一首的调子是轻松的、明快的。红的石榴花、蝴蝶、蜜蜂、蜘蛛，这是一幅很热闹的图画，让人想到明媚的春光——哦，初夏的风光。这是一首情歌。他和她——蝴蝶和蜜蜂有约，受了意外的阻碍，然而这点阻碍是暂时的，不足为虑的，是没有真正的危险性的。这首民歌的内在的感情是快乐的、光明的，不是痛苦、绝望的。这两首民歌是不同时代的作品，不同生活的反映。但是其设想之奇特，则无二致。

沈德潜在《古诗源》里选了《枯鱼》，下了一个评语，道是："汉人每有此种奇想[1]"。其实应该说：民歌每有此种奇想，不独汉人。

1　闻一多先生《乐府诗笺》也说"汉人常有此奇想"。

汉代民歌里的动物题材

现存的汉代乐府诗里有几首动物题材的诗。它所反映的生活、思想，它的表现方法，在它以前没有，在它以后也少见。这是汉乐府里的一个独特的组成部分，是文学史上一个很值得注意的现象。除了《枯鱼过河泣》，有《雉子班》、《乌生》、《蜨蝶行》。另，本辞不传，晋乐所奏的《艳歌何尝行》也可以算在里面。我们有理由相信，这是当时所流行的一种题材，散失不传的当会更多。

雉 子 班

“雉子，
班如此！
之于雉梁。
无以吾翁孺，
雉子！”
知得雉子高蜚止。
黄鹄蜚，

之以千里王可思。

雄来蜚从雌，

视子趋一雉。

“雉子！”

车大驾马滕，

被王送行所中。

尧羊蜚从王孙行。

一向都认为这首诗“言字讹谬，声辞杂书”，最为难读。余冠英先生的《乐府诗选》把它加了引号和标点，分清了哪些是剧中人的“对话”，哪些是第三者（作者）的叙述，这样，这首难读的诗几乎可以读通了。这是一个伟大的发现。我们说是“伟大的发现”，是因为用了这种方法，可以帮助我们把原来一些不很明白或者很不明白的古诗弄明白（古代的人如果学会用我们今天的标点符号，会使我们省很多事，用不着闭着眼睛捉迷藏）。余先生以为这首诗写的是一个野鸡家庭的生离死别的悲剧，也是卓越的创见。

但是这是一个什么样的悲剧，剧中人共有几人？悲剧的情节是怎样的？在这些方面，我的理解和余先生有些不同。

按余先生《乐府诗选》的注解，他似乎以为是一只小野鸡（雉子）被贵人捉获了，关在一辆马车里。老野鸡

（性别不详）追随着马车，一面嘱咐小野鸡一些话。

按照这样的设想，有些辞句解释不通。

“之于雉梁”。“雉梁”可以有不同解释，但总是指的某个地方。“之于”是去到的意思。“之于雉梁”是去到某个地方。小野鸡已经被捉了，怎么还能叫它去到某个地方呢？

“知得雉子高蜚止”。这一句本来不难懂，是说知道雉子高飞远走了。余先生断句为“知得雉子，高蜚止”，说是知道雉子被人所得，老雉高飞而来，不无勉强。

尤其是，按余先生的设想，“雄来蜚从雌”这一句便没有着落。这是一句很关键性的话。这里明明说的是“雄来飞从雌”，不是“雉来飞从雉子”呀。

因此，我觉得有必要在余先生的生动的想象的基础上向前再迈一步。

问题：

一、这里一共有几个人物——几个野鸡？我以为一共有三只：雄野鸡、雌野鸡、小野鸡。

二、被捉获的是谁？——是雌野鸡，不是小野鸡。

对几个词义的猜测：

“班”，旧说同“斑”。“班如此”就是这样的好看。在如此紧张的生离死别的关头，还要来称赞自己的孩子毛羽斑斓，无是情理。“班”疑当即“乘马班如”、“班师回朝”的“班”，即是回去。贾谊《吊屈原赋》：“般纷纷其离此邮兮”，朱熹《集注》云：“般音班，……般，反也”，“班”即“般”。

“翁孺”，余先生以为是老人与小孩，泛指人类。“孺”本训小，但可引申为小夫人，乃至夫人。古代的“孺子”往往指的是小老婆，清俞正燮《癸巳类稿·释小补楚语笄内则总角义》辨之甚详[1]。我以为“翁孺”是夫妇，与北朝的《捉搦歌》“愿得两个成翁妪”的“翁妪”是一样的意思。“吾翁孺”即“我们老公姆俩”。“无以吾翁孺”，以，依也，意思是你不要靠我们老公姆俩了。“吾”字不必假借为“俉”，解为“迎也”。

“黄鹄蜚，之以千里王可思”，我怀疑是衍文。

上述词意的猜测，如果不十分牵强，我们就可以对这

1　俞正燮此文甚长，征引繁浩，其略云：“小妻曰妾，曰孺，曰姬，曰侧室，曰次室，曰偏房，曰如夫人，曰如君，曰姨娘，曰姬娘，曰旁妻，曰庶妻，曰次妻，曰下妻，曰少妻，曰姑娘，曰孺子……”。“《汉书艺文志·中山王孺子妾歌》注云：‘孺子，王妾之有名号者。’……秦策亦云：‘某夕某孺子纳某士’。《汉书·王子侯表》：‘东城侯遗为孺子所杀，’‘则王公至士民妾，通名孺子’。值得注意的是同前条引《左传·哀公三年》，季桓子卒，南孺子生子，谓贵妾。注云：桓子妻者，非是”。这一条误注倒使我们得到一个启发，“孺子”也可以当妻子讲的，——否则就不至产生这样的错注。

首剧诗的情节有不同于余先生的设想：

野鸡的一家三口：雄野鸡、雌野鸡、小野鸡，一同出来游玩。忽然来了一个王孙公子，捉获了雌野鸡。小野鸡吓坏了，抹头一翅子就往回飞。难为了雄野鸡。它舍不下老的，又搁不下小的。它看见小野鸡飞回去了，就扬声嘱咐："雉崽呀，往回飞，就这样飞回去，一直飞到野鸡居住的山梁，别管我们老公姆俩！雉崽！"知道小野鸡已经高高飞走，雄野鸡又飞来追随着雌野鸡。它还忍不住再回头看看，好了，看见小野鸡跟上另一只野鸡，有了照应了，它放了心了。但这也是最后的一眼了，它惨痛地又叫了一声："雉崽！——"车又大，马又飞跑，（雌雉）被送往王孙的行在所了。雄雉翱翔着追随着王孙的车子，飞，飞……

乌　生

乌生八九子，
端坐秦氏桂树间。——唶我！
秦氏家有游遨荡子，
工用睢阳强、苏合弹。

左手持强弹两丸，
出入乌东西。——唶我！
一丸即发中乌身，
乌死魂魄飞扬上天：
“阿母生乌子时，
乃在南山岩石间，——唶我！
人民安知乌子处？
蹊径窈窕安从通？”
“白鹿乃在上林西苑中，
射工尚复得白鹿脯，——唶我！
黄鹄摩天极高飞，
后宫尚复得烹煮之。
鲤鱼乃在洛水深渊中，
钓钩尚得鲤鱼口。——唶我！
人民生各各有寿命，
死生何须复道前后？”

这是中弹身亡的小乌鸦的魂魄和它的母亲的在天之灵的对话。这首诗的特别处是接连用了五个“唶我”。闻一多先生以为“唶我”应该连读，旧读“我”属下，大谬。这样一来，就把一首因为后人断句的错误而变得很奇怪别扭的诗又变得十分明白晓畅，还了它的本来面目，厥功至伟。

闻先生以为"啃"是大声，"我"是语尾助词。我觉得，干脆，这是一个词，是一个状声词，这就是乌鸦的叫声。通篇充满了乌鸦的喊叫，增加诗的凄怆悲凉。

蜨蝶行

蜨蝶之遨游东园，
奈何卒逢三月养子燕！
接我苜蓿间。
持之我入深紫宫中，
行缠之傅欂栌间。
雀来燕，
燕子见衔哺来，
摇头鼓翼何轩奴轩。

剔除了几个"之"字，这首诗的意思是明白的：一只快快活活的蝴蝶，被哺雏的燕子叼去当作小燕子的一口食了。

这几首动物题材的乐府诗有以下几个共同的特点：

一、它们是一种独特题材的诗，不是通常所说的（散体和诗体的）"动物故事"。"动物故事"，或名寓言，意在教训，是以物为喻，说明某种道理。它是哲学的、道德的。“动物故事”的作者对于其所借喻的动物的态度大都是超然的、旁观的，有时是嘲谑的。这些乐府诗是抒情的，写实的。作者对于所描写的动物寄予很深的同情。他们对于这些弱小的动物感同身受。实际上，这些不幸的动物，就是作者自己。

二、这些诗大都用动物自己的口吻，用第一人称的语气讲话。《蜨蝶行》开头虽有客观的描叙，但是自“接我苜蓿间”之后，仍是蜨蝶眼中所见的情景，仍是第一人称。这些诗的主要部分是动物的独白或对话。它们又都有一个简单然而生动的情节。这是一些小小的戏剧。而且，全是悲剧。这些悲剧都是突然发生的。蜨蝶在苜蓿园里遨游，乌鸦在桂树上端坐，原来都是很暇豫安适，自乐其生的，可是突然间横祸飞来，弄得妻离子散、家破人亡。《枯鱼过河泣》、《雉子班》虽未写遇祸前的景况，想象起来，亦当如是。朱矩堂曰“祸机之伏，从未有不于安乐得之”，对于这些诗来说，是贴切的。

三、为什么汉代会产生这样一些动物题材的民歌？写物是为了写人。动物的悲剧是人民的悲剧的曲折的反映。对这些猝然发生的惨祸的陈述，是企图安居乐业的人民遭到不可抗拒的暴力的摧残因而发出的控诉。动物的痛苦即是人的痛苦。这一类诗多用第一人称，不是偶然的。这些痛苦是由谁造成的？谁是这些惨剧的对立面？《枯鱼》未明指。《蛱蝶行》写得很隐晦。《雉子班》和《乌生》就老实不客气地点出了是“王孙”和“游遨荡子”，是享有特权的贵族王侯。这些动物诗，实际上写的是特权阶层对小民的虐害。我们知道，汉代的权豪贵戚是非常的横暴恣睢、无所不为的。权豪作恶，成为汉代政治上的一个大问题。这些诗，是当时的社会生活的很深刻的反映。

这些写动物诗，应当联系当时的社会生活来看，应当与一些写人的诗参照着看，——比如《平陵东》（这是一首写五陵年少绑架平民的诗，因与本题无关，故从略）。

民歌中的哲理

民歌，在本质上是抒情的。

民歌当中有没有哲理诗？

湖南古丈有一首描写插秧的民歌：

> 赤脚双双来插田，低头看见水中天。
> 行行插得齐齐整，退步原来是向前。

首先，这是民歌么？论格律，这是很工整的绝句。论意思，“退步原来是向前”，是所谓“见道之言”。这很像是晚唐和宋代的受了禅宗哲学影响的诗人搞出来的东西。然而细读全诗，这的确是劳动人民的作品。没有亲身参加过插秧劳动的人，是不可能有这样真切的体会的。这不是像白居易《观刈麦》那样只是以旁观者的身份在那里发一通感想。

或者，这是某个既参加劳动，也熟悉民歌的诗人所制作的拟民歌？刘禹锡、黄遵宪的某些诗和民歌放在一起，是几乎可以乱真的。但是我们还没有听说过古丈曾出过像刘禹锡、黄遵宪这样的诗人。

是从别的地方把拟作的民歌传进来的？古丈是个偏僻的地方，过去交通很不方便，这种可能性也不大。

看来，我们只能相信，这是民歌，这是出在古丈地方的民歌。

或者说，这是民歌，但无所谓哲理。“退步原来是向前”，是记实，插秧都是倒退着走的，值不得大惊小怪！不能这样讲吧。多少人插过秧，可谁想到过进与退之间的辩证关系？唱出这样的民歌的农民，确实是从实践中悟出一番道理。清代的湖南，出过几个农民出身的唯物主义的哲学家。莫非，湖南的农民特别长于思辨？吁，非所知矣。

何况前面还有一句“低头看见水中天”呢。抬头看天，是常情；低头看天，就有点哲学意味。有这一句，就证明“退步原来是向前”不是孤立的，突如其来的。从总体看，这首民歌弥漫着一种内在的哲理性。——同时又是生机活泼的、生动形象的，不像宋代某些“以理为诗”的作品那样平板枯燥。

民歌，在本质上是抒情的，但不排斥哲理。

民歌中有没有哲理诗，是一个值得探讨下去的题目。

《老鼠歌》与《硕鼠》

藏族民歌里有一首《老鼠歌》：

从星星还没有落下的早晨，
耕作到太阳落土的晚上；
用疲劳翻开这一锄锄的泥土，
见太阳升起又落下山岗。

收的谷子粒粒是血汗，
耗子在黑夜里把它往洞里搬；
这种冤枉有谁知道谁可怜，
唉，累死累活只剩下自己的辛酸。

我们的皇帝他不管，他不管，
我们的朋友只有月亮和太阳；
耗子呀，可恨的耗子呀，
什么时候你才能死光！

（泽仁沛楚、登主·沛楚追等唱，用良沛搜集载《民间文学》一九六五年六月号）

读了这首民歌，立刻让人想到《诗经》里的《硕鼠》。现代研究《诗经》的人，都认为《硕鼠》是劳动者对于统治阶级加在他们头上的不堪忍受的沉重的剥削所发出的怨恨，诸家都无异词。这首《老鼠歌》可以作为一个有力的旁证。如果看了周良沛同志的附注，《诗经》的解释者对于他们的解释就更有信心了：

“这支歌是清末的一个藏族农民劳动时的即兴之作。他以耗子的形象来影射统治者对人民的剥削。这支歌流行很广，后遭禁唱。一九三三年人民因唱这支歌，曾遭到反动统治者的大批屠杀。”

不同的时代，不同的地区，不同的民族，却用同样的形象，同样影射的方法来咒骂压在他们头上的剥削者，这是很有意思的事。其实也不奇怪，人同此心而已。他们遭受的痛苦是一样的。夺去他们的劳动果实的，有统治者，也有像田鼠一样的兽类。他们用老鼠来比喻统治者，正是“能近取譬”。硕鼠，即田鼠，偷盗粮食是很凶的。我在沽源，曾随农民去挖过田鼠洞。挖到一个田鼠洞，可以找到上斗的粮食。而且储藏得很好：豆子是豆子，麦子是麦子，高粱是高粱。分门别类，毫不混杂！这是一个典型的不劳而食者的粮仓。而且，田鼠多得很哪！

《硕鼠》是魏风。周代的魏进入了什么社会形态，我无所知。周良沛同志所搜集的藏族民歌，好像是云南西部的。那个地区的社会形态，我也不了解。“附注”中说这是一个“农民”的即兴之作，是自由农民呢？还是农奴呢？“统治者”是封建地主呢？还是农牧主呢？这些都无从判断。根据直觉的印象，这两首民歌都像是农奴制时代的产物。大批地屠杀唱歌人，这种事只有农奴主才干得出来。而《硕鼠》的“逝（誓）将去汝，适彼乐土”很容易让人想到农奴的逃亡。——封建农民是没有这种思想的。有人说“适彼乐土”只是空虚渺茫的幻想，其实这是十分现实的打算。这首诗分三节，三节的最后都说：“逝将去汝”，这是带有积极的行动意味的。而且感情是强烈的。“逝将”乃决绝之词，并无保留，也不软弱。在农奴制社会里，逃亡，是当时仅能做到的反抗。我们不能用今天工人阶级的觉悟去苛求几千年前的农奴。这一点，我和一些

《硕鼠》的解释者的看法，有些不同。

一九七九年四月二十三日写成

一九八〇年二月六日修改

“花儿”的格律

——兼论新诗向民歌学习的一些问题

在用汉语歌唱的民歌当中，“花儿”的形式是很特别的。其特别处在于：一个是它的节拍，多用双音节的句尾；一个是它的用韵，用仄声韵的较多，而且很严格。这和以七字句为主体的大部分汉语民歌很不相同。

一

徐迟同志最近发表的谈诗的通讯里，几次提到仿民歌体新诗的三字尾的问题。他提的这个问题是值得注意的。民歌固多三字尾，这是不以人的意志为转移的客观事实。

---

* 初刊于《民间文学》一九七九年六月号，初收于《晚翠文谈》。

并非从来就是如此。《诗经》时代的民歌基本上是四言的，其节拍是“二——二”，即用两字尾。《诗经》有三言、五言、七言的句子，但是较为少见，不是主流。

三字尾的出现，盖在两汉之际，即在五言的民歌和五言诗的形成之际。五言诗的特点不在于多了一个字，而是节拍上起了变化，由“二——二”变成了“二——三”，也就是由两字尾变成了三字尾。

从乐府诗可以看出这种变化的痕迹。乐府多用杂言。所谓杂言，与其说是字数参差不齐，不如说是节拍多变，三字尾和两字尾同时出现，而其发展的趋势则是三字尾逐渐占了上风。西汉的铙歌尚多四字句，到了汉末的《孔雀东南飞》，则已是纯粹的五字句，句句是三字尾了。

中国诗体的决定因素是句尾的音节，是双音节还是三个音节，即是两字尾还是三字尾。特别是双数句，即“下句”的句尾的音节。中国诗（包括各体的韵文）的格律的基本形式是分上下句。上句，下句，一开一阖，形成矛盾，推动节奏的前进。一般是两句为一个单元。而在节拍上起举足轻重的作用的，是下句。尽管诗体千变万化，总逃不出三字尾和两字尾这两种格式。

三字尾一出现，就使中国的民歌和诗在节拍上和以前诗歌完全改观。这是一个划时代的变化。

从五言发展到七言，是顺理成章的必然趋势。五言发展到七言，不像四言到五言那样的费劲。只要在五言的基础上向前延伸两个音节就行了。五言的节拍是“二——三”，七言的节拍是“二——二——三”。七言的民歌大概比七言诗早一些。我们相信，先有“柳枝”、“竹枝”这样的七言的四句头山歌，然后才有七言绝句。

七言一确立，民歌就完全成了三字尾的一统天下。

词和曲在节拍上是对五、七言诗的一个反动。词、曲也是由三字尾的句子和两字尾的句子交替组织而成的。它和乐府诗的不同是乐府由两字尾向三字尾过渡，而词、曲则是有意识地在三字尾的句子之间加进了两字尾的句子。《花间集》所载初期的小令，还带有浓厚的五七言的痕迹。越到后来，越让人感觉到，在词曲的节拍中起着骨干作用的，是那些两字尾的句子。试看柳耆卿、周美成等人的慢词和元明的散曲和剧曲，便可证明这点。词、曲和诗的不同正在前者杂入了两字尾。李易安说苏、黄之词乃“字句不葺”的小诗。所谓“字句不葺”，是因为其中有两字尾。

词、曲和民歌的关系，我们还不太清楚。一些旧称来自“民间”的词曲牌，如“九张机”、“山坡羊”之类，从严格的意义上讲，能不能算是民歌，还很难说。似乎词、曲自在城市的里巷酒筵之间流行，而山村田野所唱的，一直仍是七言的民歌。

“柳枝”、“竹枝”，未尝绝绪。直到今天，中国大部分地区的民歌仍以七言为主，基本上是七言绝句。大理白族的民歌多用“七、七、七、五”或“三、七、七、五”，实是七绝的一种变体。湖南的五句头山歌是在七绝的后面加了一个“搭句”，即找补了一句，也可说是七绝的变体。有些地区的民歌，一首只有两句，而且每句的字数比较自由，比如陕北的“信天游”和内蒙的“爬山调”，但其节拍仍然是“二——二——三”，可以说这是“截句”之截，是半首七绝。总之，一千多年以来，中国的民歌，大部分是七言，四句，以致许多人一提起民歌，就以为这是说七言的四句头山歌。在许多人的心目中，“民歌”和四句头山歌几乎是同一概念。民歌即七言，七言即三字尾，“民歌”和“三字尾”分不开。因此，许多仿民歌体的新诗多用三字尾，不是没有来由的。徐迟同志的议论即由此而发，他似乎为此现象感到某种不安。

但不是所有的民歌都是三字尾。“花儿”就不是这样。

“花儿”给人总的印象是双字尾。

我分析了《民间文学》一九七九年第一期发表的《莲花山“花儿”选》发现“花儿”的格式有这样几种：

① 四句，每句都用双音节的语词作为句尾，如：

尕梯子搭在（者）蓝天上，双手把星星摘上，

风云雷电都管上，党中央给下的胆量。

除去一些衬字，这实际上是一首六言诗。

② 四句，每句的句尾用双音节语词，而在句末各加一个相同的语气助词，如：

政策回到山垴呢，社员起黑贪早呢，

赶着日月赛跑呢，尕日子越过越好呢。

除去四个“呢”字，还是一首六言诗。

菊花盅里斟酒哩，人民心愿都有哩，

敬给伟大的共产党，一心紧跟你走哩。

这里“有”、“走”本是单音节语词，但在节拍上，“都有”、“你走”连在一起，给人一种双音节语词的感觉。这一首第三句是三字尾，于是使人感到在节拍上很像是“西江月”。

③ 四句，上句是三字尾，下句是两字尾：

黑云里闪出个宝蓝天，开红了园里的牡丹；

党中央清算了“四人帮”的债，人民（们）心坎上喜欢。

④ 上句是七字句，下句是五字句，七、五，七、五。但下句加一个语气助词，这个助词有延长感，当重读（唱），与前面的一个单音节语词相连，构成双音节的节

拍，如：

山上的松柏绿油油地长，风吹（者）叶叶儿响哩；

人民的总理人民爱，由不得眼泪（吆）淌哩。

⑤ 四句，上句的句尾是双音节语词加语气助词，下句为单音节语词加助词。同上，下句的单音节语词与语气助词相连，构成双音节的节拍，如：

南山的云彩里有雨哩，地下青草（们）长哩；

毛主席的恩情暖在心里哩，年年（吧）月月地想哩。

⑥ 五句，在四句体的第三句后插入一个三音节的短句。或各句都是两字尾，或上句是三字尾，下句是两字尾：

党的阳光照上了，

山里飞起凤凰了，
心上的"花儿"唱上了，
有好政策，
才有了六月的会场了。

画了南昌（者）画延安，
常青松画在个高山，
叶帅的功德高过天，

危难时，

把毛主席的旗帜肘端。

⑦ 六句，即在四句体的两个上句之后各插入一个三音节的短句。上句常为三字尾，下句或用双音节语词，或以单音节语词加语气助词构成双音节：

云消雾散的满天霞，

彩云飘，

花儿开红（者）笑吓；

群众拥护敌人怕，

邓副主席，

拨乱反正的胆大。

祁连山高（者）云雾绕，

雪山水，

清亮亮流出个油哩！

叶帅八十（者）不服老，

迈大步，

新长征要带个头哩！

⑧ 六句、七句，下句句尾或用双音节语词，或以单音节语词加一语气助词构成双音节。

总之，“花儿”的节拍是以双音节、两字尾为主干的。

我们相信，如果联系了曲调来考察，这种双字尾的感觉会更加突出。“花儿”和三字尾的七言民歌显然不属于一个系统。如果说七字句的民歌和近体诗相近，那么“花儿”则和词曲靠得更紧一些。“花儿”的格律比较严谨，很像是一首朴素的小令。四句的“花儿”就其比兴、抒情、叙事的结构看，往往可分为两个单元，这和词的分为上下两片，也很相似。这是一个很奇怪的现象。“花儿”是用汉语的少数民族（东乡族、回族）的民歌，为什么它有这样独特的节拍，为什么它能独立存在，自成系统，其间的来龙去脉，我们现在还一无所知。但这是一个很值得探讨，并且非常有趣的问题。

二

另一问题是“花儿”的用韵，更准确一点说是它的“调”——四声。

中国话的分四声，在世界语言里是一个很特别的现象。它在中国的诗律——民歌、诗、词曲、戏曲的格律里又占着很重要的位置。离开四声，就谈不上中国韵文的格律。然而这是一个非常麻烦的问题。

首先是它的历史情况。四声是什么时候开始有的，众说不一。清代的语言学家就为此聚讼不休。争论的焦点是古代有无上去两声。直到近代，尚无定论。有人以为古代只有平入两声，上去是中古才分化出来的（如王了一）；有的以为上去古已有之（如周祖谟）。从作品看，我觉得至少《诗经》和《楚辞》时代已经有了四声——有了上去两声了，民歌的作者已经意识到，并在作品中体现了他们的认识。

比如“卿云歌”：

卿云烂兮，纠缦缦兮，

日月光华，旦复旦兮。

小时读这首民歌，还不完全懂它的意思，只觉得一片光明灿烂，欢畅喜悦，很受感动。这种华丽的艺术效果，无疑地是由一连串的去声韵脚所造成的。

又如《九歌·礼魂》：

成礼兮会鼓，

传芭兮代舞，

姱女倡兮容与，

春兰兮秋菊，

长无绝兮终古。

年轻时读到这里，不仅听到震人肺腑的沉重的鼓声，也感受到对于受享的诸神的虔诚的诵颂之情。这种堂皇的艺术效果，也无疑地是由一连串的上声韵脚所造成的。

古今音不同，我们不能完全真切地体会到这两首民歌歌词的音乐性，但即以现代的语音衡量，这两首民歌的声音之美，是不容怀疑的。

从实践上看，上去两声的存在是相当久远的事，两者的调值也是有明显的区别的。至于平声、入声的存在，自不待言。

麻烦出在把四声分成平仄。这不知道究竟是什么时候的事。旧说沈约的《四声谱》把上去入归为仄声。不知道有什么根据。中国的语音从来不统一，这样的划分不知是根据什么时代、什么地区的语音来定的。我们设想，也许古代语言的平声没有分化成为阴平阳平，它是平的——“平声平道莫低昂”。入声古今变化似较小，它是促音，“入声短促急收藏”。上去两声，从历来的描模，实在叫人摸不着头脑。也许在一定时期，上去入是“不平”的，即有升有降的。但是平仄的规定，是在律诗确定的时候。或者更准确的说，是在唐代以律诗取士的时候。我很怀疑，这是官修的韵书所定，带有很大的人为的成分。我就不相信说四川话（当时的四川话）的李白和说河南话的杜甫，对于四声平仄的耳感是一致的。

就现代语言说，“平仄”对举是根本讲不通的。大部分方言平声已经分化成为阴平阳平。阴平在很多地区是高平调，可以说是平声。但有些地区是降调，既不高，也不平，如天津话和扬州话。阳平则多数地区都不“平”。或为升调，如北京话；或为降调，如四川、湖南话。现在还把阴平阳平算作一家，有些勉强。至于上去两声，相距更远。拿北京话来说，上声是降升调，去声是降调，说不出有共同之处。把上去入三声挤在一个大院里，更是不近情理。

因此，我们说平仄是一个带有人为痕迹的历史现象，在现代民歌和诗的创作里沿用平仄的概念，是一个不合实际的习惯势力。

沿用平仄的概念带来了不好的后果，一个是阴平阳平相混；一个是仄声通押，特别是上去通押。

阴平、阳平相混，问题小一些。因为有相当地区的阳平调值较高，与阴平比较接近。

大部分民歌和近体诗都是押平声韵的。为什么会这样，照王了一先生猜想，以为大概是因为它便于“曼声歌唱”。乍听似乎有理。但是细想一下，也不尽然。上去两声在大部地区的语言里都是可以延长、不妨其为曼声歌唱的。要说不便于曼声歌唱的，其实只有入声，因为它很短促。然而词曲里偏偏有很多押入声韵的牌子，这是什么道理？然而，民歌、诗，乃至词曲，平声韵多，这是事实。如果阴平、阳平有某种相近之处，听起来或者不那么别扭。

麻烦的是还有一些仄韵的民歌和近体诗。

本来这是不成问题的。照唐以前的习惯，仄韵诗中上去入不能通押。王了一先生在《汉语诗律学》里说："汉字共有平上去入四个声调；平仄格式中虽只论平仄，但是做起仄韵诗来，仍然应该分上去入。上声和上声为韵，去声和去声为韵，入声和入声为韵；偶然有上去通押的例子，都是变例。"不但近体诗是这样，古体诗也是这样。杜甫和李颀的许多多到几十韵的长篇歌行，都没有上去通押。白居易的《琵琶行》和《长恨歌》，照今天的语音读起来，间有上去通押处，但极少。

由此而见，唐人认为上去有别，上去通押是不好听的。

"花儿"的歌手也是意识到这一点的。我统计了一下《民间文学》一九七九年第一期发表的"花儿"，用平韵的十首，用仄韵的三十四首，仄韵多于平韵。仄韵中上去通押的也有，但不多，绝大部分是上声押上声，去声押去声。试看：

五月端阳插柳哩，牡丹开在路口哩，
共产党英明领导哩，精神咋能不有哩？

榆木安了镢把了，一切困难不怕了，
共产党的恩情记下了，劳动劲头越大了。

这样的严别上去，在民歌里显得很突出。

“花儿”的押韵还有一个十分使人惊奇的现象，是它有间行为韵这一体，上句和上句押，下句和下句押，就是西洋诗里的ABAB，如：

南山的云彩里有雨哩，
地下的青草（们）长哩；
毛主席的恩情暖在心底哩，
年年（吧）月月地想哩。

“雨”和“底”协，“长”和“想”协。

东拐西弯的洮河水，(A)
不停（哈）流，(X)
把两岸的庄稼（们）浇大；(B)
南征北战的老前辈，(A)
朱委员长，(X)
把您的功德（者）记下。(B)

千年的苦根子毛主席拔了，(A)
高兴（者）把“花儿”漫了；(B)
“四人帮”就像黑霜杀，(A)
我问你，(X)
唱“花儿”，把啥法犯了？！ (B)

这样的间行为韵，共有七首，约占《民间文学》这一期发表的“花儿”总数的六分之一，不能说是偶然的现象。我后来又翻了《民间文学集刊》和过去的《民间文学》发表的“花儿”，证实这种押韵方式大量存在，这是“花儿”押韵的一种定格，无可怀疑。

间句为韵的一种常见的办法是两个上句或两个下句的句尾语词相同，如：

麦子拔下了草丢下，麻雀抱两窝蛋呢；
阿哥走了魂丢下，小妹妹做两天伴呢。
石崖吧头上的穗穗草，风刮着摆天下呢；
身子边尕妹的岁数小，疼模样占天下呢。

“花儿”还有一种非常精巧的押韵格式：四句的句尾押一个韵；而上句和上句的句尾的语词，下句和下句句尾前的语词又互相押韵。无以名之，姑且名之曰“复韵”，如：

冰冻三尺口子开，雷响了三声（者）雨来；
爱情缠住走不开，坐下是无心肠起来。

这里“开”、“来”为韵，“口”和“走”为韵，“雨”和“起”又为韵。

> 十样景装的（者）箱子里，小圆镜装的（者）柜子里；
>
> 我冤枉装的（者）腔子里，我相思病的（者）内里。

这里四个“里”字是韵，“箱子”、“腔子”为韵，“柜”、“内”又为韵。

间句为韵，古今少有。苏东坡有一首七律，除了双数句押韵外，单数句又互押一个韵，当时即被人认为是“奇格”。苏东坡写这样的诗是偶一为之，但这说明他意识到这样的押韵是有其妙处的。像“花儿”这样大量运用间行为韵，而且押得这样精巧，押出这样多的花样，真是令人惊叹！这样的间行为韵有什么好处呢？好处当然是有的，这就是比双句入韵、单句不入韵可以在声音上造成更为鲜明的对比，更大幅度的抑扬。我很希望诗人、戏曲作者能在作品里引进这种ABAB的韵格。在常见的AA×A和×A×A的两种押韵格式之外，增加一种新的（其实是本来就有的）格式，将会使我们的格律更丰富一些，更活泼一些。

“花儿”押韵的一个优点是韵脚很突出。原因是一句的韵脚也就是一句的逻辑和感情的重音。有些仿民歌体的新诗，也用了韵了，但是不那么突出，韵律感不强，虽用韵仍似无韵，诗还是哑的。原因之一，就是意思是意思，韵是韵，韵脚不在逻辑和感情重点上，好像是附加上去的。“花儿”的作者是非常懂得用韵的道理的，他们长于用韵，善于用韵，用得很稳，很俏，很好听，很醒脾。韵脚，是“花儿”的灵魂。删掉或者改掉一个韵脚，这首“花儿”就不存在了。

三

综上所述，我们可以为“花儿”的格律作一小结，以赠有志向民歌学习的新诗人：

（1）“花儿”多用双音节的句尾，即两字尾。学习它，对突破仿民歌体新诗的三字尾是有帮助的。汉语的发展趋势是双音节的词汇逐渐增多，完全用三字尾作诗，有时不免格格不入。有的同志意识到这一点，出现了一些吸收词曲格律的新诗，如朔望同志的某些诗，使人感到面目一新。向词曲学习，是突破三字尾的一法，但还有另一法，是向“花儿”这样的民歌学习。我并不同意完全废除三字尾，三字尾自有其方兴未艾的生命。我只是主张增入两字尾，使民歌体的新诗的格律更丰富多样一些。

(2)“花儿”是严别四声的。它没有把语言的声调笼统地分为平仄两大类。上去通押极少。上声和上声为韵，去声和去声为韵，在声音上取得更好的效果。上去通押，因受唐以来仄声说的影响，在多数诗人认为是名正言顺、理所当然的事。其实这是一种误会，这在耳感上是不顺的，是会影响艺术效果的。希望诗人在押韵时能注意到这一点。

(3)“花儿”的作者对于语言、格律、声韵的感觉是非常敏锐的。他们不觉得守律、押韵有什么困难，这在他们一点也不是负担。反之，离开了这些，他们就成了被剪去翅膀的鸟。据剑虹同志在《试谈“花儿”》中说：“每首‘花儿’的创作时间顶多不能超过三十秒钟。”三十秒钟！三十秒钟，而能在声韵、格律上如此的精致，如此的讲究，真是难能之至！其中奥妙何在呢？奥妙就在他们赖以思维的语言，就是这样有格律的、押韵的语言。他们是用诗的语言来想的。莫里哀戏剧里的汝尔丹先生说了四十多年的散文，民歌的歌手一辈子说的（想的和唱的）是诗。用合乎格律、押韵的、诗的语言来思维（不是想了一个散文的意思再翻译为诗）。这是我们应该向民歌手学习的。我们要学习他们，训练自己的语感、韵律感。

我对于民歌和诗的知识都很少，对语言声韵的知识更是等于零，只是因为有一些对于民歌和诗歌创作的热情，发了这样一番议论。

我希望，能加强对丁诗和民歌的格律的研究。

一九七九年二月六日初稿

三月二十二日改成

关于小小说

希腊人对于“诗铭”的要求是：

诗铭像蜜蜂。

一要蜜，

二要刺，

三要小身体。

这要求也可以移之于小小说，一篇好的小小说应该同时具备：有蜜，即有诗意；有刺，即有所讽喻；当然，还要短小精致。

《都城纪胜》论说书云：“最畏小说人，盖小说者能以

* 初刊于《百花园》一九八三年第四期，初收于人民文学版《汪曾祺全集》第九卷。

一朝一代故事顷刻间提破。”“提破”不知究竟当作何解释，但望文生义，大概就是提醒点破的意思。唯其能于“顷刻间提破”，所以“可畏”。小小说正应该这样，几句话就点出一种道理，如张岱记柳敬亭说书“找截干净，并不唠叨”。

有一幅宋人小画，只于尺幅中画一宫门，一宫女早起出门倒垃圾，倒的全是荔枝、桂圆、鸭脚（即百果）之类的皮壳。完全没有画灯火笙歌，但是宫苑生活的豪华闲逸都表现出来了。小小说也当这样。一般地说，小小说只能反映生活的一个侧面，但要让人想象出生活的全盘。写小小说，要留出大量空白。能不说的，尽量删去。

昔人云：“忙中不及作草，家贫难办素食。”有人以为草字是匆匆忙忙地写出来的，没有时间，就潦潦草草写上几行。其实不是这样，无论是章草、狂草，都必须在心气平和，好整以暇时动笔，才能一气呵成，疏密有致。白石老人题画曰：“心闲气静时一挥”，只有心闲气静，才能一挥而就。意大利的莱奥纳尔多·夏侠在小说《白天的猫头鹰》附记中说：“‘请你们原谅，这封信长了点儿’伟大的十八世纪的一个法国男人（或女人）写道，因为我没有时间把它写得短些。”这是经验之谈。冗长芜杂往往由于匆忙粗率。素菜是不好办的。一般人家，炒个肉丝什么的，不算什么。真要炒出一盘好素菜，可困难。要极好的鲜菜，要好配料——冬笋、松菌、核桃仁、百果、山药……，要好刀功，好火候。一篇好的小小说要像几行神完气足的草书，一盘生鲜碧绿的素菜。

小小说是什么？

小小说原来就有。外国也有小小说。但是中国近年来小小说特别流行，读者面很广，于是小小说就成了一个值得注意的新事物，“小小说”也就在事实上形成一个新的概念。小小说是什么？这个概念包含一些什么内容？探索一下这个问题，将有助于小小说创作的发展。

小小说的流行，不只是因为现在的生活节奏快，人们生活紧张，缺少闲豫的读书时间。如果是这样，那么长篇小说就没有人看了。更重要的原因恐怕是读者对文学形式的要求更多了。他们要求有新的品种、新的样式、新的口味。承认这一点，小小说才能真正在文学大宴中占到一个席位，小小说的作者才能有自己独特的追求。

---

* 初刊于《文艺学习》一九八六年第三期，初收于《晚翠文谈》。

小小说不就是小的小说。小，不只是它的外部特征。小小说仍然可以看作是短篇小说的一个分支，但它又是短篇小说的边缘。短篇小说的一般素质，小小说是应该具备的。小小说和短篇小说在本质上既相近，又有所区别。大体上说，短篇小说散文的成分更多一些，而小小说则应有更多的诗的成分。小小说是短篇小说和诗杂交出来的一个新的品种。它不能有叙事诗那样的恢宏，也不如抒情诗有那样强的音乐性。它可以说是用散文写的比叙事诗更为空灵，较抒情诗更具情节性的那么一种东西。它又不是散文诗，因为它毕竟还是小说。小小说是四不像。因此它才有意思，才好玩，才叫人喜欢。

小小说是小的。小的就是小的。从里到外都是小的。“小中见大”，是评论家随便说说的，有一点小小说创作经验的人都知道这在事实上是办不到的。谁也没有真的从一滴水里看见过大海。大形势、大问题、大题材，都是小小说所不能容纳的。要求小小说有广阔厚重的历史感，概括一个时代，这等于强迫一头毛驴去拉一列火车。小小说作者所发现、所思索、所表现的只能是生活的一个小小的片段。这个片段是别人没有表现过、没有思索过、没有发现过的。最重要的是发现。发现，必然就伴随着思索，同时也就比较容易地自然地找到合适的表现形式。文学本来都是发现。但是小小说的作者需要更有“具眼”，因为引起小小说作者注意的，往往是平常人易于忽略的小事。这件小事得是天生来的一块小小说的材料。这样的材料并非俯拾皆是，随手一抓就能抓得到的。小小说的材料的获得往往带有偶然性，邂逅相逢，不期而遇。并且，往往要储存一段时间，作者才能大致弄清楚这件小事的意义。写小小说确实需要一点“禅机”。

小小说不大可能有十分深刻的思想，也不宜于有很深刻的思想。小小说可以有一点哲理，但不能在里面进行严肃的哲学的思辨（中篇小说、长篇小说可以）。小小说的特点是思想清浅。半亩方塘，一弯溪水，浅而不露。小小说应当有一定程度的朦胧性。朦胧不是手法，而是作者的思想本来就不是十分清楚。有那么一点意思，但是并不透彻。“此中有真意，欲辨已忘言”。世界上没有一个人真正对世界了解得十分彻底而且全面，他只能了解他所感知的那一部分世界。海明威说十九世纪的小说家自以为是上帝，他什么都知道。巴尔扎克就认为他什么都知道，读者只需听他说。于是读者就成了听什么是什么的老实人，而他自己也就说了许多他其实并不知道的东西。所谓含蓄，并不是作者知道许多东西，故意不多说，他只是不说他还不怎么知道的东西。小小说的作者应该很诚恳地向读者表示：关于这件小事，它的意义，我到现在，还只能想到这个程度。一篇小小说发表了，创作过程并未结束。作者还可以继续想下去，读者也愿意和作者一起继续想下去。这样，读者才能既得到欣赏的快感，也得到思考的快感。追求，就是还没有达到。追求是作者的事，也是读者的事。小小说不需要过多的热情，甚至不要热情。大喊大叫，指手划脚，是会叫读者厌烦的。小小说的作者对于他所发现的生活片段，最好超然一些，保持一个旁观者的态度，尽可能地不动声色。小小说总是有个态度的，但是要尽量收敛。可以对一个人表示欣赏，但不能夸成一朵花；可以对一件事加以讽刺，但不辛辣。小小说作者需要的是：聪明、安静、亲切。

小小说是一串鲜樱桃，一枝带露的白兰花，本色天然，充盈完美。小小说不是压缩饼干、脱水蔬菜，不能把一个短篇小说拧干了水分，紧压在一个小小的篇幅里，变成一篇小小说。——当然也没有人干这种划不来的傻事。小小说不能写得很干，很紧，很局促。越是篇幅有限，越要从容不迫。小小说自成一体，别是一功。小小说是斗方、册页、扇面儿。斗方、册页、扇面的画法和中堂、长卷的画法是不一样的。布局、用笔、用墨、设色，都不大一样。长江万里图很难缩写在一个小横披里。宋人有在纨扇上画龙舟竞渡图、仙山楼阁图的。用笔虽极工细，但是一定留出很大的空白，不能挤得满满的。空白，是小小说的特点。可以说，小小说是空白的艺术。中国画讲究“计白当黑”。包世臣论书，以为应使“字之上下左右皆有字”。因为注意“留白”，小小说的天地便很宽余了。所谓“留白”，简单直截地说，就是少写。小小说不是删削而成的。删得太狠的小说是可以看得出来的，往往不顺，不和谐，不“圆”。应该在写的时候就控制住自己的笔，每琢磨一句，都要想一想：这一句是不是可以不写？尽量少写，写下来的便都是必要的，一句是一句。那些没有写下来的仍然是存在的，存在于每一句的“上下左右”。这样才能做到句有余味，篇有余意。

小幅画尤其要讲究“笔墨情趣”。小小说需要精选的语言。古人论诗云，七言绝句如二十八个贤人，著一个屠酤不得。写小小说也应如此。小小说最好不要有评书气、相声气，不要用一种半文不白的轻佻的文体。小小说当有幽默感，但不是游戏文章。小小说不宜用奇僻险怪的句子，如宋人所说的“恶硬语”。小小说的语言要朴素、平易，但有韵致。

虽不能至，心向往之。

一九八六年七月二十四日密云水库

“卑之无甚高论”

二〇一八年五月，首届汪曾祺华语小说奖在大连颁奖，《天下太平》获得短篇小说奖，作者莫言以视频的方式发表了获奖致辞。他回忆了印象中的汪曾祺先生，特别说到他在解放军艺术学院读书时，有一次汪先生去讲课，用粉笔在黑板上重重地写了六个大字：卑之无甚高论。

这次编《揉面集》，我总是想起这六个字。收入本书中的文章有两篇引用了出自《汉书·张释之传》的这句话：“卑之无（勿）甚高论。”

这是汪先生的自谦。他不仅说自己卑之无甚高论，甚至还说“空空洞洞，乱七八糟”（《小说创作随谈》）。但是他去世之后二十多年来，他的谈文论艺的文章与他的散文、小说一样，受到越来越多读者的喜爱，影响了一拨又一拨年轻写作者。

这本书里，确实没有新鲜的大道理，但是那些我们似曾相识的文艺观点，经由他这样的作家说出来，平添了许多可信度和说服力。

“回到现实主义，回到民族传统”，这是汪曾祺在北京市为他举办的作品研讨会上的发言题目，可以看作他的文艺思想的总概括。他对学习西方现代派持开放态度，赞成在小说中运用意识流，但主张应该使用地道的中国语言。“我所说的民族传统是不排除任何外来影响的传统，我所说的现实主义是能容纳各种流派的现实主义。”“我主张纳外来于传统，融奇崛于平淡，以俗为雅，以故为新。”这是他的完整观点。

他的作品中的人道主义思想，来源于他青少年时期所受到的人文教育。

他强调生活积累，强调体味生活、观察生活对作家的重要性。文学必须反映生活，必须从生活出发。作品要有益于世道人心，有个良好的写作愿望，忠于自己的美感需要，不去图解当时的某种口号，不是无动于衷。

他反复提醒写作者要重视语言，把语言的重要性推到了极致。文学是语言的艺术，作家应该精通语言。写小说，就是写语言。语言是一种文化现象，语言的背景是文化。语言的唯一标准，是准确。一句话要找一个最好的说法，用朴素的语言加以表达。年轻作家要向民间文学学习，学习民间文学语言的朴素、简洁和明快。“句与句，要互相映带，互相顾盼。一篇作品的语言是有一个整体，是有内在联系的。文学语言不是像砌墙一样，一块砖一块砖叠在一起，而是像树一样，长在一起的，枝干之间，汁液流转，一枝动，百枝摇。语言是活的。”（《我的创作生涯》）

这本集子里专门谈语言艺术的就有《“揉面”》、《关于小说的语言（札记）》、《小说的思想和语言》、《中国文学的语言问题》四篇，举了很多准确、生动、传神地使用语言的例子，出经入史谈古论今，还有些甚至是现身说法、夫子自道。各路文章的语言之妙，经由他加圈批点，豁然呈现。这样批点章句的段落还散在本书其他文章中，如钻石般闪耀。

他提倡文章尽量写短，简洁、含蓄，不要把话说尽，不要过度抒情，不要感伤。要善于留白。谈论他自己的小说《虐猫》时，他谈到了这个带有普遍意义的作文诀窍：

“一是能不说的话，就不说；二是作者要控制自己的感情，在叙述语言上要尽量冷静，不要带很多感情色彩，尽量说得平平淡淡，好像作者完全无动于衷。越是好像无动于衷，才能使读者感觉出作家其实是有很深的感触的。”

此外，关于作家和评论家，汪曾祺认为：对于作家的作品，评论家比作家看得还清楚，评论是镜子，而且多少是凸镜，作家的面貌是被放大了的，评论家应当帮助作家认识自己，把作家还不很明确的东西说得更明确。评论家的作用就是不断推动作家去探索，去追求，去寻找他还不明确的东西、模糊的东西。评论家对作家来说是不可缺少的。

关于现代作者和读者，他的观点是：一个作者的责任只是把你看到的、想过的一点生活诚实地告诉读者。你相信，这一点生活读者也是知道的，并且他也是完全可以写出来的。作者的责任只是用你自己的方式，尽量把这一点生活说得有意思一些。现代小说的作者和读者之间的界线逐渐在泯除。作者和读者的地位是平等的。(《说短》)

他喜欢的作家，有俄罗斯的契诃夫，英国的弗·伍尔夫，法国的纪德，西班牙的阿左林，中国古代的归有光，中国现代作家鲁迅、废名、沈从文、孙犁等等。

关于小说，他服膺沈从文先生的“贴到人物来写”。他认为，戏剧的结构像建筑，小说的结构像树，贵在自然生发，但也要有埋伏和照应；小说也要讲文气，就是内在的节奏。重叙述，轻描写，已经成为现代小说的一个显著特点。

谈散文，他信服苏轼的名言：“行于所当行，止于所不可不止。”还引用了章太炎《菿汉微言》论汪容甫的骈体文的话：“起止自在，无首尾呼应之式。”

他赞赏“散文化的小说”，专门写了一篇以此为标题的文章，读来如同关于这一风格作品的宣言。

汪曾祺文艺思想得到了多种文化的滋养，有中国传统的文论、画论，也有近代西方文学思潮，更多的是他阅读中外古今作品所获得感受的总结、提炼，得益于他的杂学。写小说、写散文都要有杂学，需要广泛地涉猎，广泛地吸收。汪先生的杂学不是饾饤什锦，他系统阅读过中国文化的主要著作，也是“五四”以后外国文学大量输入中国的见证者、受益者。

作家需要有学问，但不是正襟危坐地探讨学问，往往在闲谈之中说出来的观点胜过无数鸿篇高论。汪曾祺不是死读书，他的学问不只是书面的学问，更不是道听途说的学问，不是猎奇的半吊子学问。他将生活、文艺和学问融会贯通，凝聚成艺术观和对生活的态度。他的文章没有术语，没有大词，却讲出了大道理。

汪先生最精彩的观点不是他谈理论的段落，而在他对作家、作品的零散点评中，对作家、作品的定位、归纳、评价，别具慧眼但又不故作惊人之论，三言两语切中肯綮。比如他评鲁迅：“鲁迅是个性格复杂的人。一方面，他是一个孤独、悲愤的斗士，同时又极富柔情。《故乡》、《社戏》里有一种说不出来的惆怅和凄凉，如同秋水黄昏。”（《小说的散文化》）

《〈职业〉自赏》一文中，他这样评价人的“职业”，已经超出了文学的范围，具有社会学的启发：“职业是对人的框定，是对人的生活无限可能的限制，是对自由的取消。一个人从事某种职业，就会死在这个职业里，他的衣食住行，他的思想，全都是职业化了的。”

读汪曾祺文论，要与他的作品对照着看，有豁然开朗之感。而汪先生对自己作品的解析，更亲切有味。《关于〈受戒〉》、《〈大淖记事〉是怎样写出来的》、《关于〈虐猫〉》、《〈职业〉自赏》、《关于〈沙家浜〉》这几篇，读者朋友可以用这个方法做个尝试，定当别有一番滋味。

很多人说汪曾祺是“中国最后一个士大夫”，这话说得很绝对，无法证实也无法证伪，这句话我们不妨理解为汪曾祺作品与其为人有着浓重的中国传统文化气息，深得中国文化的滋养。汪先生在《我的创作生涯》一文里对此作了全面回顾，比如提到他自小习画：“我对画家的偏爱，也对我的文学创作有影响。我喜欢疏朗清淡的风格，不喜欢繁复浓重的风格，对画，对文学，都如此。”

钱锺书先生在《读〈拉奥孔〉》谈到他的阅读心得：“在考究中国古代美学的过程里，我们的注意力常给名牌的理论著作垄断去了。……一个老实人得坦白承认，大量这类文献的探讨并无相应的大量收获。好多是陈言加空话，只能算作者礼节性地表了个态。……诗、词、随笔里，小说、戏曲里，乃至谣谚和训诂里，往往无意中三言两语，说出了精辟的见解，益人神智；把它们演绎出来，对文艺理论很有贡献。”

汪曾祺先生这些文学论述，都是以散文、随笔的形式写成的，不是高头讲章，不做逻辑缜密的推论，只是以个人美学感应和美学判断为基础，兼以学识、见闻为佐证，稍加总结归纳，用个人化的语言风格表述出来，因此具体可感不空洞，基础牢实经得起推敲，足以更新我们的文学观，成为文学理论中真正有价值的“常识”。

顾建平

二〇二〇年十月二十日

图书在版编目（CIP）数据

揉面集 / 汪曾祺著 . —杭州：浙江文艺出版社，2020.12
(汪曾祺别集)
ISBN 978-7-5339-6315-6

Ⅰ. ①揉… Ⅱ. ①汪… Ⅲ. ①散文集－中国－当代 Ⅳ. ① I267

中国版本图书馆 CIP 数据核字 (2020) 第 224947 号

揉面集　汪曾祺 著

出版策划　星汉文章　读蜜传媒

出版统筹　金马洛　选题策划　李建新　责任编辑　罗　艺

文字编辑　王　挺　装帧设计　生生书房　排版制作　胡亚超

责任印制　张丽敏

出版发行　浙江文艺出版社

网　　址　www.zjwycbs.cn

联系电话　0571-85152727（发行部）

经　　销　浙江省新华书店集团有限公司

印　　刷　浙江新华数码印务有限公司

开　　本　787 毫米 ×1092 毫米　1/32　字　　数　206 千字

印　　张　12.25　插　　页　4

版　　次　2020 年 12 月第 1 版

印　　次　2020 年 12 月第 1 次印刷

书　　号　ISBN 978-7-5339-6315-6

定　　价　45.00 元